D1559644

Alain Nadaud

Archéologie
du zéro

Denoël

« *Le Zéro touche à l'Être, car c'en est justement l'absence.* »

THÉOCRITIAS D'APAMÉE

« *Comment le négatif peut-il produire un signe, le néant se signifier?* »

ROLAND BARTHES

(1) Chiffres indiens.
(2) Chiffres arabes (obtenus par rotation des premiers d'un quart de tour vers la droite).
(3) et (4) Transformation progressive des chiffres arabes.
(5) Notation occidentale (chiffres carolingiens).

INTRODUCTION

J'ai longtemps séjourné à Alexandrie, ayant été nommé lecteur suppléant à l'université. Je n'avais que très peu d'heures de cours, mais le système alors en vigueur nous obligeait à faire de la présence, chacun à notre place, dans la grande salle des professeurs, poussiéreuse et surchauffée. C'est ainsi que j'ai très bien connu le docteur Kamal Yassim qui occupait le bureau voisin du mien et que, jour après jour, nous nous sommes peu à peu liés d'amitié. Très distingué, il avait cette manière bien à lui de parler lentement, en choisissant chacun de ses mots avec un léger sourire et quelque peu d'affectation. Epris de culture française, il avait fait ses études à Paris et soutenu une thèse sur les rapports imaginaires entre Théophile Gautier et l'Egypte.

Il habitait la proche banlieue d'Alexandrie et, sans jamais se départir de son affabilité naturelle, le docteur Yassim n'avait cessé de me faire part du projet d'agrandir la villa héritée de ses parents et grands-parents. En particulier, il avait dans l'idée de rendre habitable la cave de la maison, laquelle n'était alors qu'un réduit obscur, adossé au rocher par un des côtés et où s'étaient entassés, depuis des générations, des meubles hors d'usage ou cassés, de vieux coffres bourrés de vêtements démodés et tout un

11

invraisemblable bric-à-brac. Il en avait lui-même dessiné les plans, et son intention était d'aménager l'endroit avec suffisamment de confort pour en faire une pièce qui resterait toujours fraîche et où il pourrait venir se réfugier pendant les grosses chaleurs de l'été. Chaque matin, il me tenait au courant de la progression des travaux et insistait pour que je fisse un détour jusque chez lui pour donner mon avis.

A la fin, ses propos avaient fait que je m'étais lassé de sa conversation et ne pensais plus qu'à me dérober. Pourtant, un jour que je quittais l'université en traversant le parc – il y avait un vent terrible cet après-midi-là, qui courbait les palmiers et arrachait les feuilles des arbres –, il me rattrapa tout essoufflé, les cheveux ébouriffés et son éternel cartable au bout du bras :

– Vous savez, cela m'ennuie un peu d'insister; il faudrait que vous passiez nous voir à la maison. Il s'est passé quelque chose d'étonnant, dont je ne peux malheureusement pas vous parler ici. Vous avez fini vos cours, n'est-ce pas? Pourquoi ne pas m'accompagner? Vous déjeunerez avec nous bien entendu et je vous raccompagnerai ensuite chez vous...

Je ne pouvais plus refuser. Nous montâmes dans sa vieille Cadillac, garée un peu plus loin, et qu'il avait d'ailleurs renoncé à faire réparer. La portière, du côté du passager, s'ouvrait dans les virages, et il me fallut tout au long du trajet me cramponner pour la retenir, le coude passé par la fenêtre ouverte. Au fur et à mesure que nous nous rapprochions de chez lui, il paraissait de plus en plus nerveux et préoccupé. Il conduisait par à-coups, nerveusement, klaxon bloqué, se faufilant à toute vitesse entre les bus surchargés, frôlant les cyclistes et les piétons qui se retournaient sur lui pour l'injurier.

Quand nous arrivâmes devant sa villa et qu'il dut ouvrir

la grille pour rentrer la voiture, je vis que ses mains tremblaient légèrement. Lorsque nous pénétrâmes dans le vestibule, n'y pouvant plus tenir, il m'arrêta par ces mots :

– Ecoutez! Vous êtes étranger ici et, paradoxalement, c'est en vous que j'ai le plus confiance. Vous connaissez bien l'Egypte. Je sais que vous vous intéressez à l'histoire et au passé de cette ville et que vous projetez même d'écrire un livre. Je vous ai plusieurs fois aperçu à la bibliothèque. Maintenant, je vais vous montrer quelque chose qui vous laissera surpris. Mais il me faut auparavant votre parole : jurez de ne jamais rien révéler de tout ceci...

Je lui donnai ma parole. Aussitôt, nous descendîmes l'escalier de la cave. Là, tout était sens dessus dessous. La terre avait été remuée en plusieurs endroits. Des pelles et des pioches étaient alignées le long du mur ainsi qu'une pile de ces paniers ronds en osier avec lesquels les ouvriers égyptiens charrient la terre peut-être depuis des millénaires. On avait calé ici et là des madriers pour servir d'arcs-boutants et la cave s'en était considérablement élargie. La lampe à pétrole que tenait à la main le docteur Yassim jetait des lueurs indécises sur les parois les plus éloignées.

– Les ouvriers ont donc commencé à travailler ici et à creuser selon mes propres indications. Chaque soir je venais vérifier l'état des lieux et m'assurer que tout se déroulait normalement. Ma hantise était de tomber sur une plaque rocheuse qui nous aurait forcément arrêtés. Et l'autre jour, dans le fond là-bas, en déblayant machinalement la terre pour effectuer un sondage, j'ai découvert ceci...

Nous nous avançâmes avec précaution vers l'extrémité de la cave, obligés de nous courber en deux pour ne pas cogner de la tête contre le plafond. Là régnait plus qu'ailleurs une forte odeur de terre et de moisi. Le docteur Yassim posa sa lampe sur le sol et, à genoux, des deux mains, il commença à écarter soigneusement la terre autour d'un endroit précis. Aussitôt apparurent quelques éléments de maçonnerie, deux blocs de pierre blanche, taillés à l'équerre et parfaitement joints.

– Du marbre!

Sans attendre, je m'accroupis à ses côtés et l'aidai à repousser le plus loin possible la terre qui avait tendance, par manque de place, à combler au fur et à mesure le trou qu'il s'efforçait de creuser. A ce moment, il s'arrêta et me regarda :

– Vous comprenez? Quand je me suis aperçu de ça, j'ai tout de suite fait arrêter les travaux et renvoyer les ouvriers. Je leur ai payé tout ce que je leur devais, prétextant qu'en poussant plus avant je craignais que cela ne fasse effondrer la maison. Heureusement pour moi! S'ils avaient travaillé ne serait-ce qu'une heure de plus, ils l'auraient découvert et alors, c'en était fait de moi. En effet, il y a tout lieu de penser que nous sommes tombés sur quelque ruine, peut-être la voûte d'une crypte ou d'un caveau. Dès lors, il n'y avait pas trente-six solutions : soit j'alertais le bureau des Antiquités, et vous savez comment ça se passe? Ils auraient commencé par fermer la maison, nous auraient expropriés et mis les scellés. Comme ils n'ont pas de crédits, la situation se serait éternisée, sans plus. Si, par malheur, ils en avaient eu, alors ils auraient peut-être tout détruit pour excaver cette ruine. Alexandrie s'est développée de façon anarchique jusqu'à la dernière guerre; elle a été si mal fouillée et tant pillée par les particuliers que les services archéologiques ne laissent plus rien passer, comme par esprit de revanche et pour manifester leur dépit à l'idée de tout ce qui a pu leur échapper.

La deuxième solution consistait donc, de la part des

ouvriers, à me faire chanter. Ils auraient ainsi eu beau jeu de me soutirer tout l'argent qu'ils auraient voulu pour prix de leur silence. Et, au bout du compte, ils auraient fini par avertir l'une de ces bandes organisées qui se livrent à Alexandrie au trafic des antiquités. Des gangs internationaux qui ont créé un véritable marché parallèle des objets d'art ancien, et dont les acquisitions transitent par le désert, *via* la Libye, jusqu'en Europe et même en Amérique. Une fois que vous avez affaire à ces gens-là, vous êtes perdu. Rien ne les arrête, il s'agit d'une véritable mafia. Et, en règle générale, ça finit toujours mal. Soit on vous retrouve abattu au coin d'une rue ou noyé le long des docks, soit, ce qui est pire encore, c'est la descente de police, la bastonnade et la prison à vie...

Il parlait sourdement, comme de crainte d'être entendu, alors que le son de sa voix s'absorbait au fur et à mesure dans la terre meuble et noire. A l'aide d'une pelle cette fois, je déblayai l'aire au centre de laquelle il avait continué de creuser, dégageant progressivement ce qui nous apparut être le faîte d'une voûte. L'heure du dîner arriva. Sa femme nous présenta la bassine de cuivre et l'aiguière pour que nous puissions nous laver les mains, et nous mangeâmes sur le pouce quelques brochettes accompagnées de riz; nous fûmes très surpris d'apprendre qu'au-dehors la nuit était déjà tombée. Puis, sans même nous concerter, nous nous remîmes au travail. Toujours à l'aide d'une pelle, je m'employais à tasser la terre le long des murs de façon à ne plus laisser qu'un étroit passage jusqu'à l'escalier de la cave. A présent, le trou était devenu si profond que, le docteur Yassim y étant enfoncé jusqu'à la poitrine, nous avions dû aménager quelques marches pour pouvoir y descendre ou en remonter plus facilement.

Nous avions ainsi fini par mettre au jour une espèce de construction semi-circulaire, comme l'entrée d'un égout ou de quelque souterrain, constituée de blocs parfaitement équarris et si savamment emboîtés qu'ils se trouvaient soudés entre eux de façon presque indestructible et cela, par le simple effet de leur propre poids. Tel que cela était disposé, les fondations de la villa en faisaient le tour et on avait très bien pu construire cette dernière sans même soupçonner l'entrée d'un tel édifice dans ses soubassements. D'ailleurs, nous ne fûmes pas longs à nous apercevoir qu'il s'agissait là de l'extrémité d'une galerie surmontant sans nul doute un escalier, puisque le dessus de la voûte semblait s'enfoncer immédiatement dans le sol selon un angle d'environ quarante-cinq degrés. Cependant, un amoncellement chaotique de gros blocs et de moellons obstruait le passage, comme si un pan de mur ou peut-être quelque chapelle qui en protégeait jadis l'entrée se fût écroulé.

Alors que je m'acharnais avec une barre de fer à essayer de les disjoindre pour les faire riper les uns contre les autres, Kamal Yassim continuait à creuser simplement de la main entre les blocs, espérant par là gagner du temps et se faire au plus vite une idée de ce qu'il y avait derrière. Le bras enfoncé jusqu'à l'épaule, allongé sur le côté et le corps tordu pour essayer de pousser sa main le plus loin possible entre ces masses de pierre, il laissa tout à coup échapper une exclamation sourde qui me fit tout abandonner et me précipiter vers lui. Il venait de déboucher sur le vide, et les rocs insensiblement s'étaient affaissés sur eux-mêmes, au risque de lui coincer le bras. Quand il eut réussi, avec beaucoup de mal, à se dégager de là, un puissant courant d'air s'engouffra aussitôt par l'orifice, claquant violemment la porte de la cave au rez-de-chaussée. Même en nous collant la face contre le trou, nous ne distinguions rien que le souffle lent du vide qui nous frôlait avec un lointain grondement; par contre, toute la cave se trouva envahie d'une forte odeur de renfermé, de vieilles étoffes et de parfums séchés, de terre et d'eau.

Ce n'est que bien plus tard que nous fûmes en mesure de ménager une ouverture suffisante pour nous laisser passer. Entre-temps, les jours et les nuits s'étaient confondus, aucun de nous n'ayant voulu abandonner sans savoir. Nous dormions et mangions chez lui et, de temps à autre, sa femme était obligée de nous rappeler l'heure respective de nos cours. Surpris de cette interruption, nous avions juste le temps, hagards et aveuglés, de prendre une douche et de nous rhabiller pour sauter dans sa voiture et nous rendre à l'université.

Sur la fin, nous relâchâmes quelque peu notre effort : nous nous étions en effet promis d'attendre les vacances de la mi-année pour explorer plus calmement l'endroit. Le jour venu, munis de lampes à pétrole et de cordes, nous entreprîmes de nous introduire à plat ventre par l'orifice. Une fois passés de l'autre côté, et cognant de la tête contre la voûte à cause de la pente de celle-ci, de l'espèce de surplomb où nous avions abouti, nous aperçûmes juste en dessous de nous la déclivité vertigineuse d'un gigantesque escalier qui s'enfonçait presque à la verticale dans l'obscurité. Les degrés, à la lueur des lampes, apparaissaient jonchés des éboulis et des gravats que nous avions fait tomber pour élargir le trou. En nous laissant glisser le long de la corde jusqu'à prendre pied en haut de l'escalier, nous nous rappelâmes en effet avoir entendu, non sans une sorte de terreur instinctive, les pierres dévaler la pente et, pour certaines, rebondir de marche en marche avec un bruit d'enfer qui n'en finissait pas, comme amplifié par l'écho jusqu'au tréfonds de la terre.

Au terme de ce qui nous parut une interminable descente, quelles ne furent pas notre surprise et notre joie de nous retrouver au centre d'une rotonde bordée de pilastres entre lesquels étaient creusées des niches verticales et semi-circulaires, à présent vides, mais où avaient dû prendre place autrefois des urnes cinéraires ou même des statues de personnages officiels, à en croire les cartouches taillés dans la pierre en caractères hiéroglyphiques, et parfois traduits en grec. Certains d'ailleurs semblaient avoir fait l'objet de destructions volontaires et systématiques, ayant été martelés à coups de masse ou au burin.

Trois portes s'ouvraient sur cette rotonde; les deux latérales sur de vastes cavités dont on avait commencé, à même le roc, à esquisser les contours et qui avaient dû être ensuite abandonnées, puisque l'une comme l'autre se terminaient, après un court boyau, par un cul-de-sac. La porte centrale, plus importante car surélevée d'un porche avec fronton peint d'oiseaux à tête humaine réprésentant selon les rites égyptiens les âmes des morts, permettait d'accéder à une longue salle hypostyle. L'extrémité se perdait dans les ténèbres mais les côtés étaient, de part et d'autre, et de façon exactement symétrique, percés d'une douzaine d'ouvertures donnant, après quelques marches en contrebas, dans des cryptes toutes identiques. Très hautes de plafond, celles-ci avaient été creusées dans leurs parois d'alvéoles quadrangulaires, horizontaux et superposés comme autant de couchettes, pour la plupart abritant chacun un sarcophage. Ces niches avaient d'ailleurs été à l'origine fermées par des dalles de calcaire; quelques-unes étaient restées en place, entourées en ronde bosse de guirlandes de fleurs et de feuillages, peintes en noir et rouge, portant en leur centre le nom et l'âge du mort, suivis parfois d'une courte épitaphe en termes plus ou moins laconiques.

Nous nous trouvions donc là en présence d'une vaste nécropole souterraine, comme il en existe encore plusieurs à Alexandrie, composée de centaines, peut-être même de milliers de tombes, disposées selon un ordre rigoureux, mais dont les cercueils de pierre avaient déjà été endommagés par le pillage et les déprédations. Pour la plus grande majorité, le couvercle en avait été forcé, et l'intérieur était vide. Cette grande salle, avec sa voûte en berceau soutenue par deux rangées de colonnes à chapiteaux sculptés en forme de fleurs de lotus ou de feuilles d'acanthe, éclairée par la seule lueur de nos lampes défaillantes tenues à bout de bras, était impressionnante, tant par le caractère monumental de l'ensemble que par le silence absolu qui y régnait. Nous ne pouvions nous empêcher de marcher sur la pointe des pieds, comme par une sorte de réflexe ridicule, de peur que le bruit de nos pas sur les dalles ne vienne troubler le repos de tous ceux qui dormaient encore à l'abri de cet immense sépulcre ou n'attire sur nous l'attention de quelque puissance mystérieuse et redoutable, préposée à la garde des défunts et simplement assoupie dans la pénombre depuis des millénaires...

Nous poursuivîmes notre chemin. Les salles, aux architectures diverses et où se mêlaient les influences égyptiennes et grecques, se succédaient par des corridors étroits ou des cages d'escalier circulaires qui permettaient de prendre pied aux niveaux inférieurs, dans la mesure où ceux-ci n'étaient pas envahis par les eaux. A l'évidence, la construction de ces catacombes avait dû s'échelonner sur plusieurs siècles tant les parties différaient entre elles par le style et l'ornementation. Certaines salles étaient entièrement décorées de frises et de festons à motifs gréco-romains, d'autres peintes, sur enduits de stuc ou de mortier, de fresques polychromes à caractère mythologique, représentant, par exemple, la résurrection d'Osiris, ou encore couvertes de mosaïques par endroits désagrégées par l'humidité mais où l'on reconnaissait encore les silhouettes de squelettes, coupe en main, le crâne couronné de fleurs et festoyant. Plus rares, quelques-unes de ces chapelles funéraires étaient entièrement nues, simplement constituées, entre les loculi où reposaient les corps, de petits autels votifs en terre cuite ou en marbre.

Tout à coup, au détour d'un couloir, nous fûmes glacés d'effroi lorsque, par le brusque éclat de nos lampes, se trouva projetée contre nous, immense et terrifiante, l'ombre du dieu Anubis, à tête de chacal, qui s'avançait d'un pas à notre rencontre, bras tendus à l'horizontale, comme pour nous barrer la route et s'emparer de nous. Nous venions de nous heurter à la statue grandeur nature du Gardien des Enfers, le Guide des Morts et le Maître de l'embaumement, l'Oupouaout ainsi que le surnommaient les Egyptiens, c'est-à-dire « l'Ouvreur de portes ». La tête surmontée du disque solaire, son museau avait été fracassé par quelque iconoclaste sans doute surpris comme nous d'une telle présence en ces lieux...

Plusieurs religions semblaient s'être succédé au fil du temps; on remarquait en effet des traces de culte aussi bien gréco-égyptien de l'époque hellénistique que romain de la période impériale ou encore chrétien, ce dernier surajouté à l'ensemble et facilement reconnaissable à un style hybride et sans vigueur. Chaque religion avait chassé l'autre des lieux, sans doute pour y déposer ses propres morts. Les statues et les effigies païennes martelées ou renversées témoignaient de l'occupation de certaines parties de la tombe par des communautés chrétiennes qui y avaient laissé d'innombrables inscriptions à l'ocre rouge, partout des croix et le monogramme du Christ.

Cela faisait déjà plusieurs heures que nous explorions les lieux quand la baisse d'intensité de la lumière de l'une des lampes nous avertit qu'il s'agissait de penser au plus vite au retour. A vrai dire, il nous fallut plusieurs jours pour faire le tour systématique de la grande nécropole et dresser une carte approximative des lieux.

A la fin, nous ne fûmes pas sans éprouver quelque lassitude devant cet hypogée dont les chapelles funéraires avaient été visiblement passées au crible par des générations successives de pilleurs de tombes. L'ensemble témoignait d'un véritable état de délabrement, non seulement à cause des dégradations sans nombre qui y avaient été commises, mais aussi de l'humidité, partout présente, qui en rongeait les parois.

Un endroit pourtant, sur lequel nous revenions buter sans cesse, attira notre attention. La galerie qui conduisait à l'une des extrémités les plus reculées de l'hypogée débouchait sur une vaste salle circulaire d'environ une douzaine ou même une quinzaine de mètres de diamètre, dont le plafond était constitué par une grande dalle naturelle de calcaire qui suintait sur un des côtés et laissait voir d'inquiétantes fissures.

Ce que nous avions pris pour une salle n'était en fait qu'un immense puits apparemment sans fond et complètement rempli d'eau, laquelle arrivait à hauteur de la quatrième marche d'un escalier qui paraissait descendre en spirale tout le long de la paroi. Nous ne pouvions aller plus loin. Mais un détail cependant nous fit revenir sur nos pas : du côté opposé, une porte pleine d'ombre et dont le seuil affleurait lui aussi au ras de l'eau se découpait dans la muraille. Quelle en était donc l'utilité? Car, même à l'époque où cette nécropole n'avait pas encore été inondée, rien ne semblait devoir permettre d'atteindre cette ouverture. En effet, si l'on convenait de prolonger mentalement l'escalier sous l'eau en tenant compte du degré de sa pente, il était facile de constater qu'il ne devait arriver de l'autre côté, c'est-à-dire à la verticale de cette porte, que six ou sept mètres en dessous. Cet escalier permettait donc bien de descendre dans le fond du puits et d'atteindre les niveaux inférieurs de ces catacombes avant qu'elles n'eussent été immergées, mais en aucune façon de faciliter l'accès à cette ouverture qui, à l'origine, avait dû donner dans le vide. Il devait être néanmoins possible d'y parvenir, soit par un souterrain annexe invisible d'ici, soit par une nacelle ou même une échelle de corde. Cette dernière hypothèse, sans fondement au départ, nous apparut finalement comme la plus vraisemblable puisque, à bien y regarder, nous distinguâmes peu à peu, dans les ténèbres au-dessus du linteau, un léger surplomb en pierre qui pouvait fort bien avoir supporté une poulie.

Juste sur la margelle d'un seul bloc qui tenait lieu de seuil, un objet de forme ronde, mais dont il était difficile d'apprécier la nature quelle que fût la position de nos lampes, semblait y avoir été oublié. C'est ce qui me poussa, alors même que c'était sans espoir, à ôter mes chaussures et à descendre quelques-unes des marches de l'escalier, en prenant bien soin de me tenir au mur tant celles-ci étaient glissantes et moussues. La vase que je soulevais à chaque pas eut tôt fait de souiller la surface et j'eus vite de l'eau jusqu'à mi-cuisses sans pour cela avoir progressé de plus d'un mètre en direction de l'ouverture.

Après être remonté et avoir hésité longuement, malgré les protestations du docteur Yassim qui affirmait que c'était pure folie, je résolus de me déshabiller pour tenter de gagner à la nage l'extrémité opposée. L'eau n'était pas froide, mais je me souviendrai toujours, et non sans frissonner à chaque fois, de ce sentiment de dégoût qui me saisit par tout le corps au moment où, dans l'eau jusqu'à la ceinture, je me préparai à sauter le pas. Doucement, et sans faire la moindre vague, tenant la lampe bien au-dessus de ma tête, je me laissai alors glisser, plein de répulsion, dans ce liquide qui, à mon sens, ne pouvait être

22

qu'immonde. Brasse après brasse, il m'apparaissait d'ailleurs plus noir et presque visqueux, à tel point que je dus faire un terrible effort de volonté pour ne plus penser à rien et maîtriser ces brusques bouffées de terreur que je sentais monter en moi et me glacer de la tête aux pieds. Je me refusais à imaginer, ne fût-ce qu'une seconde, ce qu'il pouvait y avoir sous moi : peut-être quelque charnier encore en décomposition... Car, en ce lieu de mort, il me fallait bien accepter le fait que cette eau ne pouvait être que chargée de fourbes pestilences, imprégnée de toutes les humeurs résultant de la putréfaction de ces milliers de cadavres, comme devaient l'être, sans doute de la même façon, les eaux lourdes et noires de ces fleuves que l'on dit border les Enfers. N'allais-je pas me faire tout soudainement happer par quelque monstre surgi des profondeurs ou saisir à la cheville dans l'étau d'une main osseuse et décharnée? Mon imagination ne demandait qu'à battre la campagne et je devais me raisonner pour garder la tête froide et ne pas me laisser aller, ainsi que j'en eus à plusieurs reprises la tentation, à hurler tout à coup et me débattre. Comme antidote, je m'appliquai à nager du mieux qu'il m'était possible, la tête bien hors de l'eau et les lèvres serrées afin qu'aucune goutte de ce liquide putride ne vînt par mégarde au contact de ma bouche.

Au terme d'un trajet qui m'avait paru n'en plus finir, je pris appui sur le rebord et me hissai non sans un certain soulagement hors de l'eau. En m'égouttant et en contemplant cette étendue presque laquée qui avait repris son immobilité première, je fus tout surpris de constater que, bien au contraire, cette eau était d'une limpidité extraordinaire, à tel point qu'on aurait pu la croire issue d'une source souterraine ou encore de la fissure de quelque citerne. En me penchant au-dessus de la surface, et les rayons de ma lampe pénétrant loin dans l'eau claire, il me semblait même possible d'apercevoir par transparence l'ombre régulière de la spirale de l'escalier se perdant dans les profondeurs du puits.

Ramassant l'objet plat et rond qui avait attiré notre attention, je pus me rendre compte qu'il s'agissait d'un bouclier de cuir, armé de métal. Rongé de toutes parts, il était troué en son milieu, comme défoncé, et les bords en étaient eux-mêmes tordus. Le cuir en était rêche et tout fripé, cédant aussitôt partout où j'appuyais le doigt comme du carton mâché de mauvaise qualité. A l'autre extrémité de l'eau, j'apercevais la silhouette anxieuse et fragile du docteur Yassim qui essayait de voir ce que je faisais, au centre du halo presque irréel de sa lampe qu'il tendait vers moi, comme un spectre délaissé, soudain très loin, apparition d'un autre monde.

Je repris ma lampe et, précédé de sa lueur, je m'engageai dans l'étroit corridor qui s'ouvrait sur une salle de grandes dimensions, surmontée d'une voûte à caissons. Comme pour toutes les autres, de chaque côté partaient des entrées de cryptes funéraires mais, entre chacune de ces ouvertures, juste assez larges pour que l'on pût s'y glisser de biais, des banquettes avaient été aménagées à même la roche où pouvaient prendre place un ou deux hommes couchés et qui avaient dû, à l'origine, être garnies de matelas et de coussins. En face de chacun de ces lits, et donc occupant le centre de la pièce, des tables de bois avaient été renversées les unes sur les autres et démantelées, le tout s'effondrant sur place et tombant en poussière au moindre toucher. Tout laissait supposer que je me trouvais en présence d'une *cella memoriae*, salle de banquet où, selon la tradition païenne, se tenaient les repas funèbres à la mémoire des morts, mais où tout avait été bousculé, comme si le festin eût été interrompu par la brusque irruption de bandes armées ou de pillards qui n'avaient eu d'autre but que de

24

saccager définitivement les lieux. Même les statues qui ornaient certaines parties de la salle avaient été basculées de leur piédestal et précipitées à terre; il n'en restait plus que des fragments éclatés contre le sol où se reconnaissaient ici l'arc d'un nez, là les ondulations d'une chevelure ou la main de quelque dieu restée intacte et pointée vers sa propre destruction. Le dallage avait été ainsi jonché de débris de toutes sortes, morceaux de bois, détritus divers, vaisselle et poteries fracassées dans une mêlée dont on pouvait, rien qu'à ce spectacle, facilement imaginer la violence.

En m'avançant vers le fond de la pièce, je pus me rendre compte que les parois étaient couvertes de peintures polychromes figurant divers personnages mythologiques dont un surtout, homme à haute stature, vêtu d'une robe blanche, représenté dans les scènes principales de son existence, mais dont il était malaisé de retrouver la signification tant les couleurs avaient passé; certaines parties de l'enduit s'étaient même décollées par plaques et, en d'autres endroits, ne subsistaient plus que fortement endommagées pour avoir été maculées et souillées. Sur tout le pourtour de la salle, et rejoignant les encoches pratiquées dans la pierre pour y fixer les torches, courait une frise en mosaïque composée de motifs géométriques qui n'étaient autres que les principaux polygones réguliers; l'un, le pentagramme, revenait à intervalles rapprochés et, par l'abondance de la décoration dont il était entouré, avait tout l'air de faire figure d'emblème et de signe de ralliement à une communauté plus ou moins clandestine dont certains indices laissaient à penser qu'elle pouvait être d'origine pythagoricienne.

Le fond de cette crypte se terminait par une abside semi-circulaire, bordée de deux pilastres, et surmontée d'une demi-coupole alvéolée verticalement selon une forme en coquille. Au centre de cet espace reposait un lourd sarcophage de grès rose orné de bas-reliefs et, aux quatre coins, des masques alternés de Méduse et de Silène. Les côtés étaient découpés en plusieurs caissons, chacun sculpté de scènes de la vie d'un personnage qui, de toute évidence, était le même que celui représenté sur les fresques. Le couvercle avait été descellé et légèrement déplacé en biais, et, pour cela, fracturé à l'un des coins. Le cercueil profané, autant qu'il était possible d'en juger, avait été vidé de son contenu.

Le plus étonnant à mon sens consistait en la figuration, sur la paroi du fond de cette espèce de chœur, de neuf signes d'égale grandeur et disposés en cercle autour d'un simple point, ayant la forme d'un minuscule losange mais comme entouré de rayons. Ces symboles avaient été sculptés à même la pierre et polis, peut-être peints ensuite ou même recouverts de feuilles d'or dont il ne restait pratiquement plus aucune trace. J'aurais presque été porté à qualifier ces signes de « cabalistiques » – connaissant le rôle important joué par la communauté juive à Alexandrie – si je n'avais pas reconnu aussitôt les neuf chiffres arabes dessinés sous leur forme primitive, mais, après coup, facilement identifiables. Cependant, présentés comme ils l'étaient, ceux-ci semblaient en tout cas chargés d'un pouvoir qui dépassait leur simple réalité et les hissait à l'état de présences presque magiques et pour ainsi dire sacralisées. Le relief qui, sous l'éclat de la lampe, les faisait ressortir de la paroi de pierre et se détacher leur conférait une mobilité et presque une indépendance qui renforçaient encore la valeur symbolique dont ils semblaient avoir été chargés au point de faire d'eux, selon toute apparence, les objets d'une certaine vénération ou même d'un véritable culte.

En voulant prendre du recul pour mieux en apprécier

l'effet de loin, je heurtai du pied ce que je pris tout d'abord pour des morceaux de bois et qui se révéla à l'examen être divers ossements, éparpillés et fragiles comme de la cendre au toucher tant ils s'écrasaient facilement entre les doigts. Plus loin, dans un coin, un crâne avait roulé, très profondément entaillé sur le dessus et qui se sépara en deux le long de la ligne de fracture avec un léger crissement aussitôt que je l'eus pris dans mes mains. Tout indiquait donc qu'on s'était battu là, avec acharnement. Ainsi que cela allait nous être confirmé par la suite, cet endroit avait constitué l'ultime refuge d'une secte païenne, pourchassée vers le milieu de l'ère chrétienne, puis tout entière exterminée.

Bientôt, il me fallut penser à rejoindre mon compagnon; le froid de ce lieu commençait à me tomber sur les épaules. Je me remis à l'eau sans bruit. Le docteur Yassim se tenait sans bouger, assis contre un pilier et sa lampe posée à côté de lui, tourné vers la partie la plus ténébreuse de la galerie par où nous étions arrivés, scrutant obstinément l'obscurité comme si, à force d'avoir attendu seul et aussi longtemps en cet endroit sinistre, il s'était laissé malgré lui peu à peu gagner par l'appréhension ou tenailler par la crainte de voir apparaître et venir à lui cette figure sépulcrale que l'ombre ne pouvait à la longue manquer d'engendrer.

Les jours suivants, nous revînmes compléter notre exploration mais, cette fois, avec de quoi traverser, un petit canot pneumatique juste suffisant pour deux. Nous fouillâmes chaque recoin dans l'espoir de trouver quelque indice supplémentaire qui pût nous permettre de corroborer notre hypothèse. En visitant la dernière des chapelles latérales, je m'aperçus que je n'avais jusque-là, une fois pénétré à l'intérieur, jamais vraiment prêté attention à cet espace en retrait, et finalement d'une relative profondeur, qui marquait le dessus du linteau de chacune des portes. Le fait de prendre conscience que celui que je regardais à l'instant était vide me fit précisément soupçonner qu'il n'en avait pas toujours été ainsi. De façon obscure, je gardais à la mémoire la vague impression d'y avoir entr'aperçu, à un moment ou à un autre, mais sans que cela ne m'eût sur le coup frappé, une forme massive dont il m'était, sur l'instant, impossible de préciser les contours.

Je refis donc le trajet en sens inverse et, effectivement, dans la première à droite de ces chambres funéraires, dissimulée sur le dessus de la porte, je découvris une grosse urne de porphyre aux deux anses constituées par des corps de serpents dont la tête se relevait sur le devant, chargés qu'ils étaient, selon la tradition égyptienne, d'assurer la protection du défunt; cette urne d'ailleurs pouvait contenir des cendres ou, tout aussi bien, faire office de récipient aux produits servant à la momification. En grimpant par le côté, et en prenant appui sur les couvercles des divers sarcophages superposés dans leur alvéole voûté, je pus me hisser en équilibre jusqu'à la hauteur de l'urne. Déposant sur le côté l'énorme couvercle qui, pour un peu, m'aurait entraîné avec lui dans sa chute, à l'aveuglette je passai la main par l'orifice et tâtonnai à l'intérieur. L'urne était vide, mais aussitôt se présenta sous mes doigts un gros rouleau cylindrique que j'extirpai de là. Il était tout entier en épais cuir noir, abondamment recouvert de graisse séchée à l'extérieur, et fermé par un couvercle comme une boîte. Revenu dans la grande salle, j'appelai le docteur Yassim et, ensemble, nous entreprîmes de l'ouvrir avec précaution. Toutes sortes de documents, lettres, manuscrits de première main ou copies de papyrus s'y trouvaient roulés les uns dans les autres en un bloc compact et fragile, mais soigneusement conservés à l'abri de l'air et de l'humidité, et donc en parfait état pour la plupart, sauf certains qui paraissaient détériorés d'origine...

Nous venions là, sans même l'avoir espéré, de mettre la main sur de véritables archives. De retour, utilisant clandestinement le laboratoire de la bibliothèque universitaire, nous réussîmes à traiter à la paraffine tous ceux des manuscrits qui pouvaient être conservés et à photographier les autres avant que ceux-ci ne s'effacent à jamais ou ne tombent en poussière. Puis, nous commençâmes à dépouiller et à traduire l'ensemble de ces textes dont l'essentiel forme la matière même de ce livre, ce qui nous a permis de reconstituer, avec suffisamment de détails, l'histoire de la secte de ceux que nous pourrions appeler, pour plus de commodité, les « Adorateurs du Zéro ».

Par les textes enfermés dans ce rouleau, les membres de la secte avaient donc tenté de répertorier sur plus d'un millénaire – c'est-à-dire de Pythagore (VIe siècle av. J.-C.) jusqu'à la prise d'Alexandrie par les Arabes (VIIe siècle après) – toutes les sources possibles de leur doctrine, tous les documents, lettres de particuliers, biographies imiginaires, études critiques, chapitres d'ouvrages mathématiques, exégèses et compilations, commentaires divers qui, de près ou de loin, étaient destinés à servir de références de base à leurs croyances ou confirmer leur propre interprétation du monde.

Nous avons donc pris le parti de classer ces documents, et d'après ce que nous pouvions en savoir, par ordre chronologique, de les mettre bout à bout afin d'essayer de restituer l'originalité de cette pensée, à la fois dans sa logique et sa continuité. Ainsi trouvera-t-on, dans les pages du présent volume, des textes parfois fort connus et qui ont fait l'objet d'innombrables traductions, mais ici peut-être avec quelques variantes; d'autres, plus rares, et pour la majeure partie inédits, pour lesquels l'authenticité ne fait pas l'ombre d'un doute; certains, par contre, sur lesquels il semble souvent difficile de se prononcer.

En effet, au lecteur un peu attentif, tout dans ce récit n'apparaîtra pas forcément cohérent ni même conforme à la vérité historique ou à l'idée qu'il s'en faisait. La faute en est sûrement due à la présence de certains textes, retranscrits en des périodes troublées, si l'on en juge à leur écriture hâtive et négligée, par des copistes peu scrupuleux, sinon aveuglés par leur passion de faire coïncider la teneur des manuscrits avec l'orthodoxie de ce à quoi croyait la secte à tel ou tel moment particulièrement difficile de son histoire. D'autant plus que celle-ci, ayant été à plusieurs reprises obligée d'entrer dans la clandestinité pour perpétuer ses rites, des éléments nous manquent parfois pour établir des jalons entre des périodes bien connues de nous, mais séparées entre elles souvent par un ou deux siècles.

La prudence sera donc de règle, et nous-mêmes avons été bien en peine, sur certains points, de démêler le vrai du faux. Ce qui peut être affirmé en revanche, c'est que chacun de ces textes s'inscrit dans un contexte qui, lui, ne peut faire l'objet d'aucune contestation. Nous avons, pour la plupart des cas, vérifié les moindres détails et les contradictions ou les erreurs, s'il y en a, nous sont apparues fort difficiles à déceler. Mais c'est aussi pourquoi nous avons pris la précaution d'introduire tous les documents présentés ici par une courte note explicative, à la fois pour faire le lien de l'un à l'autre, pour les situer dans leur contexte historique par égard pour le lecteur non averti ou qui aurait gardé mauvaise mémoire des événements du passé, et enfin pour en apprécier le degré d'authenticité, évaluer sa date, préciser l'essentiel de ce que nous savions de sa composition ou de son auteur présumé.

De plus, pour préserver l'intelligence d'un tel récit et rendre sensible son unité, je me suis permis pour ma part, mais sans jamais rien altérer de l'ensemble, de combler certains vides ou autres lacunes manifestes par des descriptions de fresques ou de bas-reliefs de sarcophages trouvés sur les lieux mêmes, ainsi que par des extraits d'ouvrages de géographes, d'historiens et de mathématiciens, anciens et contemporains. J'ai même utilisé à un endroit des comptes rendus de fouilles archéologiques qui mettaient en pleine lumière et confirmaient soudain tel fait particulier, à première vue inconséquent, et qui aurait semblé sans cela pure fantaisie.

Plus important, on ne manquera pas de se reporter à l'extraordinaire document que constitue l'intégralité du journal tenu jusqu'au bout par Théocritias d'Apamée, dernier scribe de la secte, lequel s'est attaché à relater comment, assaillis par les chrétiens fanatiques qui avaient réussi à prendre pied dans leur repaire au terme d'un audacieux stratagème, maîtres et initiés durent se battre pied à pied pour finalement succomber sous le nombre. Il est à supposer que Théocritias n'a pu qu'*in extremis* joindre son texte aux archives dont il avait la garde et glisser le tout dans l'urne de porphyre.

Sur ce récit saisissant et dramatique se terminera donc le trajet d'une de ces plus terribles épopées intellectuelles de l'histoire de l'humanité. Sans qu'il y paraisse en effet, l'accès à la conscience et la découverte, avec toutes ses implications mathématiques, religieuses et philosophiques, d'un nombre qui soit la figure même de la non-quantité, et donc du néant, et, pour tout dire, la représentation de l'absence même de nombre – à savoir le zéro –, constituent une véritable révolution dans l'ordre de la pensée, ainsi qu'en témoignent ces textes où peuvent se lire tour à tour l'ascèse, la souffrance et l'extase, à la fois les déchirures du doute et la détermination de parvenir au fond des choses et, si telle en est l'issue, jusqu'au *rien*.

P.S.– Le docteur Yassim, entre-temps décédé, m'avait fait promettre de ne rien révéler de l'ouverture et de l'emplacement du grand hypogée. Parole que j'ai tenue – aussi par égard pour sa veuve – puisque toutes les indications qui le concernent, et jusqu'à son nom, ont été bien entendu par mes soins maquillées.

Je tiens néanmoins à dire que si j'ai continué à employer la forme nous *tout au long de cette introduction ainsi que dans les notes qui vont suivre, c'est plus en fait par habitude et par convention. Car si je me sais tenu par le secret pour ce qui est des matières que j'ai citées, rien ne m'empêche par contre – si ce n'était l'amertume et le regret – de révéler que, jusqu'à sa mort, et après y avoir collaboré un moment, le docteur Yassim a ensuite tout fait pour contrecarrer nos travaux et empêcher leur publication. Etant copte de confession, et pour cette simple raison, à mon sens peu louable et quelque peu ridicule, il a fini par refuser de participer plus avant à une entreprise par laquelle se voyaient dénoncées, au fur et à mesure que nous traduisions certains textes, les exactions systématiquement perpétrées par les chrétiens, entre le IVe et le VIIe siècle de notre ère, à l'encontre des philosophes grecs et païens qui furent ainsi, devant la montée de la foi conquérante, progressivement voués à l'extermination.*

DOCUMENT Nº 1

Les premiers textes qui figurent en tête des archives de la confrérie des Adorateurs du Zéro sont en grande partie consacrés à Pythagore. En effet, nous savons qu'il est le premier à avoir institué une véritable religion fondée sur le culte des nombres, et c'est à ce titre que l'histoire de la découverte du zéro remonte en toute logique jusqu'à lui. Plusieurs de ces textes font donc directement référence aux principaux événements de la vie du Maître de Samos, véritable figure mythologique où, pour un même fait, il nous est arrivé de trouver trois ou quatre interprétations divergentes, sinon même opposées, faites par différents auteurs à des époques diverses. Nous n'avons pas voulu fatiguer le lecteur par ces compilations fastidieuses et avons décidé d'alléger le récit en choisissant la version qui nous paraissait la plus complète et la plus significative. Nous avouons ne nous être interrogés qu'en de rares endroits sur l'authenticité des faits relatés, tant les recherches, même à l'heure actuelle, restent contradictoires.

On peut dire néanmoins que Pythagore a dû naître approximativement entre 580 et 570 avant J.-C., dans l'île de Samos, près de la côte d'Asie Mineure. Fils de Mnésarkhos, joaillier, et de Pythaïs, considérée comme « la plus belle des Samiennes », il aurait d'abord été confié à Hermodamas son oncle qui lui aurait dispensé les premiers enseignements. Il aurait ensuite complété son éducation auprès de Phérécyde de Scyros, dit le Sage, qui s'était entre autres choses interrogé sur les origines et les principes de l'univers dans un ouvrage intitulé De la caverne. En sa compagnie, on dit qu'il aurait voyagé d'île en île, tout le long de la côte qui va d'Ephèse à Milet, rencontrant les disciples d'Anaximandre, de Pittakos, de Bias de Priène, et peut-être Thalès lui-même, jusqu'à ce pèlerinage fatal à Délos où son maître trouva la mort.

Nous ne disposons, pour ce qui est des archives de la secte, d'aucun texte relatif à la jeunesse de son fondateur. Par contre, nous avons découvert dans une des chapelles funéraires attenantes à la grande crypte une fresque d'environ trois mètres sur deux, avec une inscription sur le côté faisant mention du départ de Pythagore pour l'Egypte. Les tons verts, bleus, ocre et mauve foncé y prédominent, bien que la partie basse ait été moitié entamée par l'humidité. D'une facture un peu maniérée, cette peinture a dû être exécutée par un des membres de la confrérie, à une époque où ceux-ci étaient condamnés, en raison des persécutions, à se terrer pour de longs mois dans l'obscurité de cette nécropole.

Il se peut que la description que nous en faisons ci-dessous se révèle quelque peu fantaisiste en plusieurs points. En effet, soit en raison du brusque appel d'air que nous avions provoqué, soit à cause du gaz carbonique que nous dégagions dans cette atmosphère relativement confinée, notre présence a entraîné la disparition progressive de cette fresque. Chaque fois que nous y retournions, certaines couleurs étaient en passe de s'effacer alors que d'autres au contraire, mais pendant un jour ou deux seulement, prenaient un éclat singulier, contribuant à mettre en relief des détails que nous n'avions pas à l'origine aperçus, avant de sombrer à leur tour *dans une atonie grisâtre et informelle. De ce fait, c'est comme si la fresque elle-même, prise dans cette mouvance de couleurs, avait été douée d'une vie qui l'avait fait se transformer pratiquement sous nos yeux, alors que nous ne pouvions assister qu'impuissants à son inexorable dégradation, puis à son extinction définitive.*

Reconstitution de mémoire donc, et qui n'a pas été sans nous poser quelques problèmes puisque le docteur Yassim et moi-même en avons gardé des souvenirs différents et parfois contradictoires, que nous avons essayé de concilier comme nous avons pu dans ce texte pour le moins composite et incertain, mais qu'il nous a paru indispensable de placer ici, en hommage à cette œuvre à présent disparue.

Le personnage principal – Pythagore en l'occurrence – a dû prendre pied le dernier sur le pont du navire et, tout de suite après lui, on s'est empressé de relever la passerelle. De toute la matinée – car à la longueur des ombres, le soleil est déjà haut dans le ciel –, entre la cale et le quai, ce n'a sans doute été qu'allées et venues de portefaix qui, à la file, ont chargé le vaisseau de ce qu'on avait prévu d'embarquer depuis des jours dans l'attente de vents favorables : ballots d'étoffes et caisses de bois clair où sont emballées les plus précieuses des marchandises telles que vases, coupes et pièces d'orfèvrerie, paniers craquants d'osier et lourdes jarres de ce vin liquoreux qui fait la spécialité de l'île, cages à claire-voie où caquette la volaille, sacs de cuir ou de toile grossière dans lesquels ont été entassés les effets de voyage et les provisions.

A présent, plus rien ne reste de la cargaison qui avait

encombré le môle, si ce n'est, épars, quelques chiffons ou bouts de cordes usées et qui avaient cassé, un peu partout des brins de paille, hachés et presque réduits en poudre à force d'avoir été piétinés, détritus et épluchures diverses qu'un esclave s'emploie à rejeter à la mer, dans l'espace laissé libre entre la pierre et la coque, lequel va en s'élargissant à mesure que le bateau commence à s'éloigner du quai. Pendant qu'il est temps encore, on se dépêche de lancer par-dessus bord soit une couverture, soit un baluchon oublié, quelques vivres en supplément, parfois un dernier cadeau porte-bonheur ou une offrande consacrée par les dieux.

Personne sur le quai ne semble pourtant plus vouloir bouger. Il y a là, outre les porteurs au repos, les derniers amis, la famille, et surtout nombre de curieux, venus comme à l'habitude regarder la manœuvre, mais aussi cette fois admirer l'allure du lourd vaisseau tout neuf et laqué de brillantes couleurs. Les connaisseurs et marins en commentent, avec des gestes amples mais à voix basse, la ligne audacieuse et particulièrement l'avantage que représente en maniabilité et en vitesse la triple rangée de rameurs. Alors que la trière prend du champ et gagne peu à peu le large, ceux qui sont restés sur le quai sont en mesure de mieux en apprécier la forme effilée et la tenue sur les flots déjà agités du milieu de la rade.

De toutes parts, on s'empresse dans un coin pour féliciter Aïstos, l'armateur qui était resté à l'écart et qui, après avoir fini ses comptes, s'apprête à se lever. Sans se départir d'une certaine nonchalance, il semble esquisser le geste de porter sa main en visière au-dessus de ses yeux pour regarder à son tour le fier vaisseau, dont il vient de faire l'acquisition et qui, en secret, le remplit d'orgueil. Tout juste sorti des chantiers navals de Corinthe, et à peine lui avait-on fait faire quelques voyages entre Athènes et Samos pour en tester la stabilité et le mettre à l'épreuve que déjà Aïstos n'avait pas craint de le lancer de la côte ionienne à l'Egypte, liaison qui avait d'ailleurs fait, ces dernières années, la soudaineté de sa fortune.

Et c'est ce qui fait impression tout d'abord sur le voyageur, assis au repos sur son banc de nage : alors que le vaisseau commence à quitter l'abri de la baie et que le vent se met à s'engouffrer dans la toile, on entend de tous côtés craquer la carcasse, particulièrement aux endroits où le bois joue encore et où finissent de se resserrer les joints. Des coursives et de la cale s'exhale jusque sur le pont une forte odeur de bois brut mélangée aux relents de la résine et du bitume ayant servi au calfatage. A celles-ci se mêlent encore la senteur du cuir frais des sabords ainsi que celles des cordages de chanvre tout neufs et du vermillon dont on avait badigeonné les parties les plus exposées de la coque.

En se penchant par-dessus le bastingage de l'embarcation qui file déjà sous le vent à bonne vitesse malgré une houle courte et dure, alors que l'on vient de rentrer les rames et que les voiles, désormais gonflées, ont cessé de claquer contre les gréements, Pythagore aperçoit entre les cercles d'écume que laisse l'étrave, et à la faveur de la transparence soudaine de l'eau entre chaque vague, de ces forêts d'algues rouges qui ondoient sur les rochers tout proches et les hauts-fonds. En se retournant songeur vers la poupe, il est alors surpris de constater combien, vue sous cet angle, la mer a pris une teinte bleu foncé, presque noire, mais à laquelle se mêle, à cause sans doute de la réverbération de ces végétations sous-marines, un reflet uniformément pourpre par endroits et, en d'autres lieux, tout à fait violacé.

Enfin, l'île de Samos, et la ville en étages au-dessus de la baie ne sont déjà plus qu'un éclat blanc au-dessus de la ligne précise et métallique des flots. D'ici, on aperçoit d'ailleurs beaucoup mieux, en toile de fond, mais à demi ensevelis dans la brume, les plages du littoral de la côte ionienne ainsi que les contours montagneux et bleutés du continent.

DOCUMENT N° 2

Stewart Cropson, en solitaire sur son boutre, passe pour avoir consacré une bonne partie de son existence à essayer de repérer, comme le fit Victor Bérard pour L'Odyssée, les grands itinéraires des principales voies commerciales qui sillonnaient la Méditerranée, en se fondant uniquement sur les descriptions laissées par les auteurs anciens et avec pour seule aide les instruments de navigation dont on se servait à l'époque.

Dans l'un des chapitres de son Atlas des Routes maritimes de la Grèce antique *(Londres 1953)*, il s'attache en particulier à relater les conditions dans lesquelles se faisait le voyage qui permettait de relier les îles de la côte ionienne à la concession de Naukratis accordée aux Milésiens sur la terre d'Egypte par le pharaon Psammétique Ier. A cet effet, et pour essayer de se replacer dans l'esprit de ceux qui effectuaient la traversée aux alentours du VIe siècle avant J.-C., Cropson s'appuie sur un certain nombre de textes et, en particulier, sur le témoignage d'un auteur grec du nom de Phlionte d'Athènes qui, dans sa Vies des Sages, semble être à l'origine d'une des premières biographies de Pythagore.

Stewart Cropson n'en avait traduit que les premières pages, relatives au voyage de ce dernier en Egypte. Nous avons pris le parti de republier ici ce document, mais dans son intégralité, pour autant qu'il se rapporte directement à *notre sujet; car, bien qu'elles ne fassent pas à proprement parler partie des archives de la secte, nous n'avons pu résister au plaisir de voir ces pages reproduites à cet endroit, tant elles nous ont paru vivantes et surtout pleines de détails inattendus. A l'époque pourtant, cette traduction avait fait sensation, et Stewart Cropson s'était attiré de violentes critiques pour avoir tenu compte, lors de ses reconstitutions de navigations, d'éléments puisés dans un manuscrit que certains n'hésitaient pas à qualifier de « douteux », sinon d'« extravagant ». Ces commentateurs, dans leurs articles, s'étaient par exemple gaussés de ces oiseaux « blancs comme neige et de la race des ibis », nommés* hanacks *dans le texte, et dont les caractéristiques, telles qu'elles sont décrites, n'ont jamais figuré dans aucun dictionnaire d'ornithologie; même chose au sujet de la constellation de l'Oiseau-Lyre pour laquelle le mystère reste complet. Notons encore sur la fin le passage relatif à la pierre de lune dont aucun biographe ne fera jamais la moindre mention. L'épisode de cette bague offerte par Mélétos, qui aurait servi de support à la réflexion de Pythagore, jusqu'à lui faire soupçonner l'existence d'intermédiaires entre le monde réel et celui des dieux – qui ne seront autres que les Nombres – et sur lesquels ce dernier construira ensuite sa cosmogonie, apparaît à l'évidence comme un récit fictif et inventé de toutes pièces.*

La rade une fois quittée, il ne suffit plus que de se laisser filer grand largue cap au sud car, en cette saison et pendant quelques semaines, les vents ne varient pratiquement plus. Pourtant, ce n'est pas là encore la grande traversée. Jusqu'à Karpathos ou même Kasos, il est possible de relâcher pour la nuit dans les îles, à l'abri de

quelque crique. La dernière escale prévue était habituellement Sipolaïos, où se refaisait le plein d'eau potable, où
l'on rachetait du pain et des oignons frais, car, pour le
reste, huile, olives et fruits séchés avaient été chargés au
départ en quantité suffisante. Après cela, en trois ou
quatre jours pour les plus hardis qui empruntaient cette
route, et selon la force des vents dominants, on pouvait
espérer gagner les rivages de l'Afrique.

La côte alors perdue de vue, mystérieusement les passagers faisaient silence ou priaient les dieux après les dernières libations, le regard fixé sur l'horizon. Le soir venu, on
s'installait comme on pouvait pour la nuit; les uns s'enrou-
laient dans des couvertures, étendus à même le pont ou sur
les bancs de nage pour se protéger des embruns, à la place
qui avait été au départ assignée à chacun. Les autres
descendaient dans la cale pour s'allonger près de leurs
marchandises ou pour rejoindre leur famille couchée sur
des ballots et qui, depuis le départ, n'avait pas osé quitter
le fond du bateau. Seul à la poupe, assis sur son gouver-
nail, le pilote veillait, attentif au chuintement inlassable de
l'étrave, au glissement de l'eau contre la coque et parfois,
comme le navire plongeait dans un creux un peu trop
marqué de la vague, au battement de la voile ayant perdu
le vent.

Pythagore passait ses nuits à son côté, le regard lui aussi
perdu dans les profondeurs de la Voie lactée, essayant de
s'y reconnaître parmi les innombrables constellations du
Grand-Chien, de l'Oiseau-Lyre, de l'Ourse ou des Pléiades
et de cet insondable toujours en mouvement. Ainsi tentait-
il d'apercevoir, par-delà ce fleuve de lumière qui coulait en
travers de l'espace et, à la lueur de cette clarté diffuse,
l'autre rive, les jardins stellaires qui figurent cette région
encore inaccessible et qu'on lui avait dit être le séjour des
âmes dans l'au-delà.

A l'aube du troisième jour, la vigie qui, depuis le milieu de la nuit, avait pris son poste à l'avant du bateau avertit le pilote qu'on arrivait en vue de la côte. Au son de cette voix inattendue traversant la demi-obscurité et aussitôt ponctuée par les criaillements des premiers oiseaux qui étaient venus tournoyer et se prendre dans les vergues, les passagers se levèrent d'un bond et, rassemblant leurs affaires, s'empressèrent de remettre de l'ordre sur le pont. En effet, au plus haut de la houle, il devenait possible d'apercevoir au loin cette ligne mince et grise qui barrait l'horizon, encore qu'à certains moments on n'était vraiment plus très sûr de rien. Enfin, à mesure qu'on se mit à longer la côte vers l'est pour rectifier le cap et rattraper l'embouchure, le rivage se fit peu à peu plus distinct. A part la tache plus sombre qui, là-bas, signalait les abords marécageux du delta, dunes mouvantes et plaques de sel alternaient sur ce littoral inhospitalier d'où ne s'élevaient aux regards que les tourbillons de sable qui se développaient en des colonnes dressées parfois fort haut dans un ciel devenu soudain trop blanc. A la vibration plus intense de la lumière se devinaient, juste derrière, l'étendue aride des sables brûlés par le soleil, la présence menaçante du désert tapi de l'autre côté de ces plateaux bas et stériles qui dominaient la mer.

On ne s'attarda pas, par crainte de se voir déporter sur les récifs, près de cette large baie protégée par un cap et qui, au dire du pilote, n'abritait que de pauvres bourgades de pêcheurs, lesquels pourtant étaient prompts à se transformer en pillards dès que quelque navire en difficulté venait à mouiller dans la rade[1]. Peu après, le vaisseau

1. Rhakotis était le nom de ce lieu habité par des populations hostiles de *boukoloï* ou bergers et de pêcheurs, lequel devint par la suite l'emplacement que choisit Alexandre pour y construire la ville qui porte son nom. *(N.d.T.)*.

commença d'entrer dans le courant plus sombre du fleuve qui, loin dans la mer et en dérivant vers l'ouest, y déversait ses alluvions. Ainsi aborda-t-on le premier des sept bras, la branche dite canopique de ce « fleuve magique aux mille remous » et qui, en raison de sa couleur, avait été baptisé le Nil[1].

La lourde trière vira alors de bord pour s'engager à contre-courant dans le fleuve qui, heureusement en cette saison, était de faible débit. Chacun dut regagner sa place aux bancs de nage et se saisir des rames pour essayer de vaincre cette espèce d'immobilité qui semblait avoir instantanément figé toutes choses sur place, et le navire avec, comme ralenti dans sa course par la soudaine épaisseur de l'eau. D'autant qu'à peine le vaisseau entré dans le delta, le vent tomba d'un coup, laissant flotter la voile, rendant encore plus lourde et moite la chaleur émanée des marécages.

De chaque côté de l'artère principale que constituait le lit du fleuve, et aussi loin que pouvait porter le regard, ce n'était plus qu'un vaste archipel de bancs de sable et d'îlots, un labyrinthe de confluents et de marais, de canaux même, qui se ramifiaient au travers d'immenses étendues herbeuses ondulant, au ras de la surface de l'eau, au gré des courants et des risées. Impossible de se repérer, de délimiter exactement la terre ferme de l'élément liquide tant l'une et l'autre s'interpénétraient et se confondaient sous le couvert de cette flore sournoise et parasite. Par moments s'ouvraient de ces larges plans d'eau claire, pareils à des avenues dégagées et pavées de feuilles rondes sur lesquelles on aurait cru pouvoir marcher, et où florissaient les corolles pâles des nénuphars et des lotus.

Au rythme marqué par le chant ténu de la flûte, le fracas

---

1. De *neilos* en grec : le noir. *(N.d.T.)*

cadencé des lourds avirons, en s'abattant sur les flots calmes et en se relevant avec un bruit de succion – dû au fait qu'ils se prenaient à ces végétations molles et ramenaient à leur extrémité de ces enchevêtrements d'algues longues et poisseuses –, affolait du plus loin toutes sortes de bestioles aquatiques qui grouillaient alentour et se débattaient pour trouver à temps un abri dans quelque trou de la berge : grenouilles, rats musqués, serpents, poules d'eau se faufilaient dans l'épaisseur et le frissonnement de touffes argentées de papyrus, entre les tiges souples des joncs ou cassantes des roseaux. Du cœur des buissons, et alertés par le choc sourd des rames sur la surface de l'eau, de toutes parts s'élevaient, blancs comme neige et de la race des ibis, les hanacks effilés à aigrettes rouges, qui tournaient la tête en plein vol, agitant dans l'air, en guise de reproche, leur bec claqueur et jaunissant. Quelquefois même, au détour d'une île, on décelait ce long glissement inquiétant au fil de l'eau que laissait le sillage d'un crocodile retournant à la boue des profondeurs – et à la vue duquel ne cessaient de s'étonner les rameurs.

Ici et là, sur des terre-pleins créés de toutes pièces par des couches successives de joncs coupés et liés avec de la terre, se dressaient les formes ovales et rondes des huttes faites de roseaux tressés, aux étranges architectures ajourées. A l'approche du vaisseau dont la silhouette massive et multicolore, ornée de ses oriflammes et de tous ses ex-voto, dominait les flots, les femmes saisissaient d'un geste rapide les enfants nus jouant autour des pierres des foyers et s'esquivaient dans les hautes herbes. Au fur et à mesure qu'on remontait vers l'intérieur des terres, les canaux attenants au cours principal du fleuve parurent mieux entretenus. D'ailleurs on commençait à apercevoir des groupes d'hommes autour d'une barque qui, dans l'eau

44

jusqu'à la ceinture, s'efforçaient d'en nettoyer les bords à la serpe. De temps à autre, et dirigées d'un geste souple de la pagaie par un homme assis sur le plat-bord arrière, glissaient de longues pirogues noires, chargées de piles de bouses de vache séchées, de poissons étincelants ou des racines blanches de certains joncs dont se nourrissaient les habitants. Pour d'autres, plus lourdes et pourvues d'un abri semi-cylindrique en paille, deux hommes, sur chaque côté et à tour de rôle, plantaient leur perche dans la vase et, ainsi arc-boutés, poussaient l'embarcation en se dirigeant vers l'arrière, arrachaient d'un coup sec la gaffe pour remonter aussitôt vers la proue. Effrayés autant par l'éperon cuirassé de plaques de cuivre qui se profilait à l'avant de la trière que par les remous et les vagues provoqués par son fort tirant d'eau et qui les auraient fait chavirer, ces hommes, tout en cherchant à s'arrimer à la berge, saluaient néanmoins d'un long cri retentissant ces étrangers venus de l'au-delà des mers, et ainsi qu'ils l'appelaient dans leur langage, le « peuple qui habite au milieu de la Très-Verte ».

Enfin, signe que l'on se rapprochait de quelque cité, derrière des rideaux d'herbes et maintenant d'arbustes, apparaissaient les masses rondes et noires de buffles isolés et qui, bien qu'impassibles, haussaient pourtant leur tête luisante aux larges cornes, sans cesser de mâchonner les tiges à leur portée.

Peu après, des cris de bienvenue, lancés en grec du rivage, attirèrent l'attention des rameurs et la soudaine profusion des masures en terre battue ou en brique les avertit de leur arrivée imminente à Naukratis, fondée loin de la côte hostile et mise sous la protection de Kypris et d'Aphrodite. Une fois dépassés les bassins qui abritaient les coques mises en cale sèche pour être réparées, la trière

45

se prépara à accoster le long du quai principal renforcé de troncs d'arbre plantés à la verticale, entre deux galères déjà en cours de déchargement. Toute la ville était accourue aux nouvelles, ainsi que pour assister au débarquement des marchandises, dans une poussière et un tumulte tels que les voyageurs en furent un instant effrayés. Il leur fallut grimper dans les vergues pour tenter d'apercevoir au loin, dans la bousculade, le parent ou les amis qui cherchaient à attirer leurs regards par des signes ou des cris. Car il était interdit de descendre à terre tant que n'étaient pas arrivés les percepteurs du pharaon qui, sous l'œil narquois des armateurs et les quolibets de la foule, étaient chargés d'inspecter la cargaison et de percevoir les taxes. Seul port ouvert au commerce avec la Grèce en raison du monopole qui lui avait été accordé, « la Maison du Port », comme l'appelaient les Egyptiens, n'était guère plus qu'une cité de transit, une vaste bourgade, sale et construite sans art sur une simple presqu'île, surélevée par endroits ou consolidée par des digues pour la protéger des inondations.

Le cousin Mélétos attendait au bas de la passerelle. Aussitôt, il examina fébrilement la marchandise que lui remit Pythagore de la part de son père pour qu'il la négocie et subvienne ainsi à ses besoins au long de son séjour. Bijoux, pièces d'orfèvrerie, vases sacrés, Mélétos se fit fort de revendre tout cela au double du prix qui avait été convenu.

Sans attendre, le cousin se proposa de l'héberger. Ce dernier, établi depuis toujours dans la cité, le conduisit jusque chez lui par un dédale de ruelles sordides qui donnaient sur des cours dont on apercevait, par l'entrebâillement des portes, le sol jonché d'ordures ou d'excréments d'animaux. Mélétos lui- même, quoique très riche, n'habitait qu'une de ces maisons à deux ou trois pièces, et qui faisait surtout office d'entrepôt où ce dernier entassait des marchandises de toutes sortes, pour le moment, dans une puanteur presque insoutenable et des nuées de grosses mouches vertes, des ballots de peaux de mouton encore fraîches et, empilées à plat les unes sur les autres jusqu'au plafond, des pièces de cuir de bœuf. La déception qui avait commencé à envahir Pythagore en suivant Mélétos à travers Naukratis ne fit que s'accentuer à la vue de ce taudis étroit et malsain où la famille, il est vrai tout le jour au-dehors occupée à discuter le prix des cargaisons, ne se réunissait qu'à la tombée de la nuit pour y dormir. Telle n'était cependant pas, du loin de la blanche Samos, l'idée qu'il se faisait de la vie que menaient ses cousins, ni de cette fastueuse Egypte que lui avaient décrite dans leurs récits les marins et marchands qui avaient séjourné chez son père.

Pythagore, par respect des convenances, aurait peut-être décidé de rester quelque temps à Naukratis mais la pre-mière nuit qu'il passa chez son cousin le fit changer d'avis et le raffermit dans sa résolution de s'éloigner au plus vite. Couché de façon inconfortable à même le sol inégal et gras, il passa son temps à chasser de la main des anophèles et moustiques qui proliféraient à cause de l'insalubrité des lieux et la proximité des marécages, à se protéger des cancrelats qui, en vrombissant, prenaient leur envol au travers de la pièce pour, immanquablement, se heurter à toute force contre le mur, et s'abattre d'un coup sur lui. Avec horreur, il lui fallait se relever aussitôt, secouer les plis de ses vêtements pour s'en débarrasser et les écraser sous son pied nu avec un claquement sec. De toute la nuit n'avait cessé le caquetage des poules qui se battaient dans l'obscurité, sans doute réveillées en sursaut par la présence des rats qui se dirigeaient vers la cuisine et furetaient, en couinant légèrement, parmi les chaudrons et les gamelles. Pythagore, en sueur, étouffait dans ce lieu sans air et où dormaient pour le moins sept ou huit personnes, entassées pêle-mêle et qui, les unes après les autres, se retournaient en grognant, se grattaient, parlaient tout haut même, ou ronflaient. Aussi décida-t-il d'attendre, assis dans un coin, que la nuit finisse, guettant le chant rauque et lointain des crapauds-buffles et, sous la porte, les premiers blanchiments de l'aube. Alors il sortit sans bruit et, après s'être étiré sur le seuil, prit la direction du port. Un fort brouillard ensevelissait toutes choses : il eut du mal à s'orienter et à retrouver la coque vermillon de la trière immobile à quai, dont le haut du mât était encore perdu dans les brumes de la nuit. Déjà, ici et là dans l'ombre, des femmes commençaient à allumer les premiers feux du matin. Il déjeuna d'un bol de lait de chèvre et d'une galette frite dans l'huile. Des Nubiens pissaient contre les murs ou dans l'eau avant de s'atteler eux-mêmes par leur harnais de cuir à ces lourds chariots qui servaient au transbordement des sacs de riz ou de blé, des bottes de paille, des bonbonnes ou des jarres sur leur trépied.

Un moment, Pythagore pensa s'en retourner à Samos. Mais ce brouillard annonçait le début de la mauvaise saison. Et puis tout ce voyage pour rien? Lorsque, enfin, il prit le parti de remonter vers la demeure de Mélétos, le soleil émergeait des marais. Il trouva ce dernier, en compagnie de sa femme, assis sur le pas de sa porte. Tous deux semblaient l'avoir attendu et l'invitèrent à entrer pour le déjeuner. La pièce où il avait passé la nuit, maintenant vide et débarrassée de ses occupants, lui parut irréelle. Les nattes avaient été roulées dans un coin; il ne restait plus que quelques mouches qui virevoltaient et se posaient à même le sol, lequel venait d'être balayé et arrosé. Du

48

fond de la cour, deux ou trois poules et une oie, l'œil en coin, s'étaient immobilisées en le voyant franchir le seuil.

– Mélétos, mon cher cousin, toi qui m'as accordé l'hospitalité et qui as accédé généreusement à tous les vœux de mon père, que les dieux te bénissent ainsi que ta famille. Je te prie de ne point t'irriter de mes paroles, mais, si j'ai fait un aussi long voyage, ce n'est certes pas pour m'enrichir ni pour vivre à tes dépens. Je suis venu avec la ferme intention d'étudier et de parfaire le savoir que m'ont légué mes maîtres. J'ai sur moi des lettres de recommandation qui m'ont été remises par Polycrate et quelques autres notables de Samos, Lesbos et Milet; également trois coupes d'argent tout spécialement réservées aux prêtres d'Egypte qui accepteront de m'instruire. Permets-moi, sans t'offenser, d'accomplir ma mission et de me mettre en route sans tarder.

– Je savais, en t'observant, que tu étais impatient de quitter notre ville et de te diriger vers Saïs pour obtenir une audience du pharaon. Loin de moi l'idée de te retenir; au contraire, mes prières et nos souhaits t'accompagnent. Mais avant que tu partes, laisse-moi te remettre un présent et par là même honorer à travers toi ton père et ta famille.

Mélétos revint porteur d'une bague minuscule. L'anneau était en or, ainsi que la monture au centre de laquelle était sertie une petite pierre de couleur gris pâle, qui tirait par instants sur le vert. Sur sa surface brillante et semi-sphérique se déplaçait, selon qu'on la tournait dans un sens ou dans un autre, un petit point lumineux qui en constituait l'unique feu, assez faible à la pleine lumière du jour, plus intense pourtant quand il arrivait qu'on l'abritât de cette dernière en la tenant dans le creux de la main.

– Digne fils de Mnésarkhos, accepte ce bijou que l'on

dit venir des peuples qui habitent de l'autre côté des mers. On lui attribue certaines vertus magiques. Les joailliers d'ici l'appellent « pierre de lune » en raison de la persistante lueur dont elle est habitée, même au plus fort de l'obscurité...

Maintenant que la barque, par les canaux, l'emmenait à Saïs, Pythagore ne pouvait se retenir de contempler l'objet qu'il portait à son doigt et de s'interroger : quel était donc cet étrange reflet de la lune dans une pierre? Etait-il possible que l'opaque fût à ce point translucide, que le corps commun d'une roche pût être le témoin du cours des astres et le simple miroir de la voûte céleste, que la matière, de l'intérieur, pût restituer la lueur de la lune en l'absence même de cette dernière? Cela ne pouvait-il pas signifier, par extension, que cette matière fût susceptible, en certaines de ses parties, de s'ouvrir sur la totalité de l'univers et de receler, cachés dans les plis les plus profonds de sa propre obscurité, d'autres mystères qui devraient pouvoir être déchiffrés? La seule explication n'était-elle pas que, dans une certaine mesure et à l'exemple de cette pierre, le monde minéral et terrestre pourrait tout aussi bien s'avouer comme la reproduction imparfaite et réduite du monde céleste, son microcosme? Nous-mêmes alors, ne serions-nous pas, créés sur le modèle des dieux, les images inversées et dégradées de la perfection de ces divinités dont nous ne saurions plus assumer aujourd'hui qu'une part infinie et dérisoire? Du plus petit au plus grand, et parce que l'un étant le reflet de l'autre, il devait bien y avoir quelque part de ces corps intermédiaires, de ces entités souveraines qui assureraient la liaison entre les deux, le passage incessant du Même à l'Autre, figures abstraites qui se tiendraient aux côtés des dieux et qui auraient présidé, en tant que moules ou modèles, à l'élaboration du Grand Tout.

Mais comment approcher ces formes impersonnelles et sans réalité? En retournant la bague entre ses doigts, Pythagore eut le pressentiment que ces figures immuables résidaient dans le concret et l'immédiat, qu'on pouvait à tout moment peut-être déceler leur présence au sein même de l'apparence, que chacun les manipulait à son insu, invisibles justement à cause de leur trop grande limpidité, transparentes aux regards et pourtant déjà ouvertes sur l'au-delà.

DOCUMENT Nº 3

Devant le manque de textes et l'incertitude qui prévalait en ce qui concerne le séjour de Pythagore en Egypte, nous avons eu l'idée de nous adresser directement à celui dont les avis nous avaient paru faire le plus autorité en la matière. C'est ainsi que nous nous sommes résolus à écrire personnellement à l'historien et égyptologue allemand Friedrich Stiller-Hauser pour lui demander de nous détailler les rapports et influences qu'il pouvait y avoir entre certains traits précis de la religion égyptienne et la théorie pythagoricienne des Nombres.

En toute simplicité, ce dernier nous a immédiatement répondu, et plutôt que de reprendre à notre compte les précieuses informations fournies, nous avons trouvé plus honnête de reproduire tel quel, et avec son aimable autorisation, les termes mêmes de sa lettre.

Cher Monsieur,

Vous avez bien voulu m'écrire pour me demander certains points d'information concernant le séjour de

Pythagore en Egypte. Je vous remercie de la confiance que vous m'accordez en cette matière mais je vous avouerai que, dans un premier temps, mon savoir s'est trouvé singulièrement pris en défaut.

Bien que l'on ne dispose, comme vous en avez sans doute conscience, que de très peu d'éléments, je puis néanmoins, après de rapides recherches, affirmer les choses suivantes : arrivé à Saïs, la capitale, Pythagore fut immédiatement présenté au pharaon Amasis lequel, « ami et protecteur des Grecs » dont il avait renouvelé la concession de Naukratis, le reçut avec chaleur et bienveillance. Après avoir parcouru les lettres d'introduction de Polycrate, tyran de Samos, et accepté les présents qui lui étaient envoyés, il recommanda l'étranger aux prêtres qui lui accordèrent toute l'hospitalité désirée.

Plusieurs années durant, Pythagore mena une existence retirée et dont on ne sait rien, si ce n'est qu'il s'appliqua tout entier à bien assimiler la langue du pays et à se conformer à ses rites. Peu à peu, à cause de son obstination et de sa sincérité, on suppose qu'il vainquit l'hostilité du grand prêtre Sonchis, peu favorable aux étrangers et qui l'avait jusqu'ici plus ou moins tenu à l'écart. Les progrès qu'il réalisa cependant avaient aussi forcé l'admiration des mathématiciens dont il devint avec le temps un des familiers. Ainsi, à l'école de ceux qu'on appelait les harpénodaptes ou « tendeurs de cordes », étudia-t-il l'art austère et difficile de tracer sur le sol à l'aide de la corde d'arpenteur des figures compliquées, s'initiant par là aux principes de la géométrie et comptabilisant les résultats obtenus sur l'abaque. Des nuits entières allongé sur les tables d'orientation, il chercha à se repérer dans l'enchevêtrement des étoiles et découvrit que le cours apparemment immuable des astres était sujet à d'infimes mais inexorables modifications, que la lente rotation de la voûte céleste s'effectuait autour de la Terre selon un mouvement complexe et sur plusieurs axes, dont il lui parut cependant possible, d'après les saisons, de calculer les angles et, par là même, de répertorier les variations.

Aussi pense-t-on qu'il se dévoua tout naturellement au culte du dieu Thot dont il commença à pratiquer les rites. Jusque-là, sans doute n'avait-il guère foulé qu'avec crainte le parvis de ces temples obscurs et massifs dont les murs aux proportions colossales abritaient les figures énigmatiques de dieux réputés irascibles et cruels. Il ne lui avait été peut-être donné que par occasion d'apercevoir ces silhouettes hiératiques qui dictaient leurs lois par quantité de signes gravés dans la pierre. Thot – ainsi qu'il l'appelait dans sa langue ou Djehouti en égyptien –, précisément le dieu des savants, était représenté comme à son habitude par un homme à tête de babouin, mais plus souvent d'ibis – oiseau connu de la vallée du Nil, échassier au bec long et fin, légèrement courbé. Les initiés – et ce n'est pas inutile de le noter ici – le caractérisaient quant à eux sous la forme d'un triangle isocèle, symbole de la perfection mathématique et du savoir absolu. Thot était surtout célébré pour être la langue même de Ptah, le verbe grâce auquel le dieu suprême avait créé et organisé le monde. Dieu du langage donc, lui-même conseiller et greffier des dieux, Thot passait non seulement pour avoir inventé l'écriture mais aussi, et vous en apprécierez l'importance pour le sujet qui vous occupe, pour avoir été le premier, en tant que dieu lunaire et grâce aux révolutions incessantes de cet astre, à marquer de façon précise la course du Temps et ainsi comptabiliser les jours en instituant les premiers nombres.

Dieu de l'écriture et du nombre, il est, de plus, souvent associé à la déesse Maât, laquelle maintenait l'ordre sur terre, ordre cosmique ainsi que l'avait voulu le démiurge lors de la création du monde, et pourtant sans cesse menacé par les forces du chaos qui n'avaient pu être définitivement maîtrisées. (A ce propos, on a beaucoup parlé jadis de l'existence possible d'une secte qui vivait en Egypte aux alentours du VIᵉ siècle après J.-C. et qui, en partie fidèle à l'ancienne religion égyptienne, aurait adoré pour elles-mêmes ces forces du chaos à l'œuvre dans l'univers. Je ne sais si tout cela est vrai. Certains ont même été jusqu'à affirmer que cette secte aurait eu des attaches avec les confréries néo-pythagoriciennes de l'époque, mais qu'elle aurait été bannie du mouvement pour avoir célébré la conscience obscure du vide qui, non seulement menaçait de ruiner la série des nombres entiers dont elle défiait la cohérence et la logique, mais aussi par contrecoup l'ordonnance du monde réel dont ces derniers se prétendaient les garants.)

Pythagore, en tout cas, a dû sûrement tout de suite comprendre combien Thot était essentiel à l'œuvre de Maât, puisque cet ordre cosmique ne pouvait être préservé qu'en tant qu'il était conforme au Nombre auquel toute chose pouvait être rapportée.

Il vous est donc facile de constater, cher Monsieur, que Pythagore a largement eu en main, au cours des vingt années que dura son séjour en Egypte, tous les éléments qui constitueront ensuite la base de sa future cosmogonie, elle-même tout entière fondée sur le culte du Nombre.

Si mes connaissances en la matière ne vont pas au-delà, j'espère néanmoins avoir répondu pour l'essentiel à la question que vous m'aviez posée. S'il n'en était pas ainsi, n'hésitez pas à m'écrire à nouveau, etc.

F. Stiller-Hauser

DOCUMENT N° 4

Le texte suivant, comme beaucoup d'autres d'ailleurs, est singulier à plus d'un titre et, là encore, sa conformité avec la vérité historique laisse des doutes. Il semble faire partie de ces textes remaniés plusieurs fois, dans cette tentative désespérée de concilier une doctrine vieille de près de mille ans et la nouvelle réalité mathématique de l'époque, à savoir la découverte du zéro à laquelle la théorie du Maître de Samos ne laissait pas la moindre place.

Ce texte, en grec ainsi que la plupart de ceux qui ont été trouvés dans l'urne, mentionne au verso qu'il n'est en fait que la traduction d'un poème latin daté approximativement de l'époque de Cicéron. On sait en effet que c'est à partir du Ier siècle avant J.-C. que se produisit à Rome une renaissance des études pythagoriciennes dont le fondateur pourrait avoir été un certain Nigidus Figulus, à cause de cela exilé par César en 45 avant J.-C. pour complot contre l'Etat. Cicéron lui-même dans son De Republica fait d'ailleurs de Platon, dont il s'inspire constamment, l'héritier direct de Pythagore et n'hésitera pas pour sa part à se rendre à Métaponte pour y chercher ce qui pouvait rester de témoignages et de documents se rapportant à l'existence du Maître et à celle de l'ancienne confrérie qui y avait régné pendant un temps.

Ce qui frappe d'abord à la lecture de ce texte, c'est son

manque d'unitié dans la composition. *Tout porte à croire qu'on est en présence d'un texte unique alors qu'à l'évidence il s'agit de deux versions successives du même fait qui auraient été mises bout à bout, soit que l'auteur se fût aperçu de son erreur au cours de la rédaction, soit que le poème eût été abandonné, puis repris ensuite un peu plus tard par un autre, mieux informé.*

De quoi s'agit-il au juste? De l'entrée supposée de Pythagore dans la Grande Pyramide de Chéops, présentée comme dernière étape d'une initiation où ce dernier aurait eu, selon une certaine tradition, la révélation de la présence mystérieuse du Nombre, matérialisée dans la pierre et donnée dans sa plus pure abstraction. Outre que l'événement lui-même reste très incertain, nombre d'historiens contemporains ont dénié l'existence d'un passage secret dont on aurait forcément retrouvé la trace. Pour certains architectes, il s'agirait tout simplement de l'ouverture préparée à l'avance par les derniers ouvriers maçons dont la tâche consistait à se laisser enfermer à l'intérieur pour mieux sceller l'entrée de la Grande Galerie et qui se seraient aménagé une issue, connue d'eux seuls, pour servir à leur retraite.

Le paradoxe vient justement du fait que, dans sa première moitié, le poème décrit l'atmosphère d'une véritable tombe, alors que, dans sa seconde partie, il n'est plus question que d'un édifice vide de toute sépulture, ce qui est conforme à la vérité historique puisqu'on sait à présent qu'aucun pharaon n'y fut jamais enterré. D'où l'auteur de ce remaniement tenait-il cette information? C'est ce qui reste inexpliqué, car on sait en effet que le premier à avoir pénétré « officiellement » par effraction dans l'édifice et à s'être aperçu de son « vide » est le calife Al-Mamoun, de la dynastie des Tulimides – et il faudra attendre pour cela le IXe siècle après J.-C.

Pour ce qui est de la secte des Adorateurs du Zéro, on voit facilement ce que ses membres ont pu déduire d'un tel texte : cette masse de pierre, tout entière construite et agencée autour d'un centre vide, n'était autre pour eux que la représentation allégorique de ce nombre, lui-même vide de tout contenu et pourtant dissimulé au cœur de l'épaisseur des choses, et surtout de la masse illimitée des nombres entiers qui en masquerait ainsi la présence et chercherait à en interdire l'accès. Pythagore, prenant conscience de la réalité du Nombre par l'harmonie des proportions de la chambre funéraire, aurait-il pu rester insensible à cette salle vide exactement située à l'intersection des lignes de force qui la constituent? La réponse, pour les membres de la secte, et d'après ce que nous en savons, se devine aisément : parce qu'il en aura justement pris trop clairement conscience, Pythagore ne cherchera par la suite qu'à fuir cette soudaine absence de toute réalité et à la « refouler ». Et nous pourrions conclure en citant cette phrase tirée des archives de la secte, mais malheureusement coupée d'un contexte dont il ne reste plus rien :

« Tout l'effort de compter ne consisterait qu'à se dissimuler à soi-même cette évidence : l'irréductible présence du rien et de la mort au cœur même de la plus folle abondance des nombres et de la quantité. »

De sa maison de terre dont la terrasse donnait sur le fleuve, et alors qu'il demeurait allongé sur son lit de cordes à contempler la dissymétrie des troncs de palmier mal équarris qui servaient de poutres pour le toit, Pythagore rêvait à ces trois gigantesques cristaux qui couronnaient la crête du plateau de Kersakoros et qu'on disait être les tombeaux des plus grands pharaons de l'ancienne Egypte.

De ces pyramides aux pans contrastés d'ombre et de lumière, dont il avait mesuré tous les angles et toutes les surfaces, et qui s'élevaient à force dans ses nuits jusqu'à toucher le ciel, tout laissait supposer que, malgré l'étanchéité apparente de ces dernières, il devait bien exister quelque souterrain secret dont, pour sa part, il n'était pas encore parvenu à localiser l'emplacement. Et lorsque, enfin assuré de ses calculs et de sa démonstration, Pythagore alla trouver les prêtres d'Héliopolis pour les convaincre du bien-fondé de son hypothèse, ceux-ci, pour toute réponse, se contentèrent de le renvoyer sans mot dire ni rien laisser paraître.

Et c'est ainsi qu'une nuit lui parvinrent les cris de la vieille servante qui l'appelait de l'extérieur de la cour. Un esclave se tenait à l'entrée, qui avait pour ordre de la part du grand prêtre Hemlis de le conduire au temple. Pythagore sauta aux côtés du conducteur qui lança l'attelage au grand galop par les ruelles de terre bordées de hauts murs, lesquels faisaient résonner à l'étouffée le sabot des chevaux dans la poussière. Sous le sceau du secret et en complément des rites d'initiation qu'il lui avait été donné de suivre, les prêtres lui accordaient le privilège, insensé pour un étranger, de se rendre, simplement accompagné d'un esclave, dans la « Maison des Morts ».

Le chemin pour accéder au plateau sur lequel avaient été érigées les trois pyramides, délaissé et mal entretenu, était devenu impraticable aux chars. Il fallut donc s'y rendre à cheval et, de plus, seulement une fois la nuit tombée. Ces monuments, quoique encore bien conservés, n'étaient cependant plus ces lieux fabuleux où s'étaient déroulées autrefois les grandes processions en l'honneur du dieu Râ, et de Chéops, son Incarnation sur terre. Néanmoins, des paysans vivaient encore dans les environs, dans des villages dont certains avaient été construits avec des pierres récupérées de l'ancienne nécropole. Quoique dans une feinte indifférence à l'égard de ces amas de roches taillées, les habitants de l'endroit ne leur vouaient pas moins un culte, mêlé de crainte et de superstition, et il est peu probable qu'ils eussent laissé un étranger fouiller en toute liberté parmi les ruines.

La route, bien que mal tracée, longeait la rive droite du Nil. Malgré cela, l'esclave qui précédait Pythagore dut s'arrêter plusieurs fois pour reconnaître le chemin dans l'obscurité. Pythagore se tenait sur ses gardes; un moment même, il crut qu'on voulait l'attirer dans quelque guet-apens. A intervalles réguliers, leur chevauchée était d'ailleurs interrompue par des groupes de soldats en armes et brandissant des torches qui, au détour de la route, surgissaient de l'ombre ou de derrière quelque pan de mur à l'abri desquels ils montaient leur faction. L'esclave prononçait simplement certaines paroles et tirait de dessous son vêtement un objet que jamais Pythagore ne put distinguer tout à fait, un insigne sans doute, qu'il présentait d'un geste rapide et à la vue duquel les gardes aussitôt se reculaient et leur ouvraient le passage.

Enfin, vers le milieu de la nuit, ils commencèrent à gravir ce qui restait de l'ancienne rampe d'accès, au sommet de laquelle on apercevait à peine, sur fond d'étoiles, les masses sombres et caractéristiques des grandes pyramides. Après qu'ils eurent progressé parmi les dalles de calcaire pour la plupart descellées et disjointes et passé entre des rangées de piliers, puis finalement sous un portique dont les proportions, peut-être parce que perdues dans la pénombre, paraissaient impressionnantes, à mesure qu'ils s'élevaient donc, le vent s'était mis à souffler, presque froid en cet endroit soudain à découvert et très exposé. En mettant pied à terre, ils purent voir en dessous d'eux miroiter obscurément la surface sans une ride du

60

fleuve qui, impassible et presque immobile, semblait refléter, comme sur le poli d'une laque, toute la clarté à la fois disponible et confuse qui tombait des quatre coins de la voûte céleste.

A ce moment, l'esclave porta ses doigts à sa bouche et siffla. Là encore, des hommes en armes surgirent ici et là des recoins de l'ancienne nécropole où ils se terraient pour la nuit, et se saisirent des chevaux par la bride. Pythagore reconnut bien parmi eux quelques Nubiens, mais le groupe était surtout composé d'hommes venus de l'extrême Sud. L'esclave qui expliqua qu'il s'agissait de ces fameux mercenaires, tout entiers dévoués à l'Empire et uniquement affectés à la garde des temples funéraires et des tombeaux royaux pour la simple raison que cette tribu des Eth-Sabour n'était pas sujette aux terreurs nocturnes. Hommes qu'on disait même – chose extraordinaire! – sans religion, indifférents aux dieux de toute espèce, en tout cas dont les croyances ignoraient superbement la survie de l'âme dans l'au-delà et, par conséquent, le retour possible des morts sur terre.

Marchant sur des passages successifs de sable et de cailloux, et après avoir laissé derrière eux les trois petites pyramides secondaires qu'on disait être les tombes des reines, ils se dirigèrent entre les masses sombres de temples dont il ne subsistait plus que des pans de façade à demi écroulés autour de portes ouvertes sur le vide. Des excavations béantes à leurs côtés, sans doute des cryptes ou d'anciens caveaux mis à sac et déjà presque comblés, laissaient entrevoir en sous-sol une voûte ou le commencement d'un escalier, jusqu'à ce qu'enfin ils eussent atteint le pied même de la Grande Pyramide qu'il leur fallut contourner par l'est. Tout en marchant, on pouvait admirer le revêtement blanc et lisse de ces vastes plans inclinés dont il était difficile d'apprécier les justes dimensions tant à leur sommet ils paraissaient fuir dans la nuit, sans point de référence et faussant toute verticalité. Autour du socle principal, un chemin dallé semblait avoir été autrefois aménagé, mais dont il ne subsistait plus à présent que certaines parties très abîmées, ou alors complètement ensablées. Lorsqu'ils débouchèrent du côté de la face nord, ils durent faire un détour pour éviter ce que Pythagore prit tout d'abord pour des séries d'éboulements, mais qui n'était que des amas de pierres jadis arrachées à la paroi et entassées là, sans doute dans l'attente d'être transportées.

A un endroit précis parmi toutes ces roches et ces gravats, des hommes, prévenus de leur arrivée, s'employaient déjà à déblayer des blocs à l'aide de grandes barres de fer dont ils se servaient comme levier et à dégager de leurs mains le sable et les pierres jusqu'à atteindre une dalle ronde qui, par l'effort de tous, d'un coup céda et roula sur le côté. Encore à demi enseveli sous le sable et parfaitement dissimulé jusque-là sous les amoncellements de rocs s'ouvrait un trou béant et noir, apparemment creusé de façon grossière entre les moellons. L'esclave, rapidement, s'assura de la présence de sa torche dans le sac qu'il portait en bandoulière sous son habit et, sans attendre, se mit à plat ventre et, en progressant sur les coudes, entreprit de se couler par l'ouverture où il finit par s'enfoncer et disparaître. Pythagore hésita un instant quand il sentit sur lui les regards méprisants et narquois des gardes; il s'accroupit alors à son tour et s'engagea la tête la première dans l'orifice.

Il avait déjà commencé de ramper sur quelques coudées dans l'étroit boyau, tout en palpant de la main le passage au-devant de lui pour ne pas risquer de porter de la tête contre les blocs de pierre taillés de façon très inégale et dont certaines crêtes dépassaient dangereusement quand, tout à coup, peut-être parce que l'esclave, à l'autre extrémité, venait juste de finir de se dégager, libérant ainsi l'ouverture, Pythagore crut reconnaître distinctement l'odeur de la tombe. A tel point qu'il se surprit à s'arrêter, non seulement pour reprendre son souffle, mais aussi pour la mieux saisir et déchiffrer. Elle n'était pas froide ainsi qu'il aurait pu le supposer, mais tout aussi lourde, composée d'effluves principaux et de relents, les uns et les autres superposés comme des couleurs ou des veines dans le bois, et si caractéristiques qu'il semblait possible de les séparer pour les identifier tour à tour : d'abord, non pas une odeur de cadavre à proprement parler, ni même de terre ou de putréfaction, mais plutôt de vieux vêtements restés trop longtemps dans une cave et légèrement moisis, étoffes et linges d'apparat sans doute effilochés, dont les fibres ne tiennent plus parce que collées aux flancs de la momie ou durcies en certains endroits par les onguents séchés. Ensuite, de ces relents d'huiles rances et presque sures, en provenance de parfums évaporés et fanés, ne laissant plus sentir que la présence de l'excipient dont ils étaient formés, l'huile de lin ou la gomme, la noix d'Elcath broyée et les graisses diverses. Puis, dominant le tout, la puanteur dégagée par des nourritures avariées, issue de quelque jarre mal fermée et qui, au contact de l'air et du temps, avaient fini à la longue par fermenter; et, toujours dans le registre des aliments laissés là en offrande, mais plus ténue et presque imperceptible, cette subtile odeur de farine éventée, de pain et de fèves, en tout cas de mets rassis qui avaient dû depuis longtemps se dessécher et se réduire en poudre, et dont ne subsistait plus de leur consistance perdue que cette émanation volatile et un peu âcre qui le faisait tousser.

Enfin tout l'éventail des senteurs balsamiques et des parfums agréables aux dieux qui accompagnent le défunt dans son voyage et ont pour but de le préserver des effets de la corruption. Certains intacts et comme neufs, dressés dans l'air et odoriférants tel le safran sacré, ou même repoussants comme le théné car de nature magique ou médicamenteuse. On distinguait facilement les différentes résines et l'odeur des graines de coriandre qui devaient joncher le sol, celle des sachets de lichens aromatiques et de baies desséchées déposés dans un coin, et surtout les fragrances onctueuses et à demi palpables, restées suspendues dans l'air, relevant de la calcination de la myrrhe ou du benjoin. D'autres encore, issus de flacons brisés ou de coupes renversées, confinés sur eux-mêmes, recroquevillés et très vite tournés à l'aigre. Les derniers enfin, plus rares, de ces parfums gras et élastiques qui, au contraire avec le temps, avaient pris de l'ampleur, comme s'ils s'étaient gonflés à la longue jusqu'à envahir toute l'atmosphère.

Pythagore s'interrogea un instant sur cette infection perçue en contrepoint, qu'il n'arrivait pas à définir et qui tranchait pourtant sur toutes les autres, comme si elle n'avait été rajoutée qu'après coup. Il s'étonnait de ne distinguer qu'une simple odeur de sueur, tenace bien que dégradée, enfermée toute vivante et prisonnière malgré elle de ce caveau où elle avait mené une existence à part. Pythagore se prit à évoquer les mains moites, et la transpiration des aisselles acidifiées par la peur, de ceux qui s'étaient introduits ici en secret, pillards sacrilèges et profanateurs de tombeaux, impies de toute façon, déterminés mais néanmoins tremblants, qui juraient tout au long sourdement en eux-mêmes, mi-prière mi-blasphème, au bout du compte presque une odeur de sang...

Pythagore sortit enfin la tête de l'ouverture et, alors qu'il commençait à se redresser en se tenant aux aspérités de la paroi, et, tout en s'occupant à brosser son manteau du sable qui y était resté, il perçut enfin, dans l'espace soudain plus vaste de la galerie où il venait de prendre pied, l'odeur immense et lisse, infranchissable de la pierre. Senteur opaque comme celle émanée d'un silex fraîchement éclaté, qui était celle de ces blocs de granite taillés à vif sous les coups du burin ou la brûlure de la scie, et puis soudain refermée sur elle-même, refroidie lentement avec les siècles en ayant eu le temps d'exhaler toute sa minéralité, odeur proprement inaltérable contre laquelle on venait se heurter, rigide et presque sans âme, paradoxalement, et à bien y repenser, la même que celle de l'eau, à la fois immatérielle, tout aussi plate et sans la moindre profondeur...

(Ici s'interrompt le texte dans sa première version. Les pages qui suivent, d'une autre écriture et de toute évidence postérieure, reprennent le récit au même endroit, à contre-pied cependant dans la mesure où s'affirme cette fois la claire conscience que la Grande Pyramide ne fut jamais la tombe du pharaon Chéops, d'ailleurs encore aujourd'hui au grand étonnement des archéologues.)

Sans quitter le mur dont il n'osait détacher la main même pour rajuster son manteau ou pour faire un pas de plus, à cause de la peur folle qu'il avait de tomber soudain dans quelque fosse qui aurait été ouverte juste au-devant de lui pour faire échec aux pilleurs de tombes – les dieux seuls savaient de quelle science étaient capables les anciens architectes pour protéger la sépulture! –, Pythagore se contenta d'attendre sans bouger, debout dans les ténèbres.

Impossible de rien percevoir en cette obscurité. Les bruits eux-mêmes lui semblèrent à ce point inhabituels qu'il se demanda, contre toute logique, s'il n'avait pas débouché dans quelque salle ne figurant pas sur les plans qu'il avait consultés. Le moindre son se répercutait de place en place, en s'amplifiant avec une étrange netteté. Un moment, il fut même tenté d'imposer le silence à l'esclave qui, accroupi à ses côtés, s'efforçait vainement d'allumer la torche, tant il lui avait semblé entendre au loin comme une respiration. Et si quelqu'un, tout là-bas, à l'entrée de la chambre mortuaire, les regardait faire, les attendant immobile sur le seuil?... L'esclave sans doute lui aurait ri au nez, et Pythagore se retint de lui faire part de son pressentiment, pourtant étreint par une terrible angoisse, et submergé de telles bouffées de panique qu'il dut faire appel à toute sa dignité de citoyen grec et libre pour ne pas céder. Tout en pressant l'esclave d'allumer la torche, il continua seulement à épier pour son propre compte.

L'esclave avait déjà dû s'y reprendre à plusieurs fois pour faire de la lumière. En battant les pierres l'une contre l'autre, il parvenait bien à faire jaillir quelque étincelle contre l'étoupe, mais la torche elle-même se consumait sans flamber. La lueur du brandon incandescent sur lequel il s'appliquait à souffler entre ses mains marquait ses traits inquiets. L'atmosphère en ce lieu devait être tellement viciée et si peu renouvelée, saturée de vapeurs empoisonnées et de gaz délétères que le feu manquait d'air et, tout au moins au ras du sol, s'asphyxiait. Pythagore eut alors l'idée de hausser la torche à hauteur d'homme. La flamme se mit à grésiller; en l'élevant encore au-dessus de leur tête, elle tressauta sur son support, alors que la résine commençait à couler le long du manche, pour porter, gigantesques et brusquement mobiles avec des soubresauts, leurs deux ombres contre le mur.

Tout de suite, la beauté sévère et nue de ce qu'il avait devant lui le frappa. Il se tenait au pied d'une immense galerie dont la base avait la forme d'un plan incliné au centre duquel avait été taillé un escalier. On en distinguait mal la voûte tant celle-ci paraissait haute et noire. Le rayonnement insuffisant et fumeux de la torche, ainsi que la saute perpétuelle de la flamme, ne permettait que rarement, au gré du jeu des ombres et des reflets, d'apercevoir l'autre extrémité, lointaine et surélevée, de la galerie. Par instants seulement, on croyait deviner le carré tout à fait sombre d'une porte.

Pythagore hésitait à s'engager ainsi dans l'escalier. Parvenu presque au centre de la Grande Pyramide, il en était impressionné. Vu du bas, le tracé impeccable des différentes lignes de fuite, ajouté à la progression régulière des encorbellements rectilignes qui couraient le long des parois et se succédaient jusqu'au plafond, lequel s'en trouvait rétréci d'autant, accentuait la perspective et semblait n'avoir été conçu que pour faire converger ces faisceaux de droites horizontales jusqu'à ce point ultime, cette porte là-haut, comme si avait été représentée de fait la fuite épurée et géométrique du Temps. Rien qui fût susceptible, sur cette linéarité infaillible, d'accrocher le regard, de ralentir ou arrêter cette impression de glissement et de perte. L'ascension elle-même, sous cet angle, paraissait devoir durer une éternité...

Pythagore cherchait l'origine de sa surprise, examinait tout attentivement. Quel secret rapport entre les angles et les dimensions de l'ensemble, quelle harmonie impossible à pénétrer dans les proportions de l'ouvrage avaient ainsi réussi à être établis et préservés dans le rétrécissement de cette galerie pour lui suggérer, d'un bout à l'autre, et avec une telle intensité, à la fois ce sentiment de perfection et pourtant d'insensible déséquilibre, de plénitude et de manque comme si, de l'intérieur même de sa propre vie, il venait d'être mis en présence d'autre chose et avait perçu, tout en frissonnant dans sa chair, l'étendue de son existence, et plus encore, ce grand basculement dans le gouffre de la mort – du rivage l'impulsion définitive donnée du pied à la barque funéraire et chamarrée en route vers le monde impénétrable et souterrain des dieux.

Pythagore savait que là résidait la Science cachée des Anciens Egyptiens et des Maîtres Architectes car, en ce lieu en effet, point n'avait été besoin de dessins ou de hiéroglyphes pour figurer ce qui devait être signifié. Le seul agencement des masses et des volumes selon certaines lignes de force et surtout d'après un calcul précis – dont il lui restait à saisir la nature – l'avait déjà mis, face à d'autres temples des bords du Nil, sur la voie de ce langage abstrait qui n'était compris que des seuls initiés. Au contact des prêtres de Memphis, Pythagore avait à peu près deviné de quoi il retournait. N'était-il pas venu là exprès pour en avoir le cœur net?

L'esclave jusqu'ici avait respecté son silence. D'un commun accord, ils décidèrent alors de gravir les marches qui conduisaient à la Chambre du Roi, lentement, une à une. La torche, au fur et à mesure qu'ils s'élevaient, jetait des éclats bleutés comme si se consumaient autour d'eux, en présence de la flamme, certains gaz toxiques. Pythagore, ayant de plus en plus de mal à respirer, dut s'appuyer au bras de l'esclave qui, pourtant rompu à ce genre d'expédition, transpirait à grosses gouttes et tremblait légèrement. Peut-être, du sein de sa barbarie et de sa mécréance, avait-il lui aussi conscience de troubler l'ordonnance immanente de ce lieu sacré et par définition interdit aux vivants.

Enfin ils parvinrent au sommet de l'escalier et l'appréhension qui les avait tenaillés jusqu'ici peu à peu se dissipa.

Après s'être engagés dans un étroit corridor, c'est alors seulement qu'ils se découvrirent arrêtés au seuil de la chambre sépulcrale : vaste salle haute et rectangulaire, aux murs lisses formés de blocs de granite rose et poli, d'un seul tenant, elle s'offrit ainsi à leurs regards absolument vide et nue, avec le sol simplement encore jonché d'éboulis et de gravats. Pythagore, sur le moment, ne put réprimer l'immensité de sa déception qu'en se précipitant vers ce qui, dans la pénombre d'un des coins de la pièce, avait tout de l'apparence d'un sarcophage. En s'approchant de plus près, il constata qu'il ne s'agissait ni plus ni moins que d'une simple cuve de pierre noire et monolithe, par endroits mal taillée, sans même de couvercle, et où, à l'évidence, jamais aucun pharaon n'avait été déposé.

Pythagore fut donc forcé de s'arrêter là pour considérer l'endroit avec plus d'attention. Le choc provoqué par le contraste entre le désordre et l'agitation dans lesquels s'était entretenu son esprit à la perspective des merveilles qu'il lui serait donné de contempler et l'impassibilité proprement inhumaine de la fausse sépulture, la sérénité que dégageait la rectitude géométrique selon laquelle avait été construit l'édifice en toutes ses parties visibles et invisibles, le laissait désemparé.

Après l'ascension de la Grande Galerie qui l'avait harassé, dans cette pièce toute simple et noire, Pythagore eut la sensation d'être parvenu au bout du monde, au terme d'un voyage, à un état limite, et il se demanda s'il n'avait pas devant les yeux, et dans toute sa nudité, l'image même de ce qui n'avait plus cours. Arrivé dans ce cul-de-sac, heurté soudain contre le fond de ce couloir aveugle et sans issue, il ne put s'empêcher de ressentir dans son dos, par rapport à sa désillusion présente, comme la fermeture de quelque piège. Dans cette antichambre de l'éternité, ainsi que le ressac au fond d'une rade ou dans l'angle d'un môle, la vie pourtant n'avait cessé de pénétrer pour y déposer, instant après instant, comme en autant de siècles, de ces hommes stupéfaits et hébétés de contempler pour eux seuls cet agencement vide et intemporel des choses dans la mort. Alors que partout ailleurs en effet, on bourrait la tombe d'objets divers, disposés avec soin, selon des rites précis et une exactitude qu'on disait proche de la terreur – comme pour conjurer l'absence définitive –, ici au contraire, il était donné à celui qui savait regarder, et qui n'était pas uniquement venu avec le désir de rompre cette ordonnance sacrée, de s'absorber dans la contemplation de cette mort cette fois vue de l'intérieur, dans son principe. Et Pythagore, mûri par l'ascèse, était cet homme-là, en même temps frappé d'étonnement et pris de vertige au seul spectacle de cette pièce dépouillée de tout ornement, immobilisé par la profondeur de son silence immémorial.

Ce vide sans nul doute n'avait pas été conçu sans raison. Il dissimulait un secret et semblait n'avoir été aménagé que pour mieux détourner l'attention. La clé du mystère résidait dans cette absence même de tout point de repère. Pythagore était sûr d'avoir été mis en présence de quelque énigme à déchiffrer, qui devait être à sa portée puisque ce n'avait été qu'après des années à suivre l'enseignement des prêtres et la pratique des rites qu'on l'avait enfin autorisé à affronter cette nuit de la Grande Pyramide, à pénétrer dans celle qu'on appelait justement « La Maison des Mystères », et de façon plus précise Akhet-Khoufou, c'est-à-dire « Le Grand Horizon », ou encore « Le Regard circulaire de Khoufou[1] ».

Peut-être ne s'agissait-il là que de la dernière étape réservée à l'initié ? S'arrêter à la déception qui l'avait envahi – et qui sans doute constituait l'épreuve morale

1. C'est-à-dire Chéops en égyptien.

ultime à laquelle il devait être soumis – revenait à se perdre, s'avouer vaincu. Pythagore revint vers la porte, sortit et rentra à nouveau, le regard neuf; puis, lentement, la main bien à plat sur la surface parfaitement lisse des murs, il fit le tour complet de la pièce. Il pensait avoir deviné, mais il entendait cette fois contenir jusqu'au bout son impatience. C'est qu'une partie de la réponse venait de lui être révélée à l'instant même, justement dans l'harmonie soudaine des proportions de cette simple salle, laquelle ne pouvait être perçue qu'à la condition d'avoir éliminé de soi-même toute préoccupation étrangère concernant par exemple la dépouille du pharaon ou la présence d'un quelconque trésor. Seul l'esprit ainsi libéré de ce type de contrainte était susceptible de s'adonner à la contemplation de la forme pure au centre de laquelle il était parvenu.

Sans perdre de temps, le pouce et l'index écartés, Pythagore entreprit de faire quelques relevés. Puis, entrouvrant son manteau, il déroula autour de sa taille le cordeau d'arpenteur fait de feuilles de palmier tressées qu'il avait apporté avec lui. Suivi de l'esclave qui portait la lumière, il prit avec soin toutes les mesures qu'il lui parut nécessaire. Longueur et largeur, hauteur et diagonale, il s'appliqua à reporter toutes ces données sur un croquis juste assez précis pour pouvoir ensuite s'y retrouver et en interpréter la signification.

Enfin, ils reprirent le chemin de la sortie, et lorsque l'esclave écrasa sa torche contre le sol, les plongeant à nouveau tous deux dans l'obscurité, Pythagore se découvrit plus satisfait encore que s'il avait réellement pénétré dans la tombe même du roi Chéops tant les éléments qu'il avait en sa possession semblaient devoir lui permettre de remonter jusqu'au principe même de cette puissance abstraite qui était à l'origine de l'univers et qui en avait assemblé, d'aussi parfaite façon, les constituants.

Lorsqu'ils se dégagèrent de l'orifice et que la pierre fut aussitôt roulée derrière eux pour être à nouveau ensevelie sous les sables et les décombres, ils constatèrent que l'aube blanchissait à peine, juste une infime lueur à l'horizon. Mais déjà, de ce peu de lumière, Pythagore ne put supporter l'éclat, et sans plus s'occuper de l'esclave, il tourna bride et s'en fut au grand galop vers sa maison d'Héliopolis avant que le soleil ne l'eût rejoint dans sa course.

Enfermé chez lui, il passa ainsi plusieurs jours entre le sommeil et la veille à vérifier ses calculs puis à les reporter au propre sur un plan tracé à l'échelle pour en arriver à cette conclusion que toutes les mesures prises se rapportaient à une unité supérieure qui les coordonnait; pour la Chambre du Roi par exemple, il avait établi que la hauteur n'était autre qu'égale à la moitié de la diagonale du double carré qui en constituait la base; de la même façon, qu'il s'agît du rapport géométrique entre la position de la Chambre du Roi, celle de la Reine et l'inclinaison de la Grande Galerie, il en revenait toujours à cette conclusion que, quelles que fussent les unités de mesure employées, on aboutissait invariablement à un certain nombre de constantes qui tendaient à prouver que le monument était la représentation architecturale de quelques nombres clés. De là, à ses yeux, procédait cette cohérence à l'état brut que revêtait l'édifice parce que pour une large part irradiant de l'intérieur, transfiguré qu'il était par cette présence du Nombre dont il était, sous ses différentes formes, l'incarnation. Aussi la Pyramide, par la seule vertu magique des proportions idéales mises en jeu lors de sa conception, était-elle autant chargée de veiller sur le sommeil supposé et l'immortalité des anciens pharaons que de s'employer à défier le Temps, demeurer par l'ouverture même de ses principaux angles inattaquable et insensible à son usure, au point que le roi Amoun-Emhet III avait pu dire à son propos qu'elle « effrayait l'Eternité ». Plus que cela, l'inscription qu'il avait une fois remarquée sur la partie d'une construction attribuée à Ramsès II – « Ce temple est comme le ciel, en toutes ses proportions » – le poussa à soupçonner une relation possible entre l'orientation de la pyramide et l'axe selon lequel s'effectuait la rotation de certaines planètes privilégiées, ou encore, entre la structure même de l'édifice et l'architecture qui organisait le fonctionnement de la voûte céleste.

Dans un état proche de l'hallucination ou de la transe intellectuelle, il en vint alors à laisser se faire jour l'image de cette pyramide aux pans d'ombre marqués, angles acérés et arêtes tranchantes, compacte et dense de toute cette matière ramassée sur elle-même de par la forme implacable qui l'étreint – le Nombre tout à coup fait pierre et réalisé devant ses yeux – qui trouait l'obscurité du rayonnement de sa propre perfection. Ses nuits étaient ainsi hantées par la figure essentielle du triangle projetée en volume dans l'espace sous la forme d'un gigantesque tétraèdre immobile et resplendissant.

Ce qui revenait à dire que la seule conscience de la mise en proportion de quelques nombres fondamentaux suffisait à susciter immédiatement la présence de cette puissance abstraite du Nombre en soi, divinité immanente et surgie de la pénombre des choses relatives, ainsi manifestée sous la forme d'une simple figure géométrique devant laquelle il n'aurait plus fallu que se prosterner.

DOCUMENT Nº 5

Certains des commentateurs qui se sont intéressés à la biographie de Pythagore s'accordent à penser que ce dernier, voyant l'Egypte sur le point d'être envahie et détruite par les armées perses de Cyrus, aurait fui par Péluse en direction de la Palestine et de la Babylonie. D'autres affirment qu'il aurait assisté à la ruine de l'Egypte mais qu'en sa qualité de citoyen grec il aurait ainsi pu échapper au massacre pour être néanmoins emmené comme captif à Babylone. En fait, il reste difficile de faire se correspondre les dates et la réalité de ces différents événements. Beaucoup croient pourtant que c'est au cours de cet hypothétique séjour à Babylone que Pythagore aurait rencontré certains éléments de la communauté juive qui y avaient été déportés lors de la prise de Jérusalem par Nabuchodonosor. Selon la plupart des exégètes, c'est au contact de ces Juifs, sur le point d'être libérés par Cyrus et de pouvoir regagner leur patrie, que Pythagore se serait initié au principe d'un dieu unique, conforme à la logique et à la vérité des nombres, dépassant ainsi les conceptions polythéistes qui étaient restées celles à la fois de la Grèce et même de l'Egypte.

Nombreux sont ceux qui gardèrent cette tradition vivante, en particulier à Alexandrie qui, à la fin de la République romaine, était devenu le centre le plus actif de la propagande *pythagoricienne. Les Juifs eux-mêmes, qui y constituaient une vaste communauté, ne restèrent pas étrangers à ce mouvement. Outre Philon le Juif, surnommé plus tard par Clément d'Alexandrie « le Pythagoricien », et qui tenta de concilier sa foi monothéiste et la philosophie hellénique héritée de Platon, il faut citer Flavius Josèphe, auteur de la* Guerre des Juifs *qui, à propos de la coupure de la communauté juive en pharisiens d'une part et saducéens de l'autre, signale l'existence de la secte des esséniens (qualifiés de « Taciturnes » ou « Silencieux »), en rapportant que ces derniers « pratiquaient un genre de vie conforme aux préceptes de Pythagore », à savoir ascétisme, célibat, communauté des biens, sanctification du repas pris en commun, port du vêtement blanc.*

Sous le règne d'Auguste et de Tibère, on mentionne également la présence d'ascètes, installés principalement dans les régions désolées du lac Maria où ils avaient fondé de petits couvents et qu'on appelait les thérapeutes ou philosophes théorétiques, s'adonnant à la contemplation des nombres et pratiquant une religion arithmologique, adorant entre autres le 7e jour (toujours vierge) et le 50e jour (calculé à partir du fameux théorème dit « de Pythagore » selon lequel la somme des carrés des côtés du triangle rectangle $4^2 + 3^2 + 5^2 = 50$).

Il semble donc que l'on puisse attribuer le texte qui suit à l'un des membres juifs de la secte des Adorateurs du Zéro qui aurait ainsi, en raison de la clandestinité de cette dernière, pu échapper au massacre et à la déportation des membres de sa communauté ordonnés quelque temps plus tôt par le patriarche Cyrille. Il y décrit, en termes colorés, le séjour de Pythagore à Babylone, compilant sans doute pour cela plusieurs vies de Pythagore d'origines diverses. L'épisode final concernant l'éclipse a de fortes chances d'avoir été rajouté après coup, sans doute dans la dernière période de la

*secte, avec l'intention avouée de montrer que le Maître avait
eu, grâce à cet événement, conscience de cette nuit qui
pouvait à tout instant envahir la terre à partir du moment
où, à une certaine quantité, on pouvait retrancher une
quantité exactement égale, préfiguration du zéro et de la
disparition possible, mais alors définitive, de Dieu.*

... Après avoir contourné le delta, Pythagore se rendit à
Péluse, ville stratégique et marchande, où se formaient les
caravanes en direction de la Palestine et de la Babylonie.
Le trajet, long et pénible, traversait les régions incessamment dévastées par la guerre. Pour éviter les pillards qui
infestaient alors cette partie de la Syrie, le conducteur prit
la décision de faire passer la caravane hors des pistes
habituelles, où les points d'eau étaient plus rares, mais la
route plus sûre. Rien ne permettait de se repérer dans ces
immensités si ce n'était par instants quelques amoncellements de pierres sèches. Ils traversèrent ainsi de ces
contrées désolées, plates et désertiques, jonchées à perte de
vue de cailloux noirs et tranchants qui n'abritaient que
musaraignes et scorpions et qui, sous l'éclat abrupt du
soleil, ondulaient comme la mer. Bien qu'exténué par la
chaleur, ne sentant même plus la soif ou la brûlure de ses
pieds tailladés par les pierres, Pythagore hâtait le pas pour
ne point laisser se creuser l'écart entre lui et le balancement
hautain et souple du chameau qui le précédait, seul point
de référence dans ce paysage minéral et déformé.

Enfin, juste après qu'ils eurent épuisé l'eau croupissante
au fond des outres, ils arrivèrent en vue des premières
palmeraies qui bordent l'Euphrate et au-dessus desquelles,
loin derrière, se découpait la silhouette massive des rem-

parts et des tours de l'antique cité d'Eri-Shar ainsi que l'appelaient les caravaniers, c'est-à-dire « la Ville de la Totalité ». Toute la région alentour était irriguée par d'innombrables canaux qui rendaient l'ombre encore plus fraîche et au désensablage desquels avaient travaillé sans relâche nos frères juifs déportés par Nabuchodonosor. Alors qu'ils s'abreuvaient et se reposaient en bordure des premiers faubourgs où alternaient villas et jardins potagers, ils apprirent que la ville venait de se soumettre à l'armée perse pratiquement sans combat. Cyrus, ayant promis de rétablir dans ses droits la puissance et le culte de Bêl-Mardouk, dieu tutélaire de Babylone qui en avait été chassé par Nabonide, la population avait finalement accueilli l'envahisseur dans la liesse et comme un libérateur.

La ville, à la vérité, était immense, bâtie de chaque côté de l'Euphrate et ceinte sur tout son pourtour d'un double rempart d'une telle épaisseur que deux chars pouvaient y rouler de front. Au-dessus de cette première ligne de fortifications hérissée de tours en saillie et percée de portes protégées par des redoutes d'angle et des sortes de sas à l'intérieur desquels la garde effectuait ses contrôles, se dressait, vu de l'extérieur, un fouillis de constructions entremêlées dont on ne voyait que le faîte, toits des innombrables temples, escaliers latéraux, jardins surélevés dont les palmes de l'autre côté des murs s'agitaient au vent, terrasses crénelées, palais. Pythagore se vit obligé de laisser là la caravane qui avait été cantonnée hors des murs tant était dense la foule qui avait envahi les rues pour assister au retour triomphal du dieu Mardouk. Il ne fut pourtant pas long à rejoindre les membres de la petite communauté grecque qui vivaient à Babylone comme conseillers à la cour ou marchands. Démocède, médecin, le conduisit par les avenues dallées jusqu'à la porte d'Ishtar par où devait entrer la procession. Sous la porte monumentale, dont on avait poussé de chaque côté sur leurs gonds de bronze les lourds vantaux en bois de cèdre cloutés de plaques de cuivre, commençaient à défiler en ordre et sous les acclamations les cohortes d'hoplites armés du bouclier et de la lance, suivies des chars des dignitaires à quatre chevaux entourés d'archers à pied. Indifférent aux manifestations de cette force à l'état brut qui paradait en faisant cliqueter ses armes, Pythagore s'était reculé à l'ombre d'un porche pour mieux contempler le chatoiement du soleil sur les hauts murs de briques émaillées de bleu qui bordaient la Voie sacrée. Parallèlement à la procession, entre deux rangées de frises composées de palmettes blanches et de motifs en forme de corolle, surgissaient en relief de l'épaisseur des parois les figures épouvantables et elles-mêmes en marche des dragons ailés, lions et taureaux menaçants, en faïence vernissée.

En s'emparant de Babylone, Cyrus venait donc du même coup de décréter la libération de tous les peuples captifs et asservis et, en particulier, d'autoriser le retour de la communauté juive en Palestine. Tout en fréquentant, grâce à ses amis grecs, les mages et astronomes chaldéens qui résidaient à la cour, Pythagore se mêla surtout aux fêtes qu'organisèrent les grands prêtres pour célébrer le retour du peuple d'Israël à Jérusalem. C'est là qu'il s'initia au principe du dieu unique qui constituait le fondement de la religion hébraïque selon laquelle en effet il n'y avait jamais eu, à l'origine et pour toute éternité, qu'un seul et même dieu, omniscient et tout-puissant.

Et certaine légende affirme que c'est un soir qu'il avait laissé derrière lui les quais fortifiés pour remonter le fleuve en amont de la ville à la recherche d'un coin parmi les herbes aquatiques et les roseaux où se baigner et délasser son corps épuisé qu'il eut tout à coup cette soudaine illumination : à peine venait-il de s'élancer de la boue tiède de la rive pour nager plus à l'aise dans les eaux épaisses du fleuve, interrompant ainsi pour un temps le chant rauque et alterné des crapauds, qu'il eut la révélation immédiate qu'en effet la multiplicité des nombres n'impliquait nullement la multiplicité des dieux mais qu'au contraire leur cohérence renvoyait à l'existence d'un principe unique, d'une seule et même figure. Les nombres n'étaient pas disséminés de façon anarchique dans l'espace, mais convergeaient vers un lieu central et, peut-être lui-même, tout aussi inaccessible. Ainsi la logique interne des quelques nombres fondamentaux qui contenaient *en puissance* tous les autres laissait-elle supposer que travaillait une force qui tendait vers l'Unique et cherchait à remonter jusqu'au nombre absolu qui les impliquât tous. La rationalité interne des nombres était d'ailleurs la preuve de la parfaite ordonnance du divin dont ils étaient les signes manifestes, la symbolique abstraite.

Mais déjà, sans plus attendre, le peuple juif s'assemblait des divers points du pays pour se mettre en route et s'arracher enfin à la captivité de celle qui avait été par excellence la cité cosmopolite et corrompue, le vaste séjour des idoles, la « Grande Prostituée ». Sans répit, Pythagore harcelait les prêtres de ses questions et, sans toujours obtenir la réponse souhaitée, il errait au milieu du campement en désordre, la tête prise par toute cette effervescence, bousculé entre le fouillis des tentes repliées et les ballots, évoquant avec nostalgie le souvenir de sa patrie lointaine. En même temps, et dans une fièvre presque semblable, utilisant toutes les ressources de sa science mathématique, il s'employait à essayer de traquer cette présence justement immatérielle et tout abstraite qui se laissait deviner en contre-jour, derrière la subtilité des démonstrations géométriques et la rigueur des lois astronomiques. Ainsi s'acharnait-il à combiner incessamment les nombres jusqu'à trouver en eux, dans une de ces relations privilégiées qui les faisaient s'emboîter de façon presque magique, le point où, revenant sur eux-mêmes, ils se laissent saisir dans le mouvement de leur circularité et où Pythagore croyait y surprendre la figure même de Dieu.

Mais au plus fort de ces constructions sophistiquées, il se voyait toujours ramené au premier des nombres, qui contenait tous les autres en puissance, amorçant à partir de lui la chaîne presque infinie de la numération, à l'Un, indivisible et donc irréductible à autre chose que lui-même, semblable en cela d'ailleurs à la série illimitée des nombres entiers qui lui succédait et se faisait, à travers l'espace, l'écho de sa divinité. En lui, l'origine du monde se rappelait à elle-même : rien qui le précédât, et tout ce qui lui faisait suite n'était que sa propre valeur démultipliée à l'infini. La monade, première par essence, et éternelle, s'identifiait aussitôt à l'image même de cette totalité, qu'on appelait « l'Achevé », « le Parfait » ou encore Dieu, celui en deçà et au-delà duquel plus rien ne pouvait être pensé.

Dieu se manifestant et s'incarnant dans les nombres dont la cohérence constituait la preuve tangible de son existence, comme son armature logique et d'une certaine façon sa matérialité, ne pouvait être lui-même tout entier que mesure. Sa seule présence signifiait à l'univers avec lequel il faisait corps sa propre limite, hors de laquelle s'étendait le règne de l'*Apeiron* ou de l'Indéterminé. Ces régions, l'esprit humain ne pouvait les concevoir puisque, hors d'atteinte du nombre, elles ne pouvaient être que sauvages, livrées au chaos et, pis que tout, inintelligibles. Là était le domaine de l'*incommensurable,* et Pythagore pressentait obscurément que les limites attribuées à l'univers n'avaient été fixées que par les bornes au-delà

desquelles la rationalité ne pouvait plus pénétrer : espaces
ténébreux et infinis, sans ordre, monde de la matière à
l'état brut, peuplé d'êtres terrifiants et de monstres confus
à jamais prisonniers de leur imperfection parce que trop
éloignés du souffle divin qui seul aurait pu leur conférer
une Forme. Peut-être n'était-ce aussi qu'une vaste étendue
de néant, simplement le règne sans âge du rien, perspective
qui répugnait à Pythagore bien plus que toutes les image-
ries populaires qui pouvaient être évoquées à ce sujet.
Selon les principes de cette religion arithmologique qu'il
était peu à peu en train d'élaborer, Dieu se présentait donc
comme le grand pacificateur, le seul qui pût faire obstacle
à cet illogisme sans bornes, l'unique rempart à ce vide qui
paraissait de toutes parts envelopper l'univers.

Si Pythagore resta, bien après le départ du peuple juif,
au « Pays-des-deux-fleuves », ce fut pour contempler
l'éclipse totale du Soleil qu'avaient prévue depuis longtemps les astronomes chaldéens. En leur compagnie, il
gravissait la nuit, interminablement, les escaliers qui
conduisaient jusqu'au sommet de ces ziggourats, immenses
tours de briques cuites et jointées de bitume, qui dominaient les principales villes de la Babylonie. Du haut de ces
terrasses qui élevaient l'observateur au-dessus de la couche
de poussière provenant du désert, ils veillèrent, nuit après
nuit, dans l'attente de cet événement qui, selon les devins
et les mages, pouvait laisser présager les plus terribles
désastres. Lorsque cela eut lieu, et malgré la rigueur des
calculs auxquels il s'était livré et qui auraient eu plutôt
pour effet de le rassurer, il resta pétrifié par l'avancée de ce
cercle noir qui entrait soudain dans le champ du soleil
pour en masquer la pleine lumière et ce, jusqu'à l'éteindre
tout à fait pour commencer de répandre sur terre ce froid
glacial qui paralysait les bêtes et faisait courir en foule le

peuple dans les temples pour se prosterner et implorer les dieux.

Au cœur de ce cosmos que Pythagore considérait pourtant comme le système le mieux conçu et le plus intelligemment articulé, il subsistait donc quelque part un point aveugle, un *angle mort* – et qui lui-même peut-être à son tour générait la mort –, un lieu d'où la lumière s'annulait d'elle-même, s'obturait, quelque chose d'opaque et d'imprévisible qui à tout moment risquait de venir s'interposer entre le dieu et sa propre lumière. Qu'il pût ainsi y avoir, profilée et dissimulée dans le bleu insondable du ciel, une telle puissance d'obscurcissement, invisible et pourtant toujours possible, perpétuelle menace qui pèserait sur le rayonnement vital de la clarté solaire, l'amena un instant à douter de la cohérence de son propre système. Pour la première fois, Pythagore en vint à se demander s'il n'avait pas, par pure présomption, éliminé un peu trop vite, du corps de cet édifice mathématique et religieux que constituait la perfection harmonieuse des nombres, cette puissance nulle, incontrôlée, identique à l'ombre que répandait à cet instant cette éclipse, et qui un jour pouvait réduire à néant ses constructions les plus logiques et emporter ses convictions les mieux établies.

D'où pouvait bien provenir une telle puissance d'annulation? Résultait-elle d'un simple défaut du mécanisme et, par là même, ne se trouvait-elle être qu'accidentelle? Ou constituait-elle, en soi, une entité, à la fois obscure et transparente, à jamais tapie au cœur des systèmes les plus parfaits et, à la limite, engendrée par l'excès même d'une telle perfection?

DOCUMENT N° 6

Au moment où il quittait Babylone pour essayer de rejoindre sa patrie et tenter de faire valoir, à Samos même, ses connaissances et sa qualité d'initié, on peut déjà affirmer, d'après ce que l'on sait, que Pythagore était parvenu à cette double conclusion : premièrement que « les choses ne sont que l'apparence du Nombre[1]», c'est-à-dire que tout dans l'univers n'a été créé que conformément à cet ordre essentiel incarné par les nombres; deuxièmement, que la cohérence et l'intelligibilité absolue de ces derniers supposaient l'existence d'un dieu unique, dont ils n'étaient en fait que les intermédiaires et les témoins[2]. Le monde était donc en totalité soumis à un principe unificateur qui donnait à toute chose sa mesure et son harmonie et qui, du même coup, maintenait à distance les forces du néant et de la destruction, lesquelles, sans disparaître tout à fait, s'en trouvaient reléguées d'autant plus loin aux confins de l'univers que se manifestait avec plus de plénitude la cohérence des nombres entiers. Dans un monde qui possédait déjà en lui tous les moyens de sa propre

1. Selon la formule reprise plus tard telle quelle par ses disciples dans l'*Ieros Logos*.
2. Ainsi que le précisera sa femme Théano, bien après sa mort : « Il a dit, non pas que tout naissait du Nombre, mais que tout était formé conformément au Nombre, puisque dans le Nombre réside l'ordre essentiel. »

perfection, il ne suffisait plus que de se mettre à l'écoute de ces derniers pour atteindre la sagesse à la fois morale et politique, en leur subordonnant aussi bien les conduites individuelles que l'organisation des forces sociales à l'intérieur de la cité.

Tels étaient déjà à cette époque les rudiments de la doctrine selon lesquels Pythagore essaiera de fonder ses premières communautés, à Samos d'abord, mais hélas sans succès. Car entre-temps, la ville avait changé; en effet, le tyran Polycrate, alors au faîte de sa puissance, avait non seulement ordonné la mise en chantier de gigantesques travaux mais, par là même, contribué à corrompre le cœur des habitants. Par une politique délibérée qui avait consisté à privilégier avant toute chose le culte du luxe et l'affairisme, il avait de la sorte précipité la ruine des vieilles traditions ascétiques et mystiques qui avaient pourtant prévalu jusque-là. Son enseignement restant lettre morte, et lui-même pratiquement exclu de la vie de la cité, c'est ainsi que Pythagore décida de reprendre la mer et de suivre l'exemple de nombre de ses compatriotes de l'ancienne noblesse qui avaient été poussés à l'exil vers les comptoirs de Périnthe, Bisanthé et d'Héraion Teikkhos en Propontide.

C'est à cet endroit que prend place cet épisode relativement controversé qu'est la descente de Pythagore aux Enfers. Que dit la tradition à ce sujet? Que forcé de s'arrêter à Délos à cause de la tempête persistante qui avait manqué à plusieurs reprises de précipiter le vaisseau sur les récifs de ces trop nombreuses îles des Cyclades, Pythagore aurait rencontré Epiménide de Phaestos, lequel l'aurait invité à faire le détour par la Crète où il se rendait en pèlerinage et à descendre en sa compagnie jusque dans l'antre de la montagne Ida. Là se trouvait un autel consacré à Zeus car le dieu, arraché de justesse par sa mère des mains de son père Cronos, passait pour avoir vécu en ce lieu, simplement nourri du lait de la chèvre Amalthée. Mais au-delà de cet autel, et placé sous la garde des prêtres, un passage naturel au fond de cette caverne était réputé comme étant l'un de ces rares endroits qui permettaient, à travers les profondeurs de la terre, d'accéder au territoire des Enfers et aux « demeures de l'au-delà ».

Fantaisistes sont le plus souvent les interprétations concernant cet événement, telle celle de Diogène Laërce par exemple : « Hiéronyme raconte que Pythagore descendit aux Enfers, qu'il y vit l'âme d'Hésiode attachée à une colonne de bronze et hurlant, et celle d'Homère suspendue à un arbre et entourée de serpents, qu'il apprit que tous ces supplices venaient de tous les contes qu'ils avaient faits sur les dieux. »

Cet épisode n'a pas, comme on pouvait s'y attendre, laissé indifférents les Adorateurs du Zéro. A rebours de tous les commentaires traditionnels, ceux-ci y ont vu au contraire, et par une interprétation toute personnelle, le meilleur moyen d'affirmer leur filiation directe avec le Maître de Samos. En effet, selon eux, au cours de cette épreuve, Pythagore aurait été finalement mis en présence de ce néant essentiel, lequel n'était autre que la préfiguration du zéro. C'est là, toujours selon cette secte, qu'il aurait eu, pour la première fois, la révélation de l'existence d'un nombre qui n'en serait pas un, d'une présence vide qu'il aurait jusqu'à la fin de sa vie tenue secrète et peut-être même refoulée pour des raisons obscures et complexes sur lesquelles il nous sera peut-être donné de revenir.

Deux éléments retrouvés dans le sanctuaire de la secte témoigneraient de cette interprétation, reprise aux XVIe et XVIIe siècles par des humanistes tels Dasypodius. Erpénius et Huet qui entendaient par là dénier à des mathématiciens autres que grecs – en l'occurrence indiens, comme nous le verrons par la suite – le mérite d'avoir fait une découverte de *cette importance; théorie que les recherches modernes ont par ailleurs largement démentie.*

1) Un bas-relief de ce grand sarcophage en grès rose, déjà décrit, qui occupait le centre de l'abside, ayant dû servir d'autel, et dont on peut faire ainsi brièvement la description :

A l'entrée de la grotte, Pythagore et son compagnon se laissent dépouiller de leurs vêtements et, sous la direction des prêtres préposés à la garde du sanctuaire, se conforment scrupuleusement aux rites purificatoires et aux divers sacrifices imposés par la liturgie. Après avoir absorbé les breuvages sacrés dans des coupes qu'on leur tend, ils pénètrent par un étroit goulet dans une vaste salle souterraine, ornée de fontaines dont les flots tombent d'une vasque dans l'autre mais qui, à bien y regarder, sont représentés en fait pétrifiés par le calcaire, signifiant aussi par là qu'en ces lieux le temps n'a déjà peut-être plus cours. Deux voies paraissent alors s'offrir à l'initié : à gauche, le chemin qui conduit au Léthé, fleuve « gorgé d'oubli et de méchanceté »; à droite, celui vers lequel les deux personnages tournent leurs pas et qui s'évase au-devant d'eux en une large galerie, lieu pourtant sans lumière et planté d'un unique cyprès incrusté de sel. A partir de là s'étend la surface miroitante et soigneusement polie du lac Mémoire, vaste étendue d'eau transparente et glacée. Après y avoir bu d'une seule main, un genou en terre, et prononcé les formules rituelles, les deux compagnons s'enroulent alors dans la laine noire d'une peau de mouton qui leur avait été remise à l'entrée, seule capable

86

désormais de les protéger de ce froid mortel qui les envahit tout à coup, ne leur laissant plus que le temps de s'allonger à même la plage de sable fin et trempé qui borde les eaux sombres.

A l'intérieur du sarcophage, une inscription se trouve avoir été gravée à la tête du défunt, réitérant la formule des initiés sur le point de s'enfoncer dans les ténèbres de la mort :

Je suis l'enfant de Terre et de Ciel étoilé
Pardonne son audace et sa soif, ô Rhéa,
A celui que guide simplement
Sur les traces d'Orphée
Et jusqu'aux ténébreux séjours
L'amour de la Vérité engendrée par les Nombres.

Tel est le premier élément, en apparence relativement neutre, mais en tout point conforme à la tradition, dont nous disposons. A cela, il faut ajouter le texte qui suit, celui-là tiré des archives de la secte, et beaucoup plus explicite à ce sujet. On s'étonnera d'ailleurs de la précision des termes employés pour décrire ce voyage intérieur et, ce qui est encore plus caractéristique, de l'absence de tout le fatras mythologique qui accompagne habituellement ce genre d'évocation. Ce qui laisserait supposer que ce texte a été écrit assez tardivement, en particulier à une époque où les Adorateurs du Zéro, tout en restant mystiques par certaines de leurs formes de pensées, avaient en tout état de cause cessé définitivement de croire en quelque dieu que ce soit. Intitulé Le Rêve de Pythagore, *ce texte reste anonyme et participe de cette tentative, sans cesse répétée au cours des siècles, de*

87

récrire la vie du Maître, à partir des nouvelles données mathématiques de l'époque.

Car deux courants n'ont cessé de s'affronter à l'intérieur de la secte : d'une part, ceux qui trouvaient périmés les enseignements de Pythagore, lequel ne laissait, à s'en tenir à la stricte orthodoxie, aucune place à une véritable mystique du Nombre Vide, à une adoration du zéro, et qui désiraient par conséquent en finir une fois pour toutes avec cet héritage à présent en contradiction avec les croyances de l'époque; de l'autre, ceux qui au contraire prétendaient, quitte à falsifier ou à récrire certains textes, que tous les développements actuels de la théorie des nombres étaient en fait contenus en germe dans la doctrine du Maître, soit que ces derniers n'eussent fait l'objet que d'un simple pressentiment de sa part, soit qu'il les eût jalousement gardés secrets afin de préserver alors l'unité de la communauté.

Du fond de la grotte sacrée, et après avoir prononcé les paroles rituelles, Pythagore sentit le sommeil de la mort engourdir ses membres en même temps qu'un flux insensible le transportait, par une succession de houles concentriques qui, tour à tour, le soulevaient, puis l'abandonnaient, pour le reprendre ensuite, vagues venues du plus loin de lui-même mais dont l'amplitude allait en se rétrécissant, jusque vers un point de lumière, encore indistinct et sans cesse repoussé à l'infini. Tout au plus eut-il l'impression d'avoir croisé en chemin, mais sous la forme de bruissements ou de brusques éclairs, de ces divinités ou plutôt de ces forces confuses dont il ne pouvait pas même savoir si elles avaient surgi de l'intérieur de son propre corps à la faveur de cette trop grande torpeur, présences énigmatiques, penchées sur son chevet, qui lui étaient à la fois bénéfiques et hostiles.

Il eut comme en rêve l'idée incongrue qu'il pouvait très bien s'agir de l'aspect sensible des nombres venus à sa rencontre ou encore qui, à la faveur de la désagrégation des éléments qui avaient constitué son être, se libéraient sous forme d'entités essentielles, délaissant la matière même de sa chair, laquelle, n'étant plus animée par rien, livrée à elle-même, n'était plus destinée qu'à retourner à la corruption et au chaos : pairs et impairs, premiers et entiers, puis le Nombre d'or resplendissant de lumière et pourtant environné de tous côtés par la masse terrifiante et désordonnée des incommensurables qui jusqu'ici continuaient à défier la logique et sa raison. Voyage de lumières et de tumultes, d'éblouissements puis de grandes traversées d'ombre où tout se dérobait, de chants lancinants et de cris, de bercements insensibles jusqu'à la nausée auxquels succédaient de brusques étreintes glacées d'où il essayait désespérément de se dégager, de frôlements et de morsures soudaines, d'agrippements et parfois de violentes décharges dont il ne pouvait localiser l'origine, retours ensuite à la tiédeur dorée des grands enveloppements, périple qui dura au total vingt-sept jours et qui vit l'ordre s'affronter au désordre, le froid au chaud, le droit au gauche, la femelle au mâle...

Au terme de ce parcours, il y eut comme un temps d'accalmie. Au centre de ce foisonnement de couleurs et de sons réapparut la lumière initiale, rapidement radieuse et triomphante. Là, il crut pouvoir s'abîmer définitivement dans la contemplation de cette présence indéfectible, immuable et première de l'Un. Mais à peine entrevue, elle parut aussitôt perdre toute consistance pour refluer, comme rongée par sa propre fragilité et une immobilité au sein de laquelle elle ne semblait finalement pas pouvoir se soutenir.

Alors que des sphères remplaçaient d'autres sphères, de plus en plus ouvertes et relâchées – elles n'étaient plus que les formes déliquescentes et inutilisables du temps –, il se sentit arriver en bordure d'un espace nul, à la limite de quoi tout ce qu'il avait côtoyé jusqu'ici soit refluait en désordre, soit s'effondrait sur place dès que touché par la soudaineté de ce formidable souffle qui faisait le vide autour de lui. Plus que d'un lieu donc, il s'agissait d'une véritable puissance de contamination, pour ainsi dire la forme même, l'appel du néant, porosité sans plus d'épaisseur, étrange silence où l'on n'était vraiment plus très sûr de rien.

A l'approche de cette lueur sans éclat, de cette présence pure du vide dont il n'aurait jamais pu soupçonner l'existence s'il n'avait senti contre lui l'irrésistible attrait de sa béance, l'aspiration que provoquait d'elle-même la dissolution continue de toute réalité qui s'en approchait de trop près, il s'aperçut que là plus rien ne pouvait rendre compte de rien, qu'une telle absence de réalité demeurait en deçà de toutes les représentations humaines qui pouvaient en être faites. Aucun mot existant, ni en l'occurrence aucun signe mathématique ne pouvait donner le moindre aperçu de ce qui se définissait justement comme l'inconcevable, de cette dévoration inlassable de l'espace qu'on aurait pu croire l'envers, la face cachée de Dieu. Cela restait ainsi, au grand désarroi de Pythagore, hors de la compétence des nombres, formes pleines depuis longtemps restées sans voix, étrangères même à cet évidement progressif qui gommait au fur et à mesure toute existence, rendait toute chose impalpable et sans consistance.

Aux confins du perceptible et de la terreur, confronté à l'insaisissable, à cette part de vide en soi, à ce qui resterait à jamais inintelligible et sans valeur, mais qui semblait pourtant contenir en germe, au débouché de la mort et comme menace, tous les anéantissements à venir, Pythagore se maintint un instant en face de la bouche d'ombre alors que la réalité continuait à fuir sous lui jusqu'au moment où, se voyant à son tour irrémédiablement glisser vers l'abîme, il eut ce mouvement instinctif de recul, cette volonté de se rejeter de tout son être en arrière, ce sursaut comme lorsqu'au moment de sombrer dans le sommeil on croit tomber, qui l'arracha d'un coup à la fascination de cette matrice insondable et muette, à ce rêve de mort (...).

DOCUMENT Nº 7

Ce médiocre poème, écrit en mauvais hexamètres par un auteur inconnu de nous du nom d'Astarys d'Athènes, devait à l'origine faire partie d'une vie complète de Pythagore, entièrement rédigée en vers et dont ne subsiste sans doute plus que ce fragment. L'œuvre serait en elle-même sans grand intérêt si elle ne témoignait de l'abondance de ce genre d'écrits au moment de l'apogée, à Rome d'abord, puis à Alexandrie, du courant néo-pythagoricien. On sait en effet qu'il existait de nombreux ouvrages du même type – mais rarement en vers, il faut le dire – résultant de la compilation d'œuvres aujourd'hui perdues, écrites par des contemporains de Pythagore lui-même et de Platon tels, pour ne citer que les plus connus, que Timée de Tauroménium, Aristoxène de Tarente ou Héraclide le Pontique.

Du Iᵉʳ au IVᵉ siècle ont foisonné les ouvrages qui célébraient la vie du Maître de Samos et qui, sans le moindre discernement, mélangeaient la vérité historique et tout ce qui avait trait à la légende. Ont été retenus à ce propos les noms d'Apollodore de Cyzique et de Porphyre de Tyr, dont il ne nous est rien resté. Par contre, sont parvenues jusqu'à nous les œuvres de Diogène Laërce et surtout la célèbre Vie de Pythagore, écrite par Jamblique de Chalcis, qui vécut à Rome aux alentours du IVᵉ siècle après J.-C.

*Le fragment présenté ici ne l'est donc qu'à titre purement
indicatif, et surtout parce qu'il constitue entre les documents
qui précèdent et le texte qui suit une transition nécessaire et
tout à fait appropriée.*

Après s'en être allé consulter l'oracle à Delphes,
Pythagore rejoignit Itea,
Et de là s'embarqua sur un navire
De Corinthe qui cinglait vers Corcyre.
Il prit ensuite pied sur l'une de ces courtes nefs
A la voile souple et carrée qui jamais ne se rompt,
Les seules, une fois venue la mauvaise saison,
Et entre les courants contraires,
A pouvoir se jouer des amers blanchissants
Qui hérissent le dos de la plaine liquide
Et courir au-devant de la bourrasque,
Laquelle n'est autre pour ces marins
Que le souffle exalté du dieu.
Sur cet autre versant du monde,
Au sud de la péninsule italique, le passeur,
Par mégarde ou duplicité, aborda le rivage à Sybaris,
Cité prospère, aux môles encombrés de chalands d'où
Se déchargeaient les marchandises afin d'éviter
Les risques du détroit
Et les redoutables pièges tendus par Charybde et Scylla.
Trouvant cette ville encore plus corrompue
Que l'antique Samos, il s'en fut
Vers le sud, accompagné de quelques disciples,
Longeant la grève gravillonneuse creusée
Inlassablement par la vague sauvage,
Dans le but de gagner à pied la sévère Crotone,

A l'autre extrémité du golfe de Tarente,
Où l'avait déjà précédé sa réputation de sage et d'initié.
Quatre discours qu'il fit successivement
A l'Agora et au Sénat
Lui valurent l'admiration de tous
Et les honneurs de la riche cité.
Située sur la hauteur, une terre lui fut allouée
Par le Conseil des Mille en vue de la fondation
D'un Temple et d'une Ecole
D'où rayonnerait l'enseignement illustre du Maître
Et dont bientôt pourrait se glorifier la ville
Aux yeux de l'univers et de la Grèce tout entière.

DOCUMENT N° 8

A cet instant du dépouillement des archives contenues dans l'urne, nous nous trouvons soudain en présence du texte peut-être le plus difficile à resituer dans son contexte et à authentifier. C'est ce passage qui nous a demandé le plus gros travail d'évaluation. Il s'agit en effet d'un manuscrit, lui-même à l'origine vraisemblablement constitué de fragments de diverses provenances mais réunis dans le but de conférer à l'ensemble une certaine unité, qui forme à lui seul un véritable traité, réunissant par chapitre : architecture, philosophie, morale, rituel, politique, musique, etc., l'essentiel de la doctrine pythagoricienne.

Cela ne serait rien si le texte initial n'avait été – et contrairement aux usages de l'époque – surchargé dans la marge et entre les lignes de rajouts et de notes, au point qu'à certains endroits il devenait extrêmement difficile de déchiffrer le tout. Plus grave, à plusieurs reprises, nous nous sommes surpris à traduire les notes en les prenant pour le texte original, et inversement, ce qui ne faisait qu'augmenter la confusion de l'ensemble.

Maintenant que les choses se sont à peu près clarifiées, nous pouvons affirmer ceci : deux textes, sinon plus peut-être, se chevauchent; à l'origine, un traité – constitué, ainsi que nous l'avons dit, d'éléments disparates, mais tout à fait

orthodoxes – des principes généraux de la doctrine pythago-
ricienne; ensuite, et parallèlement au premier, une relecture
de l'original, développant au fur et à mesure critiques et
commentaires, avec des accents relativement modernes, com-
parés aux précédents, et dont nous avons déjà trouvé la trace
dans certains textes présentés jusqu'ici.

Selon les termes mêmes de cette exégèse, due comme on
pouvait s'y attendre à certains membres de la secte des
Adorateurs du Zéro, et telle qu'elle a déjà été esquissée
auparavant, Pythagore aurait eu, par expérience ou illum-
ination, vaguement conscience de l'existence d'un nombre
sans grandeur, d'une quantité nulle, mais que les connaissan-
ces mathématiques de l'époque ne lui auraient pas permis de
signifier avec plus de précision. D'une part, ne disposant pas
d'un langage adéquat et suffisamment exact pour formuler
une telle notion et, de l'autre, ne pouvant se résoudre à
prendre en compte une découverte finalement en absolue
contradiction avec sa mystique des nombres et la religion
arithmologique qui en découlait, il n'aurait plus dès lors
véritablement cherché à la comprendre et à l'intégrer, préfé-
rant ainsi garder jusqu'à sa mort le peu qu'il savait du
terrible secret.

A partir de là, nous voyons donc se dessiner plus claire-
ment le projet de ces exégètes hérétiques : traquer, mot
après mot, au fil des lignes, le sens inavoué qui selon eux
devait forcément ici ou là transparaître, soit à un défaut ou à
un autre de l'argumentation, soit, puisque le zéro se situait
en rupture complète avec la mystique des nombres, en
prenant systématiquement le contre-pied de ce qui était dit
pour rétablir dans sa vérité la pensée secrète et masquée – ou
peut-être inconsciente – du Maître.

Le lecteur pressé pourra, s'il le veut, sauter ce passage
composé d'éléments hétéroclites et parfois confus qui est à
prendre pour ce qu'il est : un traité des différentes disciplines

enseignées dans l'hétairie pythagoricienne de Crotone, relu, corrigé et pour ainsi dire remanié aux alentours des VIe et VIIe siècles après J.-C. à la lumière de cette extraordinaire découverte que fut l'apparition à cette époque du zéro en tant que nombre. Désormais, plus rien ne pouvait être comme avant, la rupture était consommée. L'enjeu était, pour ceux qui se sont essayés à ce travail, considérable, puisqu'il s'agissait ni plus ni moins de savoir si l'enseignement de Pythagore pouvait continuer à servir de base – quitte à en inverser les propositions ou à les modifier – à la survie intellectuelle de la secte, ou s'il fallait, d'un point de vue théorique, purement et simplement repartir de zéro.

Toutes les disciplines étaient enseignées dans l'hétairie fondée par Pythagore et établie sur une hauteur face à la mer, à l'ombre des chênes-lièges et des cyprès, loin de l'agitation de l'industrieuse Crotone. Un principe unique présidait à leur constitution : déterminer en tout la juste proportion, le *rapport mathématique idéal* et source de toutes les perfections.

1. *De la disposition des lieux*

Pythagore avait eu soin d'associer ses élèves – quelques jeune aristocrates de la société crotoniate – à ses recherches sur la science des nombres et, par la géométrie, aux propriétés des trois ou quatre premiers polyèdres réguliers, les initiant ainsi aux rudiments d'une architecture tout entière conforme au principe d'une valeur intrinsèque des nombres qu'elle se devait d'incarner dans la pierre. Tous surveillaient la construction des bâtiments et des temples selon les plans qu'ils avaient eux-mêmes tracés, attentifs à ce que fût respectée, dans leur disposition comme dans le rapport de leurs proportions, la divine harmonie d'où procédait justement la beauté et l'élégance des édifices que l'on vit peu à peu s'élever sous le soleil, beauté non pas conçue pour elle-même, mais parce que la courbure parfaite d'un hémicycle ou de la voûte d'une crypte était tenue pour inciter à la méditation par la contemplation du nombre pur qui s'y trouvait ainsi réalisé.

Cette[1] volonté de parvenir à une certaine perfection dans l'organisation architecturale des lieux que devait occuper la confrérie témoignait dès l'abord de la décision de ne plus rien laisser paraître, à l'échelle de la réalité immédiate, de cette inquiétude qui, sans nul doute, résultait de la précédente descente aux Enfers du Maître, de cette défaillance au sein même de l'univers qu'il avait soupçonnée et qui le poursuivait sans qu'il pût pour autant démêler clairement ce qui tenait du rêve ou de la simple réalité. Le hantait finalement la vision indépassable, majestueuse à cause de son silence et de la stupeur qu'elle provoquait, de cet évidement soudain perçu au sein de la plénitude, au cœur même pour ainsi dire de l'Etre et de l'Un.

Alors qu'au milieu des échafaudages, il voyait se dresser les édifices compacts et éblouissants à force de réfléchir la lumière, Pythagore se les imaginait, dans l'équarrissage de leurs angles et leur poli, comme un rempart de pierre bâti tout entier contre cette présence intacte et sourde, comme un défi à cette ruine intérieure encore dissimulée aux regards des profanes. Et dans l'ombre des cryptes encore pleine de la poussière des travaux de la taille, il continuait de s'interroger sur le plus ou moins grand degré de réalité de ce à quoi il avait été confronté, sans jamais, autour de lui ou dans l'ordre de la nature, réussir à trouver ni confirmation ni réponse à ce qui faisait parfois figure de cauchemar, trouvant ses certitudes les mieux établies d'une espèce de

1. Nous avons ainsi tenu à démarquer, par une disposition typographique différente, le texte lui-même du commentaire qui lui était attaché.

doute lancinant, de plaie à l'âme dont il désirait ne jamais rien révéler, dont il avait le projet de garder jusqu'au bout, et pour lui seul, la crainte inexprimée et le fardeau.

2. *Des principes de la morale*

Ainsi les disciples qui prétendaient franchir les différentes étapes de l'initiation étaient-ils soumis à une discipline des plus sévères. L'austérité était la règle. Car, à partir de ce principe simple, lequel découlait naturellement de la théorie des nombres, à savoir que « la mesure en toute chose est excellente », Pythagore chercha, par la prévention contre tout excès, à garantir à ses disciples une existence conforme à l'harmonie même qui réglait l'univers. Ainsi l'abus de nourriture et de boisson, la consommation de viande, l'incontinence et la sensualité faisaient-ils l'objet d'interdictions sévères en ce qu'ils tendent à faire prévaloir en nous la démesure.

Les passions, selon le Maître de Crotone, sources de tous les désordres, menacent donc de rompre perpétuellement ce fragile équilibre qu'est la vie et, par leurs excès, de réintroduire à tout instant le vide au cœur de la conscience. C'est ce que nous, qui adorons le Zéro, recherchons par excellence. Car si nous pratiquons la débauche et l'excès, ce n'est pas tant pour la jouissance que nous en tirons que pour l'état qui lui succède habituellement : cette présence soudaine de l'insatisfaction et du manque en soi, la dimension cachée de l'absence qui nous porte au plus près de cette béance qui est notre raison d'être – ou de ne plus être – et à laquelle nous vouons un véritable culte.

Si nous savons par expérience que cette conscience du rien porte à la suspicion contre tous les systèmes les mieux constitués, ainsi, à l'inverse, Pythagore selon nous éprouva-t-il le besoin de résister à tout prix à cette corrosion, de faire face, par la pratique de l'ascèse, à ce démantèlement de l'être que provoque la jouissance, de renforcer chez ses disciples la force de l'intégrité afin qu'ils soient en mesure de lutter contre les forces centrifuges de la mort et de la dispersion.

L'univers étant subordonné à des rapports mathématiques déterminés une fois pour toutes, le désordre en est par nature exclu. Ainsi la morale pour Pythagore n'est-elle que l'exact décalque, sur le plan spirituel, de cette juste administration des forces extérieures telles qu'elles sont régies par les nombres. Il s'agit donc de rechercher en soi cet équilibre entre toutes les tendances contraires, de parvenir à ce point privilégié de soi-même où leur violence se rencontre et s'annule, en un mot, à ce « lieu géométrique » de l'être où à la fois on les contrôle et on se tient hors d'atteinte de leurs effets, étrangement indemne de toute passion et apte à se survivre dans cette souveraineté sur soi retrouvée. Héraclide du Pont n'avait ainsi rien dit d'autre en affirmant que « le bonheur de l'âme consiste dans la science de la perfection des Nombres ».

> L'ascèse pythagoricienne revenait donc à faire se concilier les contraires dans le silence de la méditation au lieu d'ouvrir toutes grandes les portes de l'être aux puissances du vide, d'absorber le disciple dans une minutieuse évaluation et patiente mise en balance des forces de mort, tentative de résorption absolue et définitive de cette inconsistance entrevue en chaque chose et évoquant le chaos originel qui n'est autre que le Mal lui-même, première figure d'un monde sans dieu, faisant dire à Aristote *(Ethique à Nicomaque)* : « Le Mal relève de l'Illimité, comme les pythagoriciens l'ont conjecturé, et le Bien du Limité. »

3. *De la rigueur du rituel et des interdits*

Les principaux moments de la journée étaient marqués par un rituel d'une extrême rigueur et les postulants à l'initiation étaient tenus de se soumettre à des règles de vie relativement sévères où rien, dans l'organisation du temps comme dans la nourriture, n'était laissé au hasard. Diogène Laërce rapporte ici quelques-uns de ces principaux interdits : « Il ne faut pas tisonner le feu avec un couteau, il ne faut pas faire pencher la balance, il ne faut pas s'asseoir sur un boisseau de blé, il ne faut pas manger de cœur, il ne faut pas porter à deux un fardeau, mais le déposer, il faut toujours avoir ses paquets tout prêts, il ne faut pas avoir l'image du dieu sur son anneau, il faut effacer les traces de la marmite sur les cendres, il ne faut pas essuyer sa chaise avec une torche, il ne faut pas uriner en regardant le soleil, il ne faut pas marcher sur les grands chemins, il ne faut pas jeter sa main au hasard, il ne faut pas avoir d'hirondelles dans sa maison, il ne faut pas élever d'oiseaux aux ongles crochus, il ne faut ni uriner ni marcher sur des rognures d'ongles ou des cheveux coupés, il faut proscrire les couteaux pointus; quand on a quitté son pays, il ne faut pas se retourner vers la frontière[1]. »

> Quoi de plus réel et de plus ancré dans le sol même de cette réalité qu'un interdit ! Face à la tendance inhérente à l'esprit humain à se complaire dans toutes sortes de vacuités – tendance que nous cultivons aujourd'hui comme étant selon nous le principe même de la nouvelle ascèse –, Pythagore savait que c'était là la meilleure façon de ramener celui-ci à la terre et à ses exigences, même artificiellement conçues et ordonnées. Et sans préjuger de leur sens symbolique ou même lié à des pratiques magiques que nous avons à présent en partie abandonnées, l'essentiel était que ces interdits pussent quadriller la réalité d'autant de points de repère qu'il était nécessaire pour forcer l'attention et la vigilance des disciples sur cette infinie banalité des gestes coutumiers : qu'il fût à la limite impossible de se mouvoir sans qu'aussitôt se présentât à l'esprit l'interdit

---

1. *Vie, Doctrines et Sentences des philosophes illustres.*

chargé de brider la portée de l'acte. Associé au respect des rites les plus austères et à l'étude des disciplines les plus contraignantes, ce tissu de limitations contribuait à jalonner la journée de l'adepte d'autant de points d'enracinement dans l'épaisseur de l'existence, façon de la ramener sans cesse à cette présence massive du quotidien, seul garde-fou contre les puissances de la dissolution qui pouvaient à tout moment risquer de se faire valoir. Saturant toute réalité, en comblant le moindre interstice, cette multiplicité d'interdits se constituait par le menu comme autant de points de suture ou de cautérisation sur une chair toujours à vif, trop prompte à laisser se rouvrir la blessure.

4. *Des étapes de l'initiation*

En cinq étapes d'initiation, Pythagore avait tenu à graduer avec beaucoup de sagesse et de science la teneur des vérités qu'il se sentait devoir révéler à ses disciples...
(...)[1].

... de la pratique des mathématiques comme technique de l'extase, façon de quitter le monde des apparences jusqu'à parvenir à ces grandes catégories idéales et parfaites et, entre autres, au terme de l'initiation, à la contemplation du Nombre pur qui est « l'intelligence de tous les nombres » selon Aristoxène de Tarente.

Paradoxalement, Pythagore savait fort bien qu'à pousser suffisamment loin l'étude de la science des nombres, on aboutissait effectivement à une explication générale et sans faille de l'univers qui pouvait même aller jusqu'à la certitude d'un dieu unique et transcendant, mais qu'on risquait tout aussi bien, à vouloir porter au-delà de ses limites cette cohérence, soudain

1. Le texte est ici raturé et déchiré, sans doute pour faire place à l'abondance du commentaire qui suit; les degrés de l'initiation chez les pythagoriciens sont à peu près connus. Nous n'avons pas cru devoir les répéter ici et pallier les carences du présent manuscrit. Le lecteur se reportera donc, s'il le souhaite, aux ouvrages appropriés.

crever l'écran invisible de ces identités pour tout à coup basculer de l'autre côté, déboucher sur un versant sans lumière, un non-lieu qui ne se laisserait plus régenter ni par les nombres ni par rien, ou peut-être – et même à le considérer pour l'époque comme impossible à concevoir – un nombre sans grandeur et sans réalité, ainsi qu'il a été défini précédemment, qui, pour se laisser percevoir, irait même jusqu'à se passer de la nécessité de compter puisqu'il serait, par son être même, la négation implicite et définitive de tous les autres nombres, leur absence manifeste et indéniable, en tout cas entité maudite dont, pour le Maître, il paraissait alors urgent de se préserver absolument.

Pythagore savait donc que sa doctrine, pour aussi solide qu'elle fût, recelait tout au fond d'elle-même, en l'un de ses replis cachés, un point d'aveuglement, une zone morte – comme au cœur d'une terre nouvellement conquise et cultivée avec soin un espace de marécages impossible à drainer – d'où l'on ne pouvait revenir qu'avec peine, un trou soudain, une déchirure entrevue subrepticement dans les entrelacs des théorèmes et la texture serrée des raisonnements par où, s'il n'y prenait pas garde, et à l'approcher de trop près, toute sa théorie mathématique, sa cosmogonie et, à sa suite, les principes moraux qui leur étaient subordonnés, ne pouvaient manquer de sombrer.

Et c'est, à nos yeux, le souci constant qu'il eut d'obturer par tous les moyens les accès à ce lieu interdit et de le rendre à jamais inaccessible qui le fit amonceler les barrières morales et les restrictions, qui le guida dans l'établissement des préceptes et des épreuves d'initiation qui réglaient la vie de la communauté.

5. *De la musique*

Quand le soleil déclinait à l'horizon, il était possible d'entendre, depuis l'agora de Crotone, les chants lents et graves qui provenaient de la confrérie, simplement accompagnés des accords dispersés de la lyre ou soutenus en contrepoint par la mélodie ténue et insistante de la flûte.

C'est que la musique constituait pour Pythagore cette activité privilégiée directement issue du rapport harmonieux des nombres entre eux. De la même façon que le son résultait de la tension de la corde opposée à la résistance égale du bois de l'instrument, le chant de l'être émanait de cette tension de l'âme vers le monde idéal opposée au poids du corps et à sa résistance matérielle et terrestre. Ainsi l'âme vibrait-elle comme une corde de se voir déchirée par des forces contradictoires et s'exaltait-elle jusqu'à l'extase de l'expression inlassable et sublimée de sa propre souffrance.

De plus, cette activité revêtait une dimension cosmique puisque Pythagore se flattait de pouvoir entendre chanter les étoiles, de percevoir la musique produite par les sphères célestes. Car, de même qu'il lui avait été possible d'établir une gradation des sons entre eux, selon le rapport inversement proportionnel entre la longueur des cordes de la lyre et leur nombre de vibrations, constituant ainsi une gamme qui définissait pour la première fois en termes mathématiques des rapports constants entre les sons, de même avait-il découvert qu'il existait des rapports du même ordre entre les différentes sphères célestes; à savoir qu'en prenant comme unité de mesure le ton ou le demi-ton, les distances de planète à planète pouvaient être calculées en termes musicaux, ce qui donnait par exemple de la Lune au Soleil une quarte, du Soleil au ciel des étoiles fixes une quinte, soit une octave – ou accord parfait – pour la totalité des sons émis par le firmament.

Les nombres trouvaient ainsi, dans les différentes notes de la gamme, leur incarnation la plus parfaite et presque magique, constituant le ressort caché de cette beauté qui émanait de la justesse du timbre ou de l'exact phrasé de la mélodie. Parfois même, par la résultante habile de deux ou trois dissonances, il était possible de parvenir à des harmonies particulières qui, s'approchant insensiblement du souffle de l'accord parfait mais se tenant toujours en retrait, laissaient percevoir, et de façon presque physique, la voix mystérieuse du Nombre.

6. *Médecine et politique*

Pour Alcméon, médecin de la confrérie, si la santé reposait tout entière sur le principe d'isonomie, c'est-à-dire sur l'égalité constitutionnelle des composants de l'organisme et le respect des équilibres qui en assurent les différentes fonctions, la maladie n'était autre que la rupture provoquée dans ce fragile agencement par une humeur ou un organe qui, outrepassant ses droits, allait au-delà de ses attributions, entraînant par ses excès la ruine du corps dans son ensemble.

Tout reposait donc sur le juste équilibre des forces en présence. Ainsi en politique, la santé du corps social résultait-elle de la juste répartition des richesses et des droits des différents groupes qui le composaient. La théorie des nombres se donnait comme une science qui, non seulement permettait de dépasser les apparences pour remonter jusqu'aux principes premiers, mais aussi fournissait des modèles mathématiques qui, appliqués à la société, allaient, par une mise en équation de ses différents éléments, lui donner une assise capable de garantir définitivement la paix sociale.

A l'intérieur de la confrérie, les biens étaient donc mis en commun et les participants faisaient vœu de ne plus rien posséder en propre afin de se soumettre à l'expression mathématique des ordres de répartition.

7. Doctrine de la réincarnation

Le passage[1] qui suit se réduit au commentaire d'un texte qui a été ou perdu ou détruit et qui, d'après certains indices, pourrait être attribué à Héraclide du Pont. Ce texte devait traiter de la célèbre métempsycose ou doctrine de la réincarnation de l'âme. Dans le désordre de ces documents, un morceau de parchemin déchiré portait ces mots, retranscrits de Diogène Laërce, et que nous pensons devoir être ajoutés ici : « La tradition veut encore que le premier il ait découvert la migration de l'âme qui, décrivant un cercle selon l'arrêt du destin, passe d'un être dans un autre pour s'y réincarner. » Toujours selon le même auteur, mais dans un texte qui ne figure pas dans les présentes archives, Pythagore n'avait pas craint de « révéler à certains de ses disciples qu'il se souvenait parfaitement du cours de ses existences antérieures; il avait ainsi affirmé qu'en tant que descendant direct d'Apollon, il lui avait été donné de se réincarner dans la personne d'Æthalide, fils d'Hermès, puis d'Euphorbe blessé par Ménélas au cours de la guerre de Troie, d'Hermotime ensuite et de Pyrrhos enfin, simple pêcheur originaire des environs de Délos ».

Il ne nous reste donc de ce passage que le commentaire laissé par les Adorateurs du Zéro, lesquels semblent avoir violemment contesté cette doctrine en ce qu'elle niait le principe d'une dissolution définitive de toute existence, affirmé comme le corollaire métaphysique de leur croyance en la suprématie du « Nombre vide ».

(...)
Dans cet archarnement à combler par des institutions et une cohérence toute mathématique les brèches qui auraient pu se faire jour dans la réalité et ainsi

1. Note des traducteurs.

106

donner à voir par inadvertance la figure du néant, Pythagore avait complété son système par la croyance en la réincarnation de l'âme après la mort.

Etrange paradoxe que celui de vouloir nier la mort par la mort même, puisque selon cette doctrine cette dernière n'apparaît plus comme le terme définitif de toute existence. Façon d'en garder les avantages immédiats – la terreur morale que l'on continue d'exercer sur les vivants – tout en évacuant l'essentiel de son principe : la chute ultime dans la perte absolue de toute conscience et l'absence d'être.

Cerné de toutes parts par l'évidence de cette réalité qu'il croyait pouvoir encore éviter, Pythagore espérait ainsi continuer de nier la mort comme événement irréfragable et détourner l'attention de ses disciples de cette puissance sans consistance, et pour l'instant sans équivalent mathématique, qui travaillait à dissoudre l'univers, de ce « facteur nul » qui, quelles que fussent les vertus ou les qualités des nombres qui lui étaient opposés, démontrait qu'en multipliant à l'infini quelque chose par rien, on ne faisait au bout du compte qu'aboutir invariablement au néant.

DOCUMENT Nº 9

Il semblerait que la version primitive de ce texte – qui se laisse assez facilement déceler, malgré les récritures successives, grâce à certaines tournures de phrases caractéristiques – soit contemporaine des événements qu'elle relate, à savoir la destruction de l'ordre pythagoricien de Crotone. Remaniée à plusieurs reprises ensuite par des copistes sans doute eux-mêmes sans grand talent, on en remarquera surtout le manque d'unité de composition. Pour ce qui est de sa deuxième moitié, rédigée dans un style sec et purement descriptif, cette œuvre pourrait être le fait de quelque chroniqueur tardif qui se serait contenté de mettre en ordre des événements sur l'authenticité desquels tout le monde s'accorde aujourd'hui compte tenu des découvertes récentes. La première partie, par contre, se révèle être plus originale tant par sa forme que surtout par la multitude de détails qui y figurent. Elle relate la fuite de Philippe à la suite de l'ordre donné par le tyran Thélys d'exterminer tous les pythagoriciens de Sybaris. Tout laisse à penser qu'il s'agit là de la transcription à la troisième personne d'un récit oral à l'origine, fait à l'auteur par l'un des compagnons de fuite de Philippe, si ce n'est – et certains indices le laisseraient supposer – par Philippe lui-même.

Certains ont été jusqu'à penser, à la lecture de ce texte, qu'il pourrait s'agir là d'une des versions ou même d'un des brouillons de cette fameuse Vie de Pythagore, jamais retrouvée et écrite par Aristoxène de Tarente, élève d'Aristote et qui passe pour avoir fréquenté les derniers pythagoriciens connus à cette époque. Hypothèse peu vraisemblable pour de multiples raisons, entre autres qu'on n'y trouve aucune des références mythologiques qui, très vite, et du vivant même de Pythagore, transformeront les biographies de ce dernier en récits merveilleux et en de légendaires hagiographies. Au contraire, loin d'y apparaître comme une figure charismatique, comme l'un de ces « daimones » tels qu'on les appelait à l'époque, véritables intermédiaires entre les dieux et les hommes – ainsi par exemple qu'Héraclide le Pontique est censé l'avoir dépeint dans son Abaris, aujourd'hui perdue –, Pythagore nous est représenté ici comme un homme sans grand prestige, obligé de se quereller pour faire entendre sa voix à l'Assemblée, allant jusqu'à s'étonner de la fragilité pourtant évidente du système politique qu'il avait institué, bref, tout le portrait d'un homme qui doute.

Il est fort possible aussi que les Adorateurs du Zéro, que l'on commence à connaître pour être d'habiles falsificateurs de textes, aient retouché, selon leurs propres conceptions – en de nombreux points fort iconoclastes – cette description du Maître de Crotone. A une certaine époque, très critiques à son égard, ils sembleraient ainsi s'être attachés à cette version, pourtant fort médiocre si l'on s'en rapporte au style, d'un épisode de la vie de Pythagore qui correspondait bien mieux à l'idée qu'ils s'en faisaient.

La nuit tombait sur Sybaris et, lorsque Philippe en atteignit les premiers faubourgs, il ne restait déjà plus, du côté de la mer, qu'un vaste pan de ciel clair, dernière trace de l'éblouissement du jour. Comme il entrait à vive allure par la voie nord de la vieille ville, la roue de son char heurta une borne et céda. L'attelage traîna encore un instant sur sa lancée le véhicule dont l'essieu labourait la poussière et sur lequel Philippe avait réussi jusqu'au bout à se tenir. Il ne lui resta plus qu'à quérir le charron de l'endroit et à faire garder ses chevaux pour la nuit. Cet incident n'avait fait qu'aggraver son retard et, sans nul doute, la réunion avait déjà commencé sans lui. Ici et là, alors qu'il gagnait à pied la ville haute, on commençait d'accrocher les lanternes au fronton des villas afin de guider les invités sur le chemin des innombrables fêtes et festins qui faisaient la réputation de Sybaris.

Brusquement, il crut entendre au loin une série de chocs sourds et comme le renflement d'une rumeur plus vaste, percée de cris. A mesure qu'il se rapprochait, il s'aperçut que cela provenait justement de la villa où s'étaient réunis ses amis; il accéléra le pas jusqu'à courir quand, presque arrivé, il vit tout à coup une flamme s'élever droite au-dessus des toits et faire ainsi ressortir de l'ombre la silhouette des grands arbres du jardin. Rendu prudent, il continua de se hâter mais, cette fois, en rasant les murs de façon à rester toujours à couvert de l'obscurité et ne jamais se laisser surprendre en pleine lumière par le rougeoiement intermittent du brasier.

Sur la petite place qui formait, avec la fontaine et le porche, l'entrée principale de la villa, des hommes en armes et agitant des torches se tenaient en faction ou se regroupaient après avoir fini de mettre le feu aux dépendances et aux communs. Comme il allait s'avancer en pleine clarté pour intervenir et demander des explications, quelqu'un par-derrière lui saisit violemment l'épaule.

– Philippe, arrête! C'est moi, Phintias. J'étais comme toi

en retard et me préparais à franchir le seuil de la villa lorsque j'en vis sortir ces hommes, vraisemblablement des soldats déguisés, qui ont profité de la réunion que nous, pythagoriciens de Sybaris, tenions ici pour massacrer par surprise tous nos amis. Etant sans arme, ainsi que l'ordonne la règle, je n'ai pu leur venir en aide et me suis caché ici. Je les ai entendus se parler entre eux et, le croiras-tu, j'en ai même reconnu certains. Sais-tu qui ils sont? Par Apollon, les sicaires de Thélys, tyran de Sybaris, ton propre beau-père! D'ailleurs, tu étais le premier visé, ils te cherchent. Inutile d'essayer de trouver refuge chez toi; toutes nos maisons ont été dans le même temps prises d'assaut et pillées. Il nous faut quitter la ville au plus vite.

Sans un mot, ils se glissèrent dans l'ombre, de ruelle en ruelle, jusqu'à la ville basse où ils eurent le temps d'avertir quelques amis. A présent, certains quartiers de la ville se découvraient tout illuminés par les flammes jaillies de quelques maisons incendiées, alertant la population montée sur les terrasses. Le feu par endroits fusait à la verticale en crépitant hors des toitures, lesquelles s'effondraient d'un seul coup en projetant vers le ciel des nuées d'étincelles. La première agitation passée, les rues avaient été désertées et seuls quelques petits groupes de soldats sillonnaient les rues de la ville, forçant les fugitifs à se cacher alors en quelque renfoncement. Enfin, de place en place, ils atteignirent la campagne et prirent la direction du rivage. A travers champs, entre les plantations d'oliviers, craignant les chiens qui auraient pu être lancés sur leur traces, Philippe et ses compagnons arrivèrent jusqu'à la mer qui clapotait presque sans bruit, à la clarté de la lune qui venait juste de se lever. Sans s'arrêter, ils décidèrent de longer le rivage afin d'essayer de gagner Crotone, seul refuge possible. Toute la nuit, ils marchèrent, se retournant parfois et s'immobilisant pour scruter l'ombre derrière eux, laissant de côté les cabanes de pêcheurs disséminées en bordure des innombrables criques. Puis, peu à peu, le paysage changea, la nuit se refermant sur eux. La lune avait disparu derrière les nuages et le sable avait fait place à des graviers qui se glissaient dans la sandale, puis à des galets qui roulaient à chaque pas avec un raclement sonore et creux. A l'aube, le froid tomba sur eux, et la mer avait déposé tout alentour une épaisse rosée, comme s'il avait plu. Parfois, pour éviter un promontoire ou une zone de rochers, ils étaient obligés de couper à travers les garrigues. Les ronces et les broussailles leur lacéraient les jambes et l'herbe trempée gelait leurs pieds meurtris.

Enfin, au lever du jour, ils arrivèrent en vue de la ville toute blanche sur sa hauteur. Averti aussitôt de leur présence, Pythagore leur demanda de ne pas chercher à retourner à Sybaris où, de toute façon, leur cause semblait perdue puisqu'ils ne bénéficiaient en rien du soutien de la population locale. Au contraire, non contents par leur austérité de faire figure de gêneurs et de trouble-fête, ils venaient de payer leur attachement à l'ordre pythagoricien de Crotone, devenue la rivale de Sybaris depuis qu'elle avait à son tour ouvert de nouvelles voies commerciales vers l'Italie. Thélys, tyran d'une Sybaris atteinte dans sa prospérité, cherchait la provocation pour masquer la réalité de son déclin et nul doute que les fugitifs n'avaient fait que servir d'exutoires à la colère du peuple.

Dans les jours qui suivirent, des émissaires envoyés par Thélys vinrent réclamer l'extradition des fuyards et, en premier lieu, la tête de Philippe, membre par alliance de la famille du tyran. Crotone, fidèle aux enseignements de Pythagore, ne souhaitait pas la guerre. Aussi le Sénat dut-il se réunir pour délibérer. Une décision était à prendre qui engageait la collectivité tout entière et l'avenir des relations avec Sybaris. L'Assemblée, tiraillée entre des factions rivales, dont certaines voyaient leurs intérêts économiques menacés par l'éventualité de cette rupture, fut des plus houleuses. Devant l'impossibilité de parvenir à une résolution commune, et alors que les envoyés de Thélys, restés au-dehors, commençaient à perdre patience, il fut décidé de faire appel à Pythagore. Ce denier, dont on connaissait par avance le point de vue, éprouva quelques difficultés à faire entendre sa voix. Il fut même pris à partie par l'un des membres du Parti démocrate qui, devant l'Assemblée, se gaussa de ses exploits :

– La prochaine fois que tu descendras dans les ténèbres des Enfers, porte donc une lettre à mon frère!

– Quand je descends aux Enfers, répliqua le Maître, je ne vais pas visiter les incroyants et ceux qui se trouvent être soumis aux plus terribles châtiments.

Une fois le contradicteur expulsé, Pythagore affirma simplement, mais avec force, qu'une cité qui ne respectait pas le droit d'asile était d'avance une cité perdue. Le point de vue des dieux à ce sujet était dépourvu de toute ambiguïté. En remettant les fugitifs à leurs bourreaux, Crotone se trahirait elle-même et périrait de cette ignominie, non seulement parce qu'elle se découvrirait parjure, mais parce que les Crotoniates eux-mêmes, privés de leur honneur, entraîneraient la cité à sa ruine. Atteinte dans son orgueil, l'Assemblée se rangea de l'avis du Maître dont les conseils, toutes ces années, lui avaient finalement, et malgré leur rigueur, assuré la prospérité.

Les émissaires de Thélys furent donc reconduits sur-le-champ jusqu'aux portes de la ville, non sans égards mais avec une fermeté qui fut ressentie comme une insulte. La fraction de l'Assemblée qui s'était refusée à rompre avec Sybaris assura qu'elle enverrait le lendemain un groupe d'ambassadeurs chargés d'expliciter le motif de leur refus.

Trente ambassadeurs se rendirent par la suite à Sybaris d'où ils ne revinrent jamais. Le bruit courut qu'ils avaient été assassinés sitôt leur mission accomplie et qu'on avait retrouvé leurs corps éparpillés dans la forêt, à demi dévorés par les chiens et les loups. Crotone, nullement décidée à supporter un tel affront, décida de se venger et déclara la guerre.

L'armée crotoniate prit aussitôt la route de Sybaris, sous le commandement du guerrier Milon, athlète vainqueur aux précédentes Olympiades et gendre de Pythagore. Au terme du troisième jour, on apprit que la cavalerie de Sybaris avait été défaite et que les restes de l'armée en déroute avaient pris position à l'intérieur de la cité transformée en camp retranché. Le siège durait depuis soixante-dix jours lorsque l'assassinat du tyran Thélys dans le temple même d'Héra signa la fin de Sybaris. Les riches demeures de ceux qui avaient appartenu à son parti furent mises à sac par la population, laquelle, entraînée par sa folle cupidité, négligea de continuer à assurer sa défense. Même les soldats à cette nouvelle abandonnèrent les murailles pour ne pas être laissés en reste. La ville était en train de se piller elle-même lorsqu'elle fut prise d'assaut. Les généraux de l'armée crotoniate, devant une telle corruption, avaient décidé de n'en point laisser pierre sur pierre, au point que l'on entreprit de creuser un canal pour détourner les eaux du fleuve Crathis et engloutir à jamais les restes de la trop opulente cité.

Ce soudain afflux de richesses et de terres que se partagèrent les différentes familles de l'aristocratie donna un coup de fouet aux revendications populaires et aux mouvements démocratiques dans une Crotone qui, une fois passée l'ivresse de la victoire, se révéla haineuse envers elle-même et déchirée. Pythagore lui-même se sentit perdre tout contrôle sur les siens et sur une Assemblée où chacun ne pensait plus qu'à lutter pour son propre compte et avec une avidité qui le laissa désarmé. Cylon, un de ses anciens disciples, qui avait prétendu à l'initiation mais qui, en raison de son intempérance, s'était fait exclure de la confrérie, travaillait à présent à monter le peuple contre les pythagoriciens, n'hésitant pas à répandre sur leur compte les bruits les plus divers et parfois même les plus injurieux. Aidé en cela par ses accolytes Hippasos, Diodore et Théagès, il rameuta les citoyens en leur promettant d'accorder à tous, sans distinction de naissance ou de fortune, l'accès aux plus hautes assemblées.

Pythagore ne tarda pas à comprendre que la fin de son œuvre était proche. Après avoir mis en garde une dernière fois ses disciples et les avoir prévenus du soulèvement qui se préparait contre eux, accompagné seulement de quelques fidèles, il quitta la cité en secret pour Métaponte.

Le coup partit d'Onatas Ninon, lieutenant de Cylon, qui lut devant le peuple assemblé sur l'agora un poème faussement attribué à Pythagore dans lequel ce dernier exprimait son mépris pour le peuple ainsi que la soif de pouvoir dont il était habité. Ce document déchaîna la colère de la ville basse qui devint le principal foyer de l'émeute. On savait les pythagoriciens réunis dans la maison de Milon, occupés à discuter du tour que prenaient les événements. La foule, à la nuit tombée, envahit les jardins, pilla les magasins de vivres et, après en avoir bloqué toutes les issues, mit le feu à la grande demeure où la plupart des membres de la confrérie périrent carbonisés.

DOCUMENT N° 10

Ce texte, pourtant signé Philotète de Thrace, a toutes les chances d'être un faux; d'autant qu'on ne sait pratiquement rien de cet auteur si ce n'est qu'au cours d'une expédition guerrière poussée au-delà de l'Ister[1], il tomba dans une embuscade et fut fait prisonnier par les Scythes. Pour des raisons inconnues, il ne fut pas massacré ainsi que tous ses compagnons mais réduit en esclavage. A ce titre, il dut donc suivre les migrations de ces peuples qui se déplaçaient continuellement à travers la steppe avec leurs chariots et leurs troupeaux. Ayant adopté les coutumes de ses maîtres – d'où son surnom –, il fut sans doute affranchi et c'est ainsi que Philotète, dit aussi « le Scythe », essaya de pousser le plus loin qu'il put vers le septentrion afin d'atteindre le fameux pays des Hyperboréens (« au-delà du vent du nord »), royaume de la clarté perpétuelle dont les habitants étaient assurés de l'immortalité puisque la nuit jamais ne venait s'étendre sur eux et fermer leurs paupières. Apollon d'ailleurs passait pour y avoir un temple où il séjournait tous les dix-neuf ans et, curieusement, une certaine légende faisait descendre Pythagore de cet Apollon hyperboréen.

C'est à la suite de cette affirmation et de cette autre qui

1. Le Danube.

116

dit que Pythagore, après sa mort, serait retourné vivre dans ce temple rond dont il vient d'être question que Philotète de Thrace aurait décidé de mettre à profit son séjour forcé dans cette région pour essayer de retrouver la trace du Maître et confirmer ainsi son immortalité. Peut-être espérait-il par cette rencontre bénéficier d'un avantage identique; toujours est-il qu'il atteste avoir parcouru en tous sens la contrée à sa recherche, mais sans jamais aboutir, ni – il faut le souligner – sans d'ailleurs avoir jamais donné la moindre preuve concrète de la réalité de son entreprise. Le seul élément crédible dans ce qui paraît aux yeux de beaucoup être une gigantesque affabulation, c'est sa rencontre, lors de son retour en Thrace, avec le célèbre Zalmoxis, un des derniers disciples de Pythagore et dont Hérodote dit plutôt qu'il aurait été depuis Samos l'esclave de ce dernier. Hérodote dit encore qu'une fois affranchi et devenu riche, Zalmoxis serait revenu en Thrace où il aurait fondé une cour et que bien plus tard le peuple des Gètes lui vouera une adoration égale à celle d'un dieu : « Tous les cinq ans, ils envoient à Zalmoxis un messager désigné par le sort. Pour lui " expédier " ce messager, on prend trois hommes armés de courts javelots, on saisit le messager par les pieds et les mains, on le balance deux ou trois fois en l'air et on le laisse retomber sur la pointe des javelots. S'il en meurt, c'est que le dieu leur est favorable. S'il n'en meurt pas, on s'en prend au messager lui-même, on le traite d'incapable, et on en " expédie " un autre, en prenant bien soin de lui confier les recommandations tant qu'il vit encore » (Enquêtes).

C'est de sa visite à cette cour que Philotète tiendrait, d'un personnage dont il n'a pas voulu révéler le nom – pouvait-ce être Zalmoxis lui-même? –, le récit de l'agonie de Pythagore et des dernières paroles que celui-ci aurait prononcées. Le premier réflexe qui vient à l'esprit est bien évidemment d'en contester l'authenticité. Texte confus et sans doute mutilé, *étrangement prémonitoire d'une certaine façon – ce qui, pour les Adorateurs du Zéro, a peut-être justifié sa conservation –, puisque le discours attribué à Pythagore sur son lit de mort fait tout à coup la part belle à cet espace vide entrevu dans l'ordre des choses, où n'aura plus qu'à prendre place et par la suite s'inscrire le nombre zéro. Il n'en reste pas moins qu'une telle prise de conscience paraît invraisemblable pour l'époque, mais il se peut qu'une telle notion ait pu voir le jour par la suite, sans doute dans les cercles pythagoriciens de la Rome de Plutarque puisque ce dernier rapporte en effet que « ceux qui procèdent de Pythagore affirment qu'il y a hors du monde un vide vers lequel et duquel le monde respire ».*

Pour ce qui est de la mort même de Pythagore, les interprétations divergent et il ne nous est malheureusement pas possible de toutes les mentionner. A l'évidence, pour Philotète de Thrace le problème ne semble même pas s'être posé. Après s'être réfugié à Métaponte où « les habitants appelaient la maison de Pythagore le temple de Déméter, et passage des Muses la rue où il habitait[1] », ce dernier ne se serait jamais remis du désastre de Crotone que lui auraient relaté Lysis et Philolaüs, les seuls rescapés, et aurait fini par se laisser mourir de faim.

On dit de Pythagore – et lui-même ne savait plus très bien où et quand, et certains affirment, pour l'avoir interrogé dans sa retraite, qu'à la fin de sa vie il confondait ses existences ou les vivait toutes à la fois – qu'il trouva refuge dans une petite maison, à l'extrémité de Métaponte.

1. Diogène Laërce.

Atteint dans son être même par l'anéantissement de la confrérie de Crotone, progressivement le Maître cessa de s'alimenter et, à l'instant de son dernier souffle, il réunit ses plus fidèles disciples autour de son lit de mort et prononça cet ultime discours qui les laissa atterrés :

« Mes amis, si je meurs, j'ai décidé que ce serait d'anémie, façon de faire le vide en mes organes et, comme on se pencherait du haut d'une falaise pour regarder l'abîme en bas, de m'approcher, et presque à la saisir, du moment de ma propre disparition.

« Ici, à vos côtés et malgré vos prévenances, j'ai pris, jour après jour, la mesure de ma vanité et de notre inexorable déclin. J'ai compris qu'en dépit de tous nos efforts l'indigence et la mort n'avaient cessé de travailler les forces les plus vives de la cité. Comme si cette dernière s'était étouffée et ensevelie elle-même sous le trop-plein de cette perfection constitutionnelle que j'avais établie et qui ne laissait plus aucune place à l'humain; comme si la faillite des calculs qui avaient eu pour but d'assurer organiquement, ou mieux, mathématiquement, l'équilibre politique de cette cité signifiait que l'intelligible recelait, dans son excès de rationalité, l'irrationel même, et jusqu'à se saborder; comme si la mort et la destruction se devaient de faire partie intégrante de la vie et qu'à tenter de les repousser, on ne faisait qu'en exacerber la puissance. J'en tire ici, devant vous, cette conclusion : aucun système, ni aucun organisme vivant ne peut se soutenir très longtemps s'il ne réussit pas à faire la place, rapidement, en l'une ou l'autre de ses parties, à un espace laissé vacant, à une zone en creux où puissent à tout moment se faire jour et se jouer librement les forces de la vacuité et de la dissolution. Et c'est pour avoir méconnu cette évidence que le chaos, dans nos existences comme dans notre Constitution, n'a eu de cesse de reprendre ses droits jusqu'à cette fois emporter le système tout entier.

« Pour vous-mêmes, sachez bien ceci : c'est la conscience imparfaite, et pour ainsi dire la méconnaissance absolue que nous avons du néant, qui entretient la vie en nous et nous force à renaître ou à essayer de nous perpétuer par quelque œuvre démesurée. Prendre en compte cet espace nul qui s'ouvre à moi, et reconnaître que la mort constitue l'ultime finalité, soudain me décharge et, par ce simple fait, me libère comme par enchantement de ma propre existence. La délivrance, contrairement à ce que j'ai toujours cru et à ce qui fut le principe même de mon enseignement, vient de cette conscience et de cette acceptation de n'être un jour plus *rien*. Elle anticipe sur sa réalité. Aurais-je l'indécence de m'en réjouir devant vous? Ne pleurez donc pas sur ma mort à venir puisque, par cette seule conscience, je ne suis déjà plus.

« Auparavant, laissez-moi encore vous dire ceci : comment se fait-il que le système des nombres, que je vous ai enseigné et qui était ainsi censé rendre compte de la totalité de l'univers, ne fasse aucune place à cette réalité du vide et s'avère incapable de la signifier? D'où procède cette quantité nulle qui d'elle-même échappe à toute formulation mathématique? J'ai ainsi rêvé la nuit dernière de pouvoir matérialiser devant vous cette évidence invisible qui, en secret, sous-tend le monde, réalité face à laquelle par ailleurs les dieux ne soufflent mot. Je meurs donc déchiré, avec la conscience de n'avoir pu déchiffrer à temps cet insaisissable principe par où l'univers, périodiquement, se libère de ses contraintes et respire... »

Aucun des disciples présents ne fut capable de recevoir un tel propos, que je tiens pour ma part d'un témoin qui m'a fait jurer de lui garder l'anonymat. Déjà d'ailleurs, l'enseignement du Maître, porté par la tradition, se perpétuait-il inchangé et de nouvelles communautés ne cessaient de se former. A Métaponte même, sa tombe commençait d'être vénérée. Quelques jours après sa mort, une délégation lui était venue de Crotone pour lui assurer que les pythagoriciens avaient été rétablis dans leurs droits. On lui proposait même de revenir prendre la tête des affaires publiques. Ainsi la légende se referma-t-elle sur lui au point que certains affirmaient, à l'encontre même des paroles que je viens de rapporter, qu'il avait rejoint Apollon dans le pays des Hyperboréens que j'ai parcouru en vain jusqu'à mon séjour à la cour de Zalmoxis d'où je tiens ces vérités.

DOCUMENT Nº 11

A la mort de Pythagore, les disciples se dispersèrent donc pour rejoindre leurs communautés respectives établies soit en Sicile, soit sur la côte méridionale de la péninsule italique. Profitant de la confusion et des premières divergences qui commençaient à se faire jour concernant certains points particuliers de la doctrine, plusieurs membres en vinrent à divulguer ce qui devait rester secret et fondèrent ainsi des confréries dissidentes, tel Hippase de Métaponte qui entraîna avec lui un certain nombre de disciples : Hipparque, Hippocrate de Chios, etc.

Mais le coup le plus terrible porté à l'ensemble de la communauté ne le fut pas à cause des trahisons ou des manquements à la discipline, mais par le fait d'une défaillance à l'intérieur de la théorie des nombres elle-même qui, une fois découverte, vint mettre en péril tout l'édifice moral et métaphysique élaboré à partir du principe de leur cohérence et de leur perfection. Il apparaît, en effet, à la lecture des notes et des divers textes qui constituent les archives de la secte des Adorateurs du Zéro, que l'ordre pythagoricien de Crotone aurait péri pour n'avoir pas accepté le vide comme l'un des composants de la nature.

Ce n'est pas de ce problème que traite le texte suivant mais d'un autre qui lui est semblable sinon concomitant, à

122

savoir l'irrationalité de certains nombres qui ne peuvent être calculés et entrent ainsi en contradiction avec leur propre définition qui est d'être mesurables. Car il faut bien se rendre compte que la conscience du zéro n'a été réellement possible qu'à partir du moment où la théorie des nombres a perdu sa cohérence et son unité, s'est trouvée de cette façon battue en brèche et désagrégée.

C'est en tout cas ce que met bien en valeur le texte présenté ci-après, curieusement calqué sur le modèle des dialogues platoniciens auxquels s'entraînaient les disciples de l'Académie, et donc vraisemblablement daté de la fin du IIIᵉ siècle avant J.-C. Nous ne publions ici que le début de cet ensemble intitulé l'Eurytos ou « De l'irrationalité de $\sqrt{2}$ », du nom de celui qui se présente comme le principal interlocuteur d'Hipponicos.

Lorsqu'on vint nous avertir de l'entrée dans la rade du vaisseau en provenance de Métaponte, nous nous rendîmes en délégation jusqu'au port. La mer était calme et le vent faible. Il fallut au navire le secours de la rame pour atteindre le quai. Avec la déférence coutumière par laquelle nous avons toujours accueilli les membres de la confrérie, nous leur fîmes les honneurs de la cité et les conduisîmes en procession jusqu'au sanctuaire d'Apollon. Cependant, nos invités nous parurent étrangement soucieux et presque indifférents aux égards et aux marques d'amitié que nous leur prodiguions. Nous savions qu'ils étaient porteurs d'un message dont le contenu était de la plus haute importance et, à l'avance sur leurs traits, nous nous efforcions d'en apprécier la nature et la gravité.

Finalement, vers le milieu du jour, nous nous enfermâmes dans la grande salle claire où nous tenions d'habitude les assemblées réservées aux seuls initiés. Après avoir invoqué les dieux et nous avoir salué selon l'usage, Hipponicos se leva de sa place, répandit un peu de sable fin sur les dalles dans le but d'y inscrire des figures et s'adressa à nous en ces termes :

– Ô vous qui communiez ainsi que nous dans la pensée du Maître à présent disparu et respectez son enseignement, en croyant à la transcendance des Nombres dont vous gardez secrète la doctrine, permettez-moi d'interroger l'un des membres de votre confrérie afin de mieux vous faire comprendre ce que j'ai à vous communiquer.

Nous acquiesçâmes d'un même mouvement et, s'adressant à moi, il continua de la sorte :

– Eurytos, mon cher, peux-tu nous redire le dernier théorème que nous a légué le Maître avant sa mort?

– Sans nul doute, Hipponicos, et ce serait être un bien piètre disciple que de l'avoir déjà oublié. Il est simple, le voici : le carré de l'hypoténuse d'un triangle rectangle est égal à la somme des carrés des deux autres côtés[1].

– Excellent, Eurytos, tu as bien parlé. Et tu dois te souvenir comme moi de la joie qu'éprouva le Maître à cette découverte et de l'hécatombe de bœufs que nous aurions dû sacrifier, conformément à l'usage, si cela n'avait pas été contraire à nos principes.

– Oui, bien sûr, et comme si c'était hier!

– Te doutais-tu alors qu'une telle découverte pouvait mettre en péril notre communauté tout entière jusqu'à la menacer d'éclatement? Savais-tu que ce théorème risquait de mettre en défaut toute la logique des nombres et leur

1. Se reporter aux figures correspondantes, si nécessaire, en fin de texte. Ici, figure n° 1.

124

faire avouer leur impuissance à exprimer certaines réalités de la science mathématique?

– Voilà une bien étrange nouvelle, et j'ai du mal à te comprendre. Explique-toi donc tout à fait!

– J'y viens. Ne sais-tu pas qu'il n'y a, pour rendre compte de l'univers et de sa complexité, en tant qu'entités souveraines et absolues, que les nombres entiers?

– Certes, un nombre est un nombre et, comme tel, ne peut être que parfaitement délimité et connu.

– Or justement, dans le cas d'un triangle rectangle isocèle, ayant l'unité de longueur pour côté, l'hypoténuse et le côté du triangle ne se trouvent-ils pas être dans un rapport constant[1]?

– Si, cela est démontré.

– Et n'as-tu jamais été capable de le définir très exactement?

– Je ne sais, mais, à première vue, en abaissant le côté BC sur l'axe horizontal Bx, il m'est aisé de voir qu'il est compris entre 1 et 2, plus précisément même, s'il m'est permis de le calculer ici, entre 11/8 et 3/2[2].

– N'est-ce pas là cette grandeur que nous avons décidé, d'un commun accord, d'appeler $\sqrt{2}$?

– Assurément!

– Eh bien, mon cher Eurytos, malgré tous nos efforts, il nous a été absolument impossible de trouver une unité de mesure qui puisse être commune aux deux longueurs considérées (AC et BC) et d'aboutir ainsi à un nombre véritable qui puisse définir un tel rapport, si ce n'est l'énigmatique $\sqrt{2}$.

– Continue ta pensée.

– Pour autant que nous y avons travaillé, il semblerait

1. Idem, figure n° 2.
2. Idem, figure n° 3.

que la diagonale d'un carré n'ait aucune « commune mesure » avec le côté de celui-ci. En nous heurtant à l'invariable $\sqrt{2}$, nous nous trouvons en présence d'un ordre de grandeur qui nous échappe, impossible à calculer, si ce n'est en projetant la série des nombres entiers dans une suite qui ne semble pas avoir de fin.

– Que veux-tu dire par là?

– Ceci, cher Eurytos : que la diagonale d'un carré est *incommensurable* au côté de ce dernier.

– (...)

– Mais, dis-moi encore : n'avons-nous pas autrefois défini le rationnel par la limite, c'est-à-dire par le rapport défini entre deux termes?

– Sans nul doute, et c'est là la condition de l'intelligible!

– Et, de la même façon, ne sommes-nous pas convenus que l'harmonie résultait de la parfaite proportion entre le tout et la partie, selon un rapport idéal et mesurable?

– Tu as raison.

– Ne vois-tu pas dès lors que $\sqrt{2}$ ne correspond à aucune de ces définitions; qu'en tant que rapport impossible à calculer entre le côté du carré et sa diagonale, elle constitue une grandeur indéfinie, inintelligible et qui échappe au contrôle de la raison?

– Effectivement, cela est vrai.

– Et puisque cette grandeur a toute l'apparence d'être infinie, pouvons-nous savoir si ce nombre fractionnaire est au bout du compte pair ou impair?

– Par l'évidence même, cela est impossible!

– Ou bien les deux à la fois?

– Comment le savoir en effet?

– De là à dire que $\sqrt{2}$, en tant que nombre impossible, puisque ne correspondant en aucun point avec la définition

126

traditionnelle du nombre, n'existe pas, n'y a-t-il pas là qu'un pas?

– Aisé à franchir, assurément par Zeus, mais ta conclusion m'effraie.

– Eurytos, tu as raison de t'effrayer! Peut-on dire que $\sqrt{2}$ n'a aucune réalité alors que tout nous persuade du contraire?

– Ce serait nier l'évidence.

– Une chose dans le même temps peut-elle alors être et n'être pas?

– Impossible!

– Voilà donc où nous en sommes : en tant que quantité démesurée, hors de toute proportion, l'existence de $\sqrt{2}$ est une monstruosité mathématique, un défi au sens commun et à la théorie des nombres, une faille dans la cohérence et la perfection supposée de l'univers.

– L'irrationalité de $\sqrt{2}$ signifierait donc qu'il existe, au cœur même du domaine mathématique, des grandeurs infinies – des nombres? – qui échapperaient au contrôle des nombres eux-mêmes?

– Tu m'as compris, cher Eurytos, et ta logique s'est trouvée prise en défaut, comme par ailleurs celle de tes compagnons et la nôtre à nous tous. Voilà pourquoi nous avons entrepris de faire la tournée de toutes les confréries, pour vous implorer à tour de rôle de conjuguer vos efforts et résoudre ce problème. Il y va de la survie de la communauté entière. $\sqrt{2}$ tient la théorie des nombres en échec, en mettant l'accent sur leur impuissance à rendre compte de tous les phénomènes et, par contrecoup, ruine la morale et la métaphysique qui lui étaient liées. Priez les dieux que nous ne soyons prisonniers que d'une simple illusion et que nous puissions trouver un nombre – si grand soit-il! – qui soit fini et épuise ainsi la totalité de $\sqrt{2}$.

(...)

Figure n° 1 : Soit le triangle ABC :

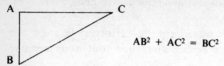

$$AB^2 + AC^2 = BC^2$$

Figure n° 2 : Soit le triangle rectangle isocèle ABC :

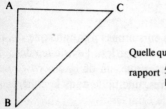

Quelle que soit la longueur du côté AC, le rapport $\dfrac{AC}{BC}$ restera toujours constant.

Figure n° 3 : Abaissons le côté BC sur l'axe Bx pour déterminer empiriquement son rapport à AC. Le rapport $\dfrac{BC'}{AC}$ est égal à $\sqrt{2}$, c'est-à-dire à une grandeur comprise entre 1 et 2, plus précisément entre 11/8 et 3/2.

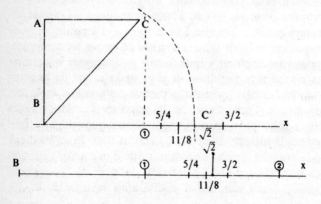

DOCUMENT Nº 12

Le présent document nous a été transmis à la toute dernière minute par l'un des héritiers du comte de Castiglia, rencontré par hasard alors que je voyageais en Sicile pour mes propres recherches et auquel, incidemment, j'avais fait part de mes travaux. Il savait que son ancêtre, mort en 1861, avait possédé des terres aussi bien en Calabre qu'en Sicile et que, à ses moments perdus, ce dernier s'était lui aussi intéressé d'assez près, mais toujours en amateur, aux idées des pythagoriciens et, plus particulièrement, aux sites archéologiques les concernant.

C'est ainsi, en voyageant du côté de Tarente en compagnie d'un régisseur, et arpentant des terres dont il souhaitait faire l'acquisition, qu'il tomba par hasard sur les restes d'une construction de forme circulaire à demi enfouie dans les broussailles. Lorsqu'il eut acheté les terrains en question, il revint par la suite sur les lieux et commença, par pur plaisir et pour son propre compte, à dégager l'édifice.

Emmanuel de Castiglia a ainsi bien voulu nous communiquer les quelques notes qui constituent le journal de la campagne de fouilles entreprise par son ancêtre où, dès les premières pages, le comte s'interroge précisément sur la nature de ce qu'on aurait pu supposer à l'origine être une tour de guet alors que celle-ci se trouvait située nettement en

*dehors de la ville et, de plus, dans une dépression de terrain,
ce qui paraissait pour le moins contradictoire.*

*Si ses conclusions – car je ne livrerai ici que la dernière
partie de son journal – pourront sembler à certains parfois
bien déconcertantes, les pierres, elles, enfouies pendant
plusieurs siècles sous la terre, qu'il a patiemment mises au
jour, numérotées et déchiffrées – parce que toutes gravées
sur leur face interne –, attestent au moins de la réalité d'un
certain nombre de faits troublants. A tel point que, moi-
même frappé par quelques-unes de ces coïncidences, en
particulier avec le texte précédent, je n'ai pu résister à l'idée
de l'intercaler ici et de le publier, avec l'aimable autorisation
de l'ensemble des héritiers du comte Eduardo de Castiglia.*

(...) Mes dernières conclusions m'amènent ainsi à penser
que loin de constituer une tour de guet comme je l'avais
cru à l'origine, cet édifice devait avoir eu au contraire une
fonction magique et sacrée.

Il m'est à peu près possible de dater la construction de
cette tour des environs de la fin du VIᵉ siècle et du début du
Vᵉ siècle avant J.-C. Plusieurs indices, des traces de murs
tout autour et diverses autres fondations, ainsi que je les ai
décrites précédemment, me portent à croire qu'une communauté de pythagoriciens, comme il en existait plusieurs
à cette époque sur tout le pourtour du bassin méditerra-
néen et surtout dans cette région, avait dû établir sa
résidence en ce lieu. La configuration des bâtiments, telle
que j'en ai pu faire le relevé, semble avoir été conçue à
partir d'un certain nombre de figures géométriques tracées
à même le sol, lesquelles forment des symboles évidents et
facilement déchiffrables, pour ne citer que le penta-

130

gramme, typique de l'existence et des croyances de ces confréries à cette époque. D'après les éléments d'information que j'ai pu regrouper ici et là, en concordance d'ailleurs avec mes propres travaux et surtout avec les découvertes que j'ai faites en ce lieu, je puis résumer l'histoire de cette tour de la façon suivante :

Sans doute mis en difficulté par l'impossibilité de calculer précisément $\sqrt{2}$, ce qui aurait signifié pour eux que certaines parties de l'univers et de la réalité échappaient au gouvernement et à la loi des Nombres, les pythagoriciens auraient alors mobilisé toute leur énergie pour venir à bout de cette impasse théorique qui, aux yeux de l'opinion, les conduisait irrémédiablement au discrédit. La plupart refusèrent d'admettre cette espèce de fatalité et, si $\sqrt{2}$ selon eux n'avait pu être mesurée, c'est que jamais le calcul n'en avait été poussé suffisamment loin. Le chef de la très puissante confrérie de Tarente, pour certains Hypsiclès de Thèbes, pour d'autres Anaxilaos d'Abdère, résolut alors de mettre un terme définitif à la prétendue incommensurabilité de $\sqrt{2}$.

A cet effet, il entreprit de faire ériger une tour, munie en son centre d'un escalier en colimaçon qui, par un artifice de la construction, se révélait être complètement indépendant du mur, mais permettait cependant d'atteindre sans difficulté n'importe quel point de celui-ci. Cette particularité architecturale laissait donc libre la face interne de la paroi de la tour – comme l'aurait été celle d'un gigantesque fût –, après que les moellons eurent été un à un soigneusement polis, de façon à constituer sur toute la hauteur une surface parfaitement lisse et uniforme. La tour une fois achevée par une sorte de plate-forme qui n'était autre en fait que l'extrémité de l'escalier débouchant brusquement au-dessus du vide, on dut venir solennellement en procession poser à gauche de la porte d'entrée la quantité $\sqrt{2}$ et, dès cet instant, il fut décidé, jusqu'au sommet de l'édifice si nécessaire, de procéder à son extraction.

D'après le peu que l'on en sait, il est probable que deux équipes de mathématiciens, composées chacune de trois membres, avaient été spécialement affectées à cette tâche et y avaient travaillé de façon continue – leurs noms ayant même été gravés sous le linteau de la porte d'entrée. L'opérateur poussait la division d'une décimale supplémentaire, le vérificateur refaisait le calcul en sens inverse pour s'assurer de l'exactitude du nombre ainsi obtenu, et le transcripteur, de son ciseau, gravait enfin le résultat dans la pierre, à la suite de tous les autres, selon un tracé hélicoïdal qui, sans jamais s'interrompre, pouvait ainsi courir le long de la muraille jusqu'à l'extrême sommet de la tour.

Année après année, les deux équipes à tour de rôle s'étaient progressivement élevées dans l'escalier sans jamais parvenir à épuiser tout à fait la série infinie des nombres qui composent $\sqrt{2}$ et pourtant, tout en sachant par là qu'elles s'approchaient inexorablement d'un résultat qui devenait à mesure *de plus en plus* juste. Le chef de la confrérie qui avait ordonné ces travaux était mort entre-temps sans jamais avoir douté du succès de l'entreprise car cela aurait impliqué la remise en question de la puissance et de la divinité des nombres, base même du culte et du rituel autour desquels s'organisait la vie de la communauté tout entière.

L'histoire affirme que les travaux auraient encore continué jusque sous le règne d'Archytas, stratège et tyran de la ville de Tarente, lui-même pythagoricien convaincu et ami de Platon. Après sa mort cependant, l'entreprise se serait arrêtée, peut-être faute de moyens, peut-être aussi par simple lassitude. La légende dit qu'un seul survivant s'obstina dans l'œuvre commencée, devant faire à la fois office d'opérateur, de vérificateur et de transcripteur, vieillard abandonné de tous, mais auquel les rares paysans et bergers de l'endroit continuaient d'apporter quelque nourriture. Et alors que la confrérie s'était depuis bien longtemps dispersée, laissant la cité dans la plus extrême désolation, il persévérait néanmoins dans ses calculs, refusant d'en démordre et s'élevant ainsi malgré lui par degré, vers le sommet de la tour. Déjà, des tombereaux commençaient à venir de Tarente par les chemins de charroi pour arracher aux ruines les pierres qui servirent ensuite à l'extension de la ville jusque sous la période romaine. Bien que le site eût été totalement déserté, lui seul s'acharnait, préservant l'édifice de l'avidité des démolisseurs et, de plus, luttant de vitesse avec eux pour ce qui restait de l'antique cité, persuadé qu'il était que sa victoire et la découverte du nombre définitif suffiraient à ressusciter l'ancienne communauté et à y faire affluer à nouveau les disciples.

La légende, cette fois, dit qu'enfin parvenu sur la dernière marche, au moment de poser, sur l'extrémité du moellon restant, l'ultime décimale qui ne faisait pas là encore un compte juste, il eut la fugitive impression de s'être quelque part peut-être trompé. Devant cette spirale de milliers de nombres qui montait jusqu'à lui et commençait à l'entraîner dans son tourbillon, à la seule idée qu'il pût avoir commis là quelque erreur qui l'aurait fait échouer et qui serait en fait l'unique cause de sa défaite, il fut tout à coup pris d'une terrible sueur froide et d'un épouvantable vertige. C'était la nuit; et sans avoir pu venir à bout de $\sqrt{2}$, sans même avoir pu, selon son expression, « *extraire* le fond des entrailles du dieu », le vieux mathématicien, comme porté et soulevé de terre par cette énorme accumulation de nombres inutiles et morts, aurait conçu l'idée de prolonger encore cette colonne jusqu'à toucher la Voie lactée et basculé alors dans la folie.

Dans son délire, il aurait *au bout du compte* compris l'infinité de cette puissance obscure et insondable qui, à la fois, lui faisait obstacle et se dérobait à lui, située au-delà des nombres eux-mêmes, c'est-à-dire ce célèbre zéro, impossible à atteindre et qui, seul – par la soustraction sans reste de la dernière décimale à elle-même –, aurait pu venir mettre un terme définitif à ses calculs. Par une intuition fulgurante, il aurait reconnu là, parmi l'assemblée des nombres et dissimulée justement par leur présence, la véritable divinité, terme de tous ses efforts, le zéro, source de tous les anéantissements et de toutes les félicités. Dès lors, il n'aurait plus aspiré qu'à le rejoindre et, maudissant la vanité de la race humaine, il se serait aussitôt jeté dans le vide et précipité sur les rochers en contrebas.

DOCUMENT N° 13

En plus de l'impasse théorique évoquée précédemment, les troubles politiques et les trahisons entraînèrent la désagrégation ou tout simplement le repli sur soi des sectes pythagoriciennes qui, à partir de ce moment, commencèrent à faire l'objet de critiques plus ou moins systématiques. Malgré cette désorganisation de la communauté, deux grandes tendances peuvent être distinguées :

– Le groupe dit « des acousmatiques » qui, après s'être heurté à $\sqrt{2}$, prit le parti de se désintéresser de toute recherche mathématique proprement dite et de ne se consacrer à l'enseignement de Pythagore que pour tout ce qui se rapportait uniquement à la morale, au rituel et au respect scrupuleux des interdits. Tenants de la tradition la plus austère, leurs pratiques ridicules et leur accoutrement singulier finiront par jeter le discrédit sur le mouvement en son entier, au point d'être raillés sur scène dans des pièces comiques qu'écriront par exemple Mnésimaque ou Aristophon, ce dernier les traitant dans son Pythagoristès de « gens crasseux ».

– Le groupe des « mathématiciens », lui, tenta de conserver son intégrité en se dévouant au contraire au culte des nombres et des mathématiques dont la pratique exclusive constituait à leurs yeux la seule véritable ascèse. Afin de *préserver le secret de leur ordre, ils furent souvent obligés de se réfugier dans la clandestinité. C'est par ailleurs l'une des branches de ce groupe qui, plus tard, prendra pied à Alexandrie lorsque sera fondée la Grande Bibliothèque, et les Adorateurs du Zéro en seront donc les lointains héritiers.*

Malgré ces difficultés internes, l'enseignement de Pythagore resta très vivace en Grèce puisque, à cette époque déjà, pratiquement tombé dans le domaine public. C'est ainsi que Philolaus de Crotone fut exclu de la communauté pythagoricienne, non seulement pour avoir fondé à Thèbes une école où il en divulguait la doctrine ésotérique, mais pour avoir vendu au tyran Denys de Syracuse trois manuscrits qui passaient pour avoir été rédigés par le Maître lui-même et qui auraient dû à ce titre rester le bien exclusif de la confrérie.

On sait d'ailleurs que c'est au cours de séjours répétés chez le tyran de Syracuse que Platon aurait pu consulter ces ouvrages et se serait initié aux principes de la doctrine. Plus tard, s'adressant à Dion en Sicile, il aurait demandé à ce dernier de tenter de les lui racheter pour la somme de cent mines. C'est également sous l'influence de Timée de Tauroménium, lui-même pythagoricien convaincu qui voyageait dans la région pour prendre contact avec les dernières sectes et fouiller leurs archives, qu'il aurait écrit le dialogue qui porte son nom et où, traitant de la formation du monde, il aurait inclus certains éléments de la cosmologie pythagoricienne : « Et lorsque le Tout eut commencé de s'ordonner (...), tous ces éléments ont reçu du Dieu leurs figures par l'action des Idées et des Nombres » (Le Timée).

Si les textes trouvés dans les archives de la secte des Adorateurs du Zéro traduisent assez bien dans l'ensemble l'évolution des confréries pythagoriciennes, par contre l'absence quasi absolue de manuscrits pouvant correspondre à

136

cette période et à celle qui suit immédiatement semble bien prouver leur relatif déclin, ou même leur presque totale extinction, sinon leur repli sur elles-mêmes en des sociétés secrètes dont, pour cette raison, plus rien de l'existence réelle n'a pu être retrouvé. Un seul texte paraît dater de cette époque difficile qui s'étend jusqu'à la renaissance du mouvement à Rome environ un siècle plus tard; encore ne s'agit-il pas d'un texte pythagoricien à l'origine, mais de la simple transcription d'un passage de La République *de Platon, lequel peut même n'avoir été copié que beaucoup plus tard. Véritable palimpseste, puisque le parchemin sur lequel figurait cet extrait fut ensuite gratté pour servir de support à un autre texte, aujourd'hui à nos yeux sans la moindre importance. De ce passage, il subsistait quelques traces et, par transparence, il nous a été possible de décrypter certains mots ou bribes de phrases aisément identifiables dont nous livrons ici, à titre purement indicatif, la traduction courante. C'est dire que si, pendant un certain temps, le pythagorisme a fait cause commune avec la tradition néo-platonicienne, le sort réservé à ce texte indique cependant clairement qu'il n'en fut pas toujours ainsi, et qu'il en fut fait peu de cas à certaines époques.*

« Il conviendrait donc, Glaucon, de prescrire cette étude par une loi, et de persuader à ceux qui doivent remplir les plus hautes fonctions publiques de se livrer à la science du calcul, non pas superficiellement, mais jusqu'à ce qu'ils arrivent, par la pure intelligence, à connaître la nature des nombres; et de cultiver cette science non pas pour la faire servir aux ventes et aux achats, comme les négociants et les marchands, mais pour l'appliquer à la guerre, et pour faciliter la conversion de l'âme du monde de la génération vers la vérité et l'essence.

– Très bien dit.

– Et j'aperçois maintenant, après avoir parlé de la science des nombres, combien elle est belle et utile, sous bien des rapports, à notre dessein, à condition qu'on l'étudie pour connaître et non pour trafiquer.

– Qu'admires-tu donc si fort en elle?

– Ce pouvoir, dont je viens de parler, de donner à l'âme un vigoureux élan vers la région supérieure, et de l'obliger à raisonner sur les nombres en eux-mêmes, sans jamais souffrir qu'on introduise dans ses raisonnements des nombres visibles et palpables (...) »

DOCUMENT Nº 14

Il n'est pas dans le propos de ce livre de s'intéresser aux
floraisons aussi diverses qu'épisodiques du mouvement pythagoricien à travers le monde antique. Pythagore, tel qu'il
apparaît par ces textes, ne semble avoir représenté qu'un
jalon d'une certaine prise de conscience de la réalité des
nombres, chez lui poussée jusqu'au mysticisme avec, peut-
être, si l'on en croit les propriétaires de ces archives, une
possible intuition de la valeur zéro, mais que l'appareil
mathématique de l'époque ne lui aurait cependant pas permis
de figurer. Il y a, d'autre part, de fortes chances pour que
cette intuition – hypothétique d'ailleurs, nous l'avons dit –, et
faute d'avoir été traduite en termes concrets, soit restée sans
postérité; c'est qu'il aura fallu à ses successeurs et lointains
disciples le tourbillon des tumultes de la guerre, les affrontements incessants avec les chrétiens et le choc brutal des
hérésies, le tout vécu sur plusieurs siècles jusqu'aux extrêmes
limites de la décadence et même, sur la fin, de la persécution,
pour que leur esprit se trouvât enfin mûr pour accepter une
telle évidence et se la représenter.

Pour l'essentiel, et bien que cela ne figure pas dans les
archives, disons que le mouvement pythagoricien, après une
phase de relatif déclin, connut une lente renaissance à Rome
aux alentours du IIIᵉ siècle puisque, si l'on en croit Pline

l'Ancien, une statue de Pythagore avait été érigée sur le forum, par ordre de la Pythie, vers 295 avant J.-C. Mais ce mouvement ne connut en fait son apogée qu'entre 60 avant J.-C. et 50 après. Groupés en sociétés secrètes, les adeptes de l'ordre ne furent pas sans connaître certains démêlés avec le pouvoir politique de l'époque qui, à plusieurs reprises, d'abord sous César, puis ensuite sous Claude, fut contraint de recourir à des mesures d'exil pour tentatives de complot contre l'Etat.

Paradoxalement, les archives de la secte des Adorateurs du Zéro semblent avoir tout ignoré de cette période-là. Y avait-il, déjà à cette époque, tant de divergences dans la doctrine, pour que ces groupes, d'un bord à l'autre de la Méditerranée, fussent à ce point portés à s'exclure ou à se dénier la qualité de pythagoriciens? Rien ne le laisse supposer; mais toujours est-il que ces archives se caractérisent par une absence quasi absolue de textes relatifs à une période qui s'étend finalement sur près de cinq siècles.

A cela pourtant, une explication : certains membres de la confrérie qui avaient pris pied à Alexandrie au moment de l'installation au pouvoir de la dynastie macédonienne des Lagides avaient fini par prospérer et reconstituer leur communauté alors même que, sous les règnes de Ptolémée Ier Sôter et Ptolémée II Philadelphe, avait été décidée, en même temps que celle du célèbre phare et du musée, la fondation de la Grande Bibliothèque. La construction et l'organisation en avaient été confiées à Démétrios de Phalère, alors chassé d'Athènes, qui se chargea d'acheter les premiers manuscrits et auquel Plutarque attribue ces paroles amères qui, si l'on peut dire, motivèrent son dévouement : « Les livres ont plus de courage que les courtisans pour dire aux rois la vérité. »

Il est possible qu'en échange du don de certains de ses textes, la confrérie pythagoricienne d'Alexandrie fût chargée de contribuer directement à l'enrichissement de la bibliothèque, en particulier pour certains secteurs du département Astronomie et Mathématiques. Devant un afflux aussi rapide et une telle profusion de manuscrits[1], on comprend que les membres de la secte n'eussent guère le loisir de garder ou même d'amasser pour leur propre compte des traités qui, pour la plupart, figuraient déjà au catalogue et pouvaient être consultés par tous.

L'auteur du document suivant précise ainsi que c'est l'incendie d'une large partie de la bibliothèque, provoqué – accidentellement? – par César en 47 avant J.-C. qui aurait averti les pythagoriciens de la fragilité d'une entreprise qui consistait à regrouper ces textes au même endroit. Chacun se rendit compte alors que la survie de la confrérie tout entière dépendait d'une telle catastrophe et il nous est en fait impossible d'imaginer le désespoir de ceux à qui il fut donné de contempler ce tas de cendres où la totalité de leur savoir se trouvait d'un coup ensevelie. L'incendie explique donc en partie ce trou dans les archives de la secte et, bien que la bibliothèque eût été en partie reconstituée grâce au don qu'Antoine fit à Cléopâtre de plus de 200 000 volumes appartenant à la bibliothèque de Pergame, rien ne put jamais combler ce vide à partir duquel les pythagoriciens décidèrent de réviser en partie leur stratégie. D'autant que les événements ultérieurs, la montée des convoitises et des haines conjuguées, contribuèrent à les confirmer dans leur position.

C'est dans ce contexte que se situe l'initiative de Polymnastos de Chalcis, aidé par son disciple Philonidès le Jeune, de commencer à constituer des archives parallèles, propres cette fois à préserver l'intégrité théorique de la communauté;

1. Si l'on en croit les calculs d'Ammien Marcellin et d'Aulu-Gelle, la bibliothèque, avec ses annexes, aurait compté à une certaine époque plus de 700 000 volumes.

entreprise originale d'ailleurs en ce qu'elle prend le contre-pied de toute une tradition de transmission presque exclusivement orale du savoir chez les pythagoriciens.

Polymnastos chercha donc à rassembler tous les manuscrits dont il pouvait disposer, soit en les rachetant au cours de voyages successifs en Grande-Grèce – mais souvent en si mauvais état qu'il était nécessaire de les compléter ici et là dans leurs parties manquantes pour leur redonner un sens qui restait approximatif –, soit en confiant à son disciple la charge de recopier à partir de la bibliothèque tous les ouvrages et passages qui, de près ou de loin, faisaient référence à l'histoire du mouvement pythagoricien et à sa doctrine.

Par le présent texte, il apparaît que Philonidès a tenu à rendre hommage à Polymnastos à la suite de l'assassinat de ce dernier, qui avait été son maître et l'avait initié au plaisir de compulser les anciens manuscrits et à l'art presque magique de la calligraphie. En effet, comment mieux glorifier sa mémoire que d'inclure son nom et jusqu'au récit de sa mort, que de lui réserver une place à l'intérieur même des archives qu'il avait contribué à créer. On s'interroge cependant sur l'identité de cet empereur de Rome qui aurait ainsi fait main basse sur de telles quantités de livres bien qu'avec le recul il soit facile d'imaginer que ce genre de pratique dût être monnaie courante et que nombre d'empereurs n'aient pu résister à la tentation de puiser sans scrupule dans cet immense trésor. Deux noms peuvent être avancés, en ce qu'ils s'illustrèrent l'un et l'autre par divers saccages contre la ville d'Alexandrie, auxquels il est d'ailleurs fait allusion dans ce texte. Soit Caracalla, au cours de sa campagne d'Egypte en 215 après J.-C. où on dit qu'il procéda à la fermeture du musée – mais cela semble être chronologiquement impossible puisqu'il est en même temps question de la fondation de l'école d'Alexandrie par Ammonios Saccas en

241; soit Aurélien en 270, en ce que ce dernier fit précisé-
ment raser le quartier du Bruchium où se trouvait la
bibliothèque et qu'il aurait ainsi pu profiter de la faveur des
troubles pour s'emparer des manuscrits. Mais, dans l'incerti-
tude où nous demeurons, ces allégations, il faut le dire, ne
peuvent être comprises que comme de simples présomp-
tions.

Nous avons tenu à restituer par cette traduction l'intégra-
lité du style un peu ampoulé de Philonidès, tout entier à sa
dévotion envers Polymnastos et, à ce titre, laissant percevoir,
sous des accents non dépourvus de sincérité, certains traits
caractéristiques, non seulement de son extrême jeunesse,
mais aussi de la fierté immodérée qu'il dut éprouver à l'idée
de remplacer si vite le maître disparu pour continuer son
œuvre.

Apologie de Polymnastos

Que pour l'éternité, et par le témoignage de son plus
fidèle disciple, soit loué le nom de Polymnastos, originaire
de Chalcis et fils de Xénophile, qui devant la montée des
périls et de la barbarie revécut en songe le grand incendie
qui embrasa la ville et la bibliothèque sous le règne de
Cléopâtre VII Philipator, fille de Ptolémée XII Neos
Dionysos. Aussi, dès le matin, prit-il la décision de consulter les grands maîtres de la confrérie sur l'opportunité de
constituer des archives secrètes susceptibles d'assurer la
pérennité de l'ordre et de sa doctrine au regard des temps à
venir. Se heurtant à l'hostilité de certains des membres du
Conseil, il souligna l'insécurité grandissante qui régnait
dans la bibliothèque et l'importance des déprédations
causées par la montée du fanatisme chrétien dont les

persécutions n'avaient fait qu'attiser l'arrogance et la détermination.

Pour conclure, Polymnastos fit valoir que le retour aux textes anciens obligerait l'ensemble de la confrérie à procéder à une purification de la doctrine et à se démarquer de certaines idées, fortement imprégnées de philosophie platonicienne, lesquelles commençaient à faire contagion depuis qu'Ammonios Saccas, le porte-faix, avait ouvert son école à Alexandrie et que nos élèves, en fréquentant la bibliothèque, et séduits par son enseignement, se voyaient malgré eux amenés à y faire de plus en plus d'emprunts.

L'initiative fut finalement approuvée, en même temps que ses recommandations, et le Conseil se décida aussitôt pour un retour aux rigueurs de la tradition orale, ainsi qu'à un repli sur soi de la confrérie, afin d'éviter désormais toute déviation qui pourrait être provoquée par des influences venues de l'extérieur (...).

Ce jour-là, alors que je venais à peine d'être admis au rang d'initié, j'étais à travailler sous la direction de Polymnastos, copiant sous sa dictée ou rajoutant à mesure des annotations sur un autre manuscrit. Nous étions installés, comme à notre habitude, dans la salle haute, consacrée à Dionysos, dont une statue ornait l'entrée. Cette salle était aussi appelée « salle de la stèle » car, scellée dans un des murs, sans doute dès l'époque même de la fondation de l'édifice, se dresse une longue dalle de marbre sur laquelle ont été gravés successivement tous les noms des directeurs de la bibliothèque. On peut y relever entre autres ceux de Démétrios de Phalère et de Zénodotos d'Ephèse, spécialiste d'Homère, de Callimaque, qui passe pour avoir constitué le premier catalogue, d'Eratosthène qui nous est cher à nous, pythagoriciens, pour son *Platonicos*, commentaire du *Timée* de Platon, d'Apollonios de Rhodes, et aussi des philologues Aristophane de Byzance et d'Aristarque, aux travaux desquels Polymnastos affirme être obligé de se référer sans cesse.

J'avais coutume de prendre place à l'un de ces rares pupitres encore en état dans la bibliothèque dont l'écritoire, incrustée de nacre, était entourée de deux énormes têtes de lion, et dont la tradition affirme qu'ils auraient été, il y a déjà plusieurs siècles, importés tout spécialement de Perse. Polymnastos, étudiant divers rouleaux de papyrus sur une table déjà couverte de manuscrits, tentait d'établir le texte définitif de l'*Abaris* d'Héraclide le Pontique, à partir de plusieurs versions, dont certaines très controversées. Circulant d'un bout à l'autre de la salle, il passait de temps en temps derrière moi pour s'assurer d'un coup d'œil de l'exactitude de ma transcription. A cet instant, il venait de s'immobiliser, comme rendu perplexe par le surgissement de certaines difficultés inattendues ou peut-être tout simplement absorbé par le commentaire qu'il méditait depuis longtemps d'écrire lui-même sur cet ouvrage.

Je profitai du répit qui m'était ainsi laissé pour me lever et marcher un peu jusqu'à la fenêtre. Le jour déclinait progressivement et les rayons du soleil couchant répandaient une lueur chaude et dorée sur les lambris et boiseries intérieures de l'édifice. De tout le jour, la bibliothèque était restée déserte, les habitués ayant craint la poursuite des exactions de l'empereur, lequel n'avait pas hésité les jours précédents à mettre à feu et à sang certains quartiers de la ville. Il y avait bien là, comme toujours – et plusieurs disaient même qu'il avait élu domicile dans les jardins –, ce vieux fou de Phlionte, uniquement préoccupé de trouver quelqu'un avec qui discuter de son prochain livre dont il n'avait depuis le temps pas même écrit la première ligne. A part lui, Dioclès, préposé à la garde et à la conservation des manuscrits entreposés dans son département, circulait dans les galeries supérieures, dont on entendait sous son pas lent craquer les planchers disjoints, et on pouvait connaître exactement sa position par l'infime quantité de poussière qui tombait d'entre les lames du parquet et qui ensuite flottait dans l'air à la lueur du rayon de soleil qui traversait la salle juste devant nous. Cette salle en effet était unique dans la bibliothèque puisqu'elle avait cette particularité d'être ceinte sur toute sa hauteur de plusieurs rangées de galeries intérieures et d'escaliers. Dioclès les arpentait sans cesse, occupé à vérifier le classement des manuscrits, en redescendant certains sous son bras pour les renvoyer à l'annexe afin de les faire recoller ou restaurer si nécessaire.

A cette heure du jour surtout, et sans doute parce que portés par le souffle plus frais qui invariablement venait de la mer, les bruits nous arrivaient de la ville avec une acuité inhabituelle et comme amplifiés de façon insolite, grincements de roue ou cris d'enfants, chants des colporteurs, appels des gardes et aboiements de chiens, tout cet amalgame de sons confus qui marquait qu'après la chaleur du jour la vie reprenait enfin ses droits. Aujourd'hui par contre, rien de tout cela : la ville se terrait, soit par crainte des représailles, soit parce ce que les habitants avaient fui certaines de ses parties, dont les alentours immédiats de la bibliothèque. Ainsi, à ce moment, n'entendait-on, selon les sautes du vent et dans un silence de mort, que le murmure lointain et presque imperceptible des vagues qui se heurtaient contre l'Heptastade[1] ou qui se déchiraient contre la frise d'écueils et de récifs qui affleuraient à l'entrée de la rade.

Le soleil semblait être demeuré suspendu un long

1. Digue semi-artificielle qui reliait Alexandrie à la presqu'île du Pharos. (N.d.T.)

moment au-dessus de l'horizon, marquant de zones d'ombre et de lumière l'enchevêtrement compliqué des poutres et des chevrons qui formaient l'armature intérieure de la bibliothèque. Rares étaient d'ailleurs, parmi ces innombrables solives, celles qui ne faisaient pas état sur au moins une de leurs faces d'un nom gravé, d'une déclaration d'amour ou d'une obscénité, parfois même d'un court poème de trois vers ou d'une citation d'Homère, témoignages de tous ceux qui, au cours des âges et pour se délasser de leurs travaux, avaient tenu à laisser là une trace de leur passage. Puis venait l'heure où, des balcons de bois, en équilibre sur les balustrades ou les rampes, ou s'extirpant de dessous les marches d'escalier, s'étiraient tous les chats qui, depuis la fondation de la bibliothèque, y avaient été installés pour la protéger des souris et des rats. Souvent, l'un d'eux s'enhardissait jusqu'à sauter sur le dessus de mon pupitre sans rien déranger et, ramassé sur lui-même, les pattes sous lui, se calait ainsi bien à l'aise rien que pour observer, d'un œil vigilant sous ses paupières mi-closes, le grattement du calame qui se frayait sa voie sur la peau rude et rêche du parchemin.

L'obscurité était tout à coup tombée. Malgré les lampes à huile qui venaient d'être allumées, mes yeux fatigués ne parvenaient plus à distinguer dans l'ombre les rangées de coffres de pierre dans lesquels, pour la nuit, Dioclès enfermait ses manuscrits les plus précieux pour les mettre à l'abri, non seulement des rongeurs et des intempéries, mais surtout des fientes des colombes et des pigeons qui logeaient dans la charpente et que l'on prétendait acides et dangereuses pour la conservation du papyrus.

Et c'est à cet instant privilégié, et comme figé dans cette espèce d'immobilité particulière qui marque la fin des travaux et du jour, que soudain fit irruption, tout essoufflé et couvert de sueur, l'esclave attaché au service de Dioclès pour tout ce qui était de la réparation des manuscrits ou de la confection de nouvelles copies. C'est à son entrée d'ailleurs que, reprenant nos esprits, nous nous aperçûmes que l'appel de la trompe qui sonnait la fermeture de la bibliothèque pour prévenir les risques d'incendie aurait dû retentir depuis longtemps; quelque chose d'anormal devait donc s'être passé, ce qu'il nous confirma aussitôt : un détachement de l'armée impériale avait pénétré dans l'enceinte, escortant une suite de charrettes dont nous ne tardâmes pas à entendre le grincement des essieux, le ripement des roues sur les dalles inégales, puis les cris et les claquements de fouet lorsqu'il leur fallut franchir les quelques marches qui marquent l'entrée du vestibule. Un centurion en armes les précéda; brandissant un édit, il hurla à peine entré :

– Par ordre de l'Empereur de Rome, veuillez quitter les lieux, réquisition!

Brusquement tiré des profondeurs de sa méditation et en rajustant sur ses épaules son manteau qui venait de tomber à terre, Polymnastos s'avança fermement vers le centurion.

– Commencez par éteindre votre flambeau! Ne savez-vous pas que l'usage des torches est proscrit dans l'enceinte de la bibliothèque. Gardez-vous de mettre le feu aux boiseries des galeries basses, et respectez ce lieu ainsi que tout ce qui s'y trouve.

D'autres soldats venaient d'entrer dans la salle haute; confiant sa torche à l'un d'eux, le centurion, du geste par lequel il venait d'arracher à Polymnastos le rouleau de papyrus que celui-ci tenait encore à la main, le frappa en retour au visage de toute la force dont il se trouva capable. Polymnastos, déjà vieux, sous le choc alla trébucher contre le pupitre qu'il manqua de renverser, bousculant le chat qui, en trois bonds, gagna les galeries supérieures.

Dioclès, qui était descendu à la hâte pour s'interposer et tenter de parlementer, dut sur-le-champ s'écarter pour ne pas risquer d'être écrasé par l'entrée dans la salle même d'un lourd attelage à deux chevaux tenus par la bride auquel, une fois à l'intérieur, on essaya, avec force cris et coups, de faire faire demi-tour, sans égard pour les pupitres et les sièges qui furent soit broyés sous les énormes roues, soit jetés dehors pour laisser l'espace libre à la manœuvre. Lors de cet exercice, les chevaux effrayés, et manquant à chaque instant de se cabrer, finirent par faire reculer le chariot au point que l'arrière vint à heurter l'antique statue de Dionysos; sous le choc, celle-ci bascula sur le côté et alla s'écraser sur le sol, un bras cassé et la tête séparée du tronc.

L'attelage enfin immobilisé au centre de la salle, ordre fut donné aux soldats de monter dans les galeries pour en vider les coffres de pierre. Du haut de chacun des balcons, ceux-ci commencèrent alors à jeter par pleines brassées tous les manuscrits qui étaient à leur portée, directement dans le tombereau qui attendait en bas, sans la moindre précaution pour les rouleaux qui, dans leur chute, se dévidaient et se déchiraient avec un bruit sec, ni pour les codex trop vieux dont les pages en plein vol se détachaient parfois et dont certaines continuaient à virevolter dans l'air jusqu'à finir sous les sabots des chevaux. Le charretier quant à lui, alexandrin d'origine et, bien qu'illettré, effrayé sans doute par l'ampleur du désastre, essayait tant bien que mal de regrouper et de remettre en ordre à l'intérieur du tombereau ces livres qui lui arrivaient en vrac et lui tombaient dessus, jurant contre la brutalité des soldats qui, ayant pris goût au jeu, faisaient exprès de le viser à la tête, le tout au milieu des éclats de rire et des appels, du cliquetis des armes contre les cuirasses et du bruit sourd des cavalcades dans les galeries.

Le centurion lui-même, échauffé par la contagion du pillage et de la dévastation, avait ramassé à terre le papyrus sur lequel nous avions travaillé ces jours derniers et s'en était enveloppé comme dans une robe, par dérision. Encouragé depuis les hauteurs par ses soldats dont on voyait les torses dans l'ombre penchés par-dessus les balustrades, il se mit à esquisser en chantant, au milieu des sifflets et des rires, les premiers pas d'une danse lascive et grotesque. Sans qu'on le vît arriver par-derrière, Polymnastos s'empara d'un coup du papyrus qu'il rejeta au loin, puis fit face au soudard, en le regardant droit dans les yeux :

— Qui donc es-tu, toi, soldat inculte et barbare, pour t'arroger le droit de te saisir par la violence du patrimoine de notre ville? Respecte le travail de ces générations qui se sont consumées en ce lieu dans l'étude avec, je dois l'avouer à présent, le vain espoir de voir jamais briller la moindre lueur d'intelligence dans le regard de tes semblables et donner ainsi figure humaine à ton mufle de brute.

Sous l'insulte, le centurion s'arrêta net, le visage figé, puis, sortant lentement son épée du fourreau, marcha en trois pas jusqu'à Polymnastos. Ce dernier, sans pour autant reculer, instinctivement chercha quelque chose pour se protéger et n'eut pas le temps de parer le seul et unique coup qui lui fut porté et qui vit la lame s'enfoncer jusqu'à la garde en ses entrailles.

Portant les mains à son ventre, Polymnastos s'affaissa sur lui-même alors que je me précipitai pour le soutenir et doucement le déposer à terre. Entre ses lèvres soudain toutes blanches et desséchées, il n'eut que le temps de murmurer :

— Philonidès, disciple fidèle et attentif, te sont ainsi illustrées par ces actes impies les raisons qui m'ont poussé à vouloir doter notre confrérie d'archives qui lui soient propres. Témoigne de ce pillage devant les grands maîtres et sois désigné afin de poursuivre mon œuvre...

Sur l'ordre qui nous fut donné d'emporter immédiatement le cadavre, Dioclès et moi, les yeux pleins de larmes et assistés de l'esclave, transportâmes dans les jardins le corps de celui qui, au mépris de sa vie, avait brandi le droit du livre et la prévalence de l'écrit contre la force aveugle de l'épée.

Nous le déposâmes sous le portique, près de l'entrée. C'est alors que je me redressai pour invoquer le ciel. Etrangement, celui-ci était traversé, du côté de la mer, par une vaste lueur verticale et blanche dont l'éclat nous était renvoyé par cette espèce de miroir opaque et boursouflé qu'opposait à la clarté de la flamme l'épaisseur de sa propre fumée. Tous les arbres et les édifices alentour, et même la ville entière, soulevée par une gigantesque et persistante clameur, se trouvaient démasqués et comme pris au piège de cette soudaine clarté qui nous inondait de lumière et qui trouait la nuit. Je compris alors seulement qu'on venait enfin de remettre le phare en état, lequel était resté éteint pendant plusieurs années faute que l'on eût effectué à temps les réparations nécessaires. Au plus fort des désordres – et marquant de façon surprenante et contradictoire le jour même de la mort de Polymnastos –, ainsi avait-on tenu à restaurer ce qui se constituait finalement comme la figure extrême et symbolique de notre acharnement à vivre et du rayonnement de notre cité.

DOCUMENT Nº 15

Cette lettre est celle d'un commerçant et navigateur du nom d'Asklépiadès, d'origine grecque, mais d'une famille installée à Rome depuis le règne de Néron. Il est connu pour avoir monté plusieurs expéditions à l'intérieur du continent africain. On sait aussi qu'il est l'auteur d'une Géographie (le titre en est sans doute incomplet), malheureusement aujourd'hui perdue, dans laquelle il se serait d'ailleurs plus intéressé aux mœurs et à la vie quotidienne des peuples visités qu'aux descriptions proprement géographiques de ces contrées. A cause de certaines invraisemblances ou de quelques détails qui semblent avoir choqué ses contemporains, certains ont cru devoir mettre en doute l'authenticité de son œuvre et jusqu'aux voyages qu'il avait accomplis.

Outre le récit de ces expéditions, les archives de la secte font donc état d'une lettre de lui, écrite précisément d'Alexandrie, peut-être même au retour de l'un de ces voyages, et adressée à l'un de ses amis resté à Rome, aux alentours de l'an 363, c'est-à-dire vers la fin du règne, au reste très court, de l'empereur Julien dit l'Apostat.

On sait, pour resituer cette lettre dans un contexte sans lequel elle pourrait apparaître fantaisiste, que ce Flavius Claudius Julianus, dont la famille avait été massacrée à la mort de Constantin par des parents qui se proclamaient disciples du Christ, s'était tourné vers les doctrines néoplatoniciennes auxquelles il fut initié par Mardonius d'abord, puis lors de son séjour à Athènes en 355. Devenu à son tour empereur à la mort de Constance II, il s'empressa d'abolir aussitôt le christianisme comme religion d'Etat et de rétablir le culte solaire, suivant en cela la tradition d'Aurélien. Sous son règne, le paganisme connut donc un regain d'activité, et c'est de l'une de ces manifestations que témoignerait ici Asklépiadès. Julien alla même jusqu'à écrire des traités contre le christianisme, tel cet **Adversus Christianus,** *par ailleurs réfuté un peu plus tard par le patriarche Cyrille d'Alexandrie, dont il sera fait mention ultérieurement en d'autres circonstances. A noter, pour finir, que Julien ne régna qu'un peu plus de deux ans, blessé à mort lors d'une campagne contre les Perses, et que le christianisme, par son successeur, sera immédiatement rétabli dans ses droits.*

Nous ignorons comment cette lettre est arrivée dans les archives de la secte des Adorateurs du Zéro, mais il est significatif que ceux-ci aient tenu à la conserver dans son intégralité. Qu'est-ce que le zéro justement selon eux si ce n'est l'envers de la lumière et la nuit qui résulte de son excès, l'ombre même du soleil saisie en négatif, la tache aveugle fixée au centre du regard de celui qui a perdu la vue pour avoir franchi les limites des possibilités humaines et sombré ainsi dans l'espace blanc de ses prunelles à jamais mortes?

(...) Il se passe en cette ville (Alexandrie) des choses vraiment hors du commun et qui, parfois même à mon sens, dépassent en originalité tout ce qu'il m'a été donné de voir au cours de mes innombrables voyages. Imagine-toi certaines sectes dont on ne connaît pas très bien l'origine et la nature des croyances tant elles sont attachées à ne jamais révéler le moindre de leurs secrets. Tout ce qu'on peut dire, c'est qu'elles semblent se référer sans cesse à une certaine tradition héritée de Platon, quelques observateurs avec lesquels j'ai pu discuter allant même jusqu'à affirmer qu'elle remonterait jusqu'à Pythagore.

En effet, à partir du « mythe de la caverne » tel qu'il est présenté par Platon dans sa *République*, il est dit ainsi, en parlant du philosophe qui se propose de quitter le royaume des ombres et des reflets pour se diriger vers le monde de la vérité dont il cherche à saisir la pure lumière : « Ce sera le soleil lui-même à sa vraie place qu'il pourra voir et contempler tel qu'il est. »

A prendre cette phrase à la lettre, et fortes de ce soutien nouvellement accordé par l'empereur Julien, ces sectes se sont prises d'une absolue passion pour ce soleil qu'elles prétendent adorer et auquel elles souhaitent vouer un véritable culte. C'est ainsi, en se promenant par les rues de la ville à l'époque du solstice d'été, qu'on remarque certains de leurs membres s'adonner à une étrange activité. Assis le plus souvent sur les socles désertés d'antiques statues qui ont été depuis le temps renversées ou déplacées, ils tendent leur visage immobile et de face, les yeux grands ouverts, vers le feu implacable du ciel. La foule les entoure généralement en silence, sauf certains chrétiens qui les raillent de leur idolâtrie et qui n'hésitent pas, parfois publiquement et lorsqu'ils sont en bande, à les conspuer en leur jetant ordures et excréments. Impassibles pourtant, ceux-ci restent là, sans jamais détacher leurs regards, alors que les larmes provoquées par l'éblouissement leur coulent le long des joues...

Certains, malgré tout, défaillent et se retournent alors d'un seul coup en hurlant, heurtant du front le socle de pierre et, à demi renversés, restent ainsi des heures, vaincus, sanglotant de douleur, la tête au creux du bras, ou la paume des mains serrée de toutes leurs forces contre leurs yeux en fait déjà à moitié brûlés. S'il leur arrive ainsi d'échouer, ce n'est pas tant après leur vue perdue qu'ils pleurent que par désespoir de n'être pas parvenus à distinguer, au centre même de cette boule de lumière, la cité radieuse et incandescente, avec ses remparts et ses tours tout de transparence, qu'ils disent construite sur l'autre versant de cet astre de feu, sur la face cachée du soleil; cité de l'harmonie et de la pure blancheur, bâtie selon la règle de la juste proportion et par la vertu d'un nombre magique qui fixerait le réel en un parfait équilibre, lequel, une fois atteint, ne pourrait plus être rompu; éternité des êtres mathématiques en quelque sorte, paradis des nombres réalisés...

On raconte que ceux qui restent ainsi, par le seul fait d'avoir pu contempler dans sa splendeur rectiligne la cité immuable de dieu, une fois le soleil couché de tout son long sur la mer, irradient encore longtemps, depuis leur socle dans l'obscurité, de cette lumière qu'ils continuent de diffuser, comme phosphorisés. Mais rares sont ceux qui parviennent jusque-là. Nombreux sont plutôt ceux qui s'étonnent de voir le crépuscule tomber si vite alors que, de l'avis même de ceux qui les entourent, la lumière du soleil au contraire n'a rien perdu de son éclat. C'est qu'ils sont dans l'intervalle devenus tout simplement aveugles et à ceux-là seuls, on peut le croire, la contemplation du soleil deviendra désormais aisée et coutumière. Certains initiés prétendent alors que la cité de l'harmonie ne peut en effet être véritablement perçue que par des yeux qui ont effectivement pour toujours cessé de voir. Là est pour eux la façon suprême de dépasser la réalité illusoire des choses pour atteindre à l'essence même du rapport parfait. L'être intangible des nombres ne pourrait donc être saisi pour lui-même qu'en dehors et au-delà de toute matière, indépendamment de l'expérience des sens ainsi que des séries d'objets où ils se réalisent, abstraction faite de toute perception et pour tout dire désincarné.

A ce que j'ai pu constater, les Alexandrins, par tempérament, semblent s'enthousiasmer facilement pour de telles expériences. Cette ville foisonne littéralement des sectes les plus diverses qui cherchent par tous les moyens à se rapprocher, ne serait-ce que d'une distance infime, de ce qu'elles appellent dieu, ou de ce qu'elles supposent être tel. Tu peux deviner à quelle vitesse prolifèrent les doctrines mystiques, toutes plus hérétiques les unes que les autres, et j'ai bien peur que les chrétiens un jour ou l'autre ne finissent par y mettre bon ordre.

Malgré cela, je n'ai pas oublié de te faire embarquer les marchandises dont tu avais pris commande sur le vaisseau armé par ton oncle auquel je remets cette lettre. (Suit la liste des marchandises avec leur désignation exacte, leur quantité et leur prix, accompagnée des salutations d'usage et de divers souhaits concernant la famille.)

DOCUMENT N° 16

*Encore une lettre pour ce qui est du présent document,
écrite cette fois par un chrétien d'Alexandrie, et envoyée à
son frère, membre du clergé de la ville d'Antioche. Témoignage accablant s'il en est de la montée du fanatisme
chrétien puisque cette missive relate par le détail la tentative
d'élimination définitive du paganisme, menée à partir de 389
par le patriarche Théophile, à l'instigation de l'empereur
Théodose. C'est sous le règne de ce dernier en effet que des
bandes de chrétiens armés s'attaqueront au Sérapéion et
détruiront par le feu la bibliothèque qui lui était attenante –
acte à ce point inique que les historiens ultérieurs s'empres-
seront, par un certain nombre de falsifications, d'en imputer
la responsabilité aux conquérants arabes; ainsi se trouvera
pratiquement interdite la célébration de tous les cultes païens
à Alexandrie, état de fait qui poussera à l'exil à Constantinople ou à Apamée, en Syrie, bon nombre de philosophes, tel
Jamblique, au début du IVᵉ siècle.*

*Par la conservation de cette correspondance dans leurs
archives, il ne semble faire aucun doute que les Adorateurs
du Zéro ont tenu à garder par-devers eux la preuve irréfutable des persécutions dont furent victimes leurs prédécesseurs,
justifiant encore plus à leurs yeux la nécessité de se regrouper en confréries ultra-secrètes. Peut-être aussi tenaient-ils à*

se persuader par ce texte que l'ennemi de toujours restait bien cette religion sectaire et conquérante qui, sous le nom de christianisme, prétendait abolir d'un coup les plus anciens systèmes de pensée et imposer son dieu unique à l'univers. Il est possible enfin que ce document les ait confortés dans un état d'esprit qu'ils savaient avoir hérité du déclin de la civilisation hellénistique; à savoir que, par ses outrances, le christianisme avait finalement poussé tous ceux qui ne s'étaient pas ralliés à sa doctrine et que rebutait le purisme de ses exigences dans les bras des philosophies sceptiques et décadentes qui proliféraient à l'époque et étaient de fait symptomatiques de cette dégradation des mœurs antiques. Selon certains partisans de la politique du pire, il aurait en effet été nécessaire que se produise cette sorte de dissolution des valeurs de l'ancienne société pour que se répande de toutes parts, sous l'action de l'injustice subie et de la défaite, l'esprit de doute et de ressentiment. Sans ce travail de sape qui aurait amené, en les mûrissant à l'extrême, à la décomposition des consciences, peut-être la découverte du zéro serait-elle restée sans effet ou, en tout cas, n'aurait pas eu le retentissement que l'on sait pour certaines intelligences désormais prêtes à tout.

Mon cher frère,

Il semble, grâce à Dieu, et par les événements de ces derniers mois, que la parole du Christ soit en passe de s'imposer à l'ensemble de ces nations rétives qui peuplent cette partie-ci de l'Afrique. Sache que si Antioche et Thessalonique ont successivement souffert des brusques accès de fureur de l'Empereur, ce dernier, sous les ordres d'Ambroise à ce qu'on dit ici, a mené depuis une vie exemplaire, tout entière vouée à la pénitence et au rachat.

En ce qui nous concerne, et comme cela vient d'être fait à Rome, nous en avons en tout cas vu immédiatement les effets puisque l'Empereur a récemment autorisé notre patriarche Théophile à prendre les mesures nécessaires, et si besoin est par la force, pour abolir ce qui reste des anciens cultes païens, égyptiens ou grecs, qui subsistent encore en notre sainte ville d'Alexandrie.

Soutenue en renfort par la garde impériale, et son ardeur exaltée par les exhortations de nos moines, exprès descendus de la montagne pour l'inviter à extirper une fois pour toutes les racines de ces rites barbares, la foule de nos frères, transportée par sa foi dans le Christ et déjà avide de contribuer à instaurer sur terre le Royaume de Dieu, décida de se lancer à l'assaut du temple de Sérapis, foyer principal de cette idolâtrie sans nom pour des dieux multiples et monstrueux. Tu connais cet édifice, véritable forteresse d'où sont parties, au cours de ces dernières années, toutes les attaques dont nous fûmes l'objet, citadelle qui, au long du temps, n'a cessé de défier l'enseignement de Marc et des Apôtres, et jusqu'à l'autorité même de l'Empereur.

Ce n'est qu'au terme de plusieurs jours d'efforts, et en forçant à coups de masses sur des leviers coincés entre la muraille et les gonds, que nous pûmes venir à bout de ces portes colossales maintenues fermées de l'intérieur par une de ces larges poutres en cèdre, rabattue transversalement d'un battant à l'autre, et ainsi solidement verrouillée par des attaches de bronze. Lorsque enfin ces vantaux finirent par céder, notre fureur était à son comble. Il me faut reconnaître cependant que ceux qui s'étaient enfermés en ce lieu défendirent pied à pied chaque recoin de leur sanctuaire et qu'innombrables furent ceux qui périrent sous nos coups. Dès qu'une partie du temple se trouvait investie, ceux-ci couraient se réfugier et se barricader à nouveau en un autre endroit, et ainsi de salle en salle, couloir après couloir...

A vrai dire, je n'avais jamais bien pris conscience auparavant de l'étendue réelle de ce lieu, incroyable entrelacs d'escaliers, de corridors, de salles votives et de cryptes souterraines, chacune dédiée à l'une ou l'autre de leurs divinités. Les richesses accumulées là pour embellir et glorifier leurs autels, et sans doute pour servir de parure à leurs débauches, bien que la plupart eussent été mises à l'abri, y étaient encore considérables. Sur ordre de Théophile, tout ce qui avait quelque valeur, pierreries, métaux précieux, ivoire et bois aux essences rares, fut aussitôt descellé ou arraché de son support, soustrait à l'emprise de ces rites maléfiques pour être entreposé au-dehors. Après purification et bénédiction du Patriarche, ces matériaux furent répartis entre nos principales églises afin de rehausser l'éclat de notre propre culte. Le reste, tout ce qui ne pouvait être emporté ou transformé, devait être détruit. Je vis ainsi plusieurs groupes de nos frères s'acharner dans leur zèle à renverser sur le sol et briser à coups de marteaux les statues de ces idoles, représentations impures de dieux à figures animales ou humaines, figées dans la pierre en des postures provocatrices ou lascives. Plus rien ne devait désormais rester dans la mémoire des Alexandrins de ces religions stupides et dépassées : faire ainsi table rase des anciennes superstitions pour ne plus honorer que le Fils et son Père.

Un terrible vacarme régnait dans l'édifice, haut de voûte et fort obscur en certaines de ses parties : piétinements, râles des mourants, entrechoquement clair des épées, coups sourds et inlassables du bélier contre les portes, écrasement brutal des statues sur le dallage. Nous croyions d'ailleurs

160

en avoir fini avec les dernières poches de résistance lorsque tout à coup nous débouchâmes dans les jardins. Immenses et quoique mal entretenus, ils gardaient encore la trace de leur ancienne splendeur. Entourés de colonnades et de portiques, ils conduisaient à un autre bâtiment annexe qui se révéla être une bibliothèque. C'est là que nous fut opposée en fait la plus vive résistance par des combattants décidés et bien armés, contre-attaque qui nous força même à battre en retraite et à refluer à l'intérieur du temple. Nous reconnûmes là, luttant au coude à coude, certains de nos compatriotes, grecs pour la plupart, rebelles à la foi du Christ, obstinément attachés aux spéculations philosophiques et aux divinités vénérées par les Anciens, Apollon, Aphrodite et même cet infâme Dionysos, se refusant à abandonner ces cultes imbéciles et surannés.

Après quelques tentatives pour parlementer, le combat reprit de plus belle, et ce n'est que grâce au concours de la légion impériale que nous pûmes en venir à bout et prendre pied dans l'immense bibliothèque. Là, le nombre des ouvrages entreposés nous surprit et nous fit marquer le pas. Tout ce qu'il pouvait y avoir de livres à Alexandrie semblait avoir été regroupé en ces lieux. Mais nous eûmes vite fait de nous apercevoir que ces manuscrits étaient ceux de poètes et de philosophes qui soit persistaient à glorifier en vers des dieux à présent inutiles et périmés, soit s'opposaient de toutes les forces de leur intelligence à combattre la doctrine des Pères de l'Eglise et le message des Evangiles.

Bien que pour ma part je ne fusse pas partisan de leur destruction systématique, la colère de nos frères face à ce savoir accumulé dont, dans leur simplicité, ils se sentaient exclus et qui semblait les défier, passa outre à mes arguments. D'ailleurs, je n'aurais pu m'y opposer plus longtemps sans être à mon tour soupçonné de complicité avec des ouvrages au bout du compte blasphématoires et impies. C'est ainsi que les restes de l'ancienne bibliothèque qui, depuis les Ptolémées, avaient d'une certaine façon fait la gloire de notre ville furent jetés à bas des armoires et des rayonnages de marbre où ils étaient soigneusement classés. Je fus moi-même fort étonné de la joie sauvage et incontrôlée que manifestaient nos moines à tout rassembler en un tas unique, en plein centre de la grande salle de lecture. Les pages gisaient çà et là éparses, les rouleaux dévidés, et l'on reconnaissait de loin parfois, entre de petites écritures serrées, les tracés de figures géométriques, des dessins du corps humain, quelques édifices vus en coupe...

Enfin, l'un des moines, en hurlant au-dessus de la foule, brandit une torche qu'il fit tournoyer plusieurs fois autour de sa tête et qu'il jeta ensuite de loin sur ce monceau d'ouvrages. Tous refluèrent en désordre devant le brasier qui s'alluma d'un coup en développant une fumée noire, et dont les flammes avaient déjà commencé de prendre aux poutres de la toiture. La chaleur devint vite insupportable et certains disent même que, dans la bousculade, plusieurs de nos frères périrent brûlés vifs. Pendant des jours et des jours, et bien que l'édifice se fût depuis longtemps écroulé, le feu y couva plus en fait qu'il ne brûla, s'étouffant lui-même sous une telle masse de cendres qui continuait à se consumer lentement et d'où virevoltaient de grosses flammèches fibreuses, épaisses et grasses qui retombèrent ici et là de par toutes les rues de la ville. Plusieurs moines étaient préposés à la surveillance du brasier dont ils devaient ranimer régulièrement le foyer, afin que plus rien ne subsiste de ce fatras philosophique rendu caduc depuis que le Fils de Dieu, en venant sur terre, avait par son enseignement répandu la Foi nouvelle.

Restait la grande statue de Sérapis. Par des cordes et des échelles, certains des nôtres avaient réussi à l'escalader presque entièrement pour lui arracher les yeux et tous les ornements précieux dont ce colosse de bois était incrusté. L'idole était d'une telle hauteur que ceux auxquels par malheur le pied manqua chutèrent dans le vide et s'y brisèrent les reins. Par ordre du Patriarche, elle fut liée par des cordages et hissée sur des rouleaux de bois pour être peu à peu tirée par la foule hors de l'édifice. Au moment d'aborder le grand escalier, elle finit par basculer sur le côté et ainsi fut-elle traînée, en procession et dans la liesse populaire, jusqu'au centre du grand amphithéâtre où elle fut remise sur ses pieds. Devant un tel élan de foi, rares furent les païens, que l'on apercevait juchés par dizaines sur les terrasses, qui osèrent intervenir...

Là, il y fut mis le feu. Après avoir flambé comme une torche à cause des vernis et surtout des substances huileuses dont on s'était servi pour les sacrifices, et dont la base était imprégnée, elle se consuma ainsi pendant des jours à cause du bois très dur dont elle était formée, rougeoyant de toute sa hauteur pendant la nuit et faisant entendre des craquements sourds. Enfin, dans la nuit du quatrième jour, elle s'effondra d'un coup sur elle-même dans une gerbe d'étincelles, illuminant dans une brusque bouffée de chaleur les assistants qui avaient pris place sur les gradins et qui étaient restés là à prier et à chanter pour célébrer la mort du dieu.

De la même façon, mais donnant lieu cette fois, en certains quartiers de la ville, à de terribles affrontements, toutes les statues qui ornaient les places ou lieux publics et qui, par leur origine, contribuaient à entretenir dans l'esprit du peuple l'amour des faux dieux – et continuaient même, pour certaines d'entre elles, à faire l'objet de cérémonies clandestines – furent ainsi jetées à bas et leurs débris perdus en mer. Les temples, toujours sur ordre de l'Empereur, furent fermés ou détruits, et tout sacrifice devint désormais interdit...

Sur les ruines, et à partir des pierres ainsi laissées à disposition, il a été décidé de construire des églises dont la plus belle d'entre elles, alors en cours de travaux, sera dédiée aux Quatre Evangélistes. Tu la verras, telle qu'elle s'élève déjà dans toute sa splendeur sur les décombres du paganisme, lors de ta prochaine visite que nous espérons ici pour bientôt, etc.

DOCUMENT Nº 17

Ce texte constitue la transcription d'un discours prononcé par Harpokras, devant la confrérie pythagoricienne d'Apamée en Syrie, dont certains membres faisaient partie de la fameuse école de philosophie, fondée par Jamblique, auquel nous avons fait allusion précédemment. Ce dernier qui s'était initié à Alexandrie au néoplatonisme et à la doctrine de Pythagore avait conçu son enseignement comme une véritable religion, susceptible de s'opposer, comme telle, à la progression du christianisme. Né aux alentours de 250 et mort à Coelesyrie en 330, il demeure célèbre pour avoir écrit un Traité des Mystères *et surtout une* Vie de Pythagore, *inspirée d'Héraclide, d'Aristoxène de Tarente et de Timée.*

La communauté pythagoricienne qui fut fondée à Apamée après l'incendie du Sérapéion resta en rapports étroits avec celle d'Alexandrie et c'est ainsi, à la suite des graves incidents qui continuaient d'avoir lieu, qu'un certain Harpokras fut dépêché par cette dernière pour relater les exactions des chrétiens et, en particulier, la mort d'Hypatie, assassinée en 415, vraisemblablement sur ordre du patriarche Cyrille, qui avait succédé à Théophile trois ans plus tôt.

On s'étonnera, de la part d'un pythagoricien censé se conformer au principe « accoutume-toi à dominer l'emportement », et encore à cet autre, formulé plus tard par

165

Hiéroclès dans ses Vers d'or, « *à l'égard de tous les maux qu'ont à subir les hommes de par le fait des arrêts augustes du Destin, accepte-les comme le sort que tu as mérité; supporte-les avec douleur et ne t'en fâche point* », *de ce discours qui prend la forme d'un véritable réquisitoire, en appelant même, en certaines de ses parties, à la riposte immédiate et à la violence. C'est dire le désarroi de l'orateur, impression encore accentuée par la fin de son allocution, laquelle semble être rapportée, tant les questions qui y sont agitées prennent un tour confus et sans grande logique. Cependant, il traduit bien l'état de trouble dans lequel devaient se trouver certaines tendances de la confrérie, avant de se décider à entrer carrément en dissidence. Ces groupes, à ce qui est dit, paraissaient avoir perdu toute confiance dans la théorie des nombres dont l'action était censée garantir la cohérence et l'ordre de l'univers. Or, si l'on y regarde bien, le monde à cette époque, autour d'eux, n'était que tourmente, hostilité et affrontements. Comment dès lors continuer à croire à cette réconciliation des contraires, fondement même de la mystique pythagoricienne, génératrice d'ordre et d'harmonie, toujours attendue et en fait jamais réalisée? Tout laisse à penser que certains disciples, dès cette période, ont commencé à se lasser, se sont pris à douter du sens de leurs croyances et d'une existence tout entière consacrée au culte de nombres qui restaient impuissants, introduisant ainsi de nouvelles questions, insidieuses et corrosives qui, en d'autres temps d'ailleurs, eussent largement motivé leur exclusion. Les grands maîtres eux-mêmes, soit s'en remettaient à la seule autorité d'une légende incroyable et fantaisiste, soit se replongeaient dans l'étude des archives amassées depuis l'époque de Polymnastos dans l'espoir de remonter au plus loin de la tradition orale et d'essayer d'apercevoir ce sens caché de la doctrine auquel faisaient allusion certains disciples. Et c'est peut-être pour n'avoir pas su répondre à leurs*

*interrogations qu'ils laissèrent par inadvertance le champ
libre à toutes les suspicions.*

Discours d'Harpokras.

Je me devais, en toute sincérité, de venir témoigner
devant vous de la nouvelle abomination dont se sont
rendus coupables les chrétiens dans notre chère ville
d'Alexandrie, aujourd'hui tout entière livrée au fanatisme
et à l'outrance. Si j'ai accepté de faire le voyage jusqu'ici,
c'est pour qu'aucun récit de seconde main ne vienne
déformer la réalité des faits qui se sont déroulés sous mes
propres yeux et qu'ainsi vous soyez assurés, par ma parole,
que je ne dis rien qui soit contraire à la stricte vérité. Je ne
vous cacherai nullement l'horreur de cet acte et les détails
qui l'ont accompagné pour que soit rendue sensible jusque
dans votre propre chair la réalité de la menace à laquelle
nous nous trouvons confrontés et surtout pour vous
affermir dans la perspective de cette lutte implacable que
nous avons à mener contre les forces de l'obscurantisme et
de la barbarie.

La fille de Théon, notre compatriote, nous avait depuis
longtemps montré l'exemple, par sa sagesse et sa fermeté,
de la détermination qui doit encore être la nôtre. Jamais
elle n'avait cédé en quoi que ce fût, et chacun là-bas se
souvient encore du jour où, revenue d'Athènes après avoir
fini ses études, elle décida de s'installer parmi nous et
d'ouvrir une école de philosophie au cœur même de cette
ville pourtant en proie à l'intolérance et à la corruption. Se
refusant à prendre le parti de la violence, jamais elle ne se
départit de la rigueur morale qui était la sienne. Aussi
célèbre par sa beauté que par sa science, une foule

nombreuse suivait son enseignement. Ainsi demeurait-elle convaincue que seul le libre exercice de l'intelligence et de l'activité critique constituait de loin l'arme la plus redoutable qui pouvait être opposée au fanatisme de ces chrétiens aveuglés par leurs croyances dénuées de toute raison. A ses yeux, la simple lucidité devait être l'unique rempart à la brutalité des forces que cette religion, depuis bientôt plusieurs décennies, tentait de déchaîner contre nous.

Les mathématiques à cet égard formaient la base même de son enseignement et nous gardons d'elle, outre les commentaires de Platon et d'Aristote, ceux qu'elle fit des œuvres de Diophante, du *Traité des Sections coniques* d'Apollonios de Pergame et des *Tables* de Ptolémée. Puis, des mathématiques à certaines considérations touchant les nombres, elle déduisait les principes philosophiques qui en découlaient naturellement et dont l'évidence semblait telle qu'en toute logique rien ne pouvait s'opposer à leur application. Vêtue sans la moindre recherche et simplement enveloppée d'un manteau à la façon des philosophes, elle en venait à s'asseoir au milieu de nous pour mettre, par nos questions, son enseignement à l'épreuve, sans qu'aucune suspicion ne pût nous effleurer quant à son honneur ou sa vertu.

Son école devint vite un centre de ralliement pour nous tous, fit renaître l'espoir de faire reculer le christianisme au mufle putride, et gagna la sympathie des courants de pensée et des communautés qui, autres que grecques, s'opposaient à son intransigeance et contestaient son hégémonie. Cependant, lorsque Cyrille succéda à son oncle Théophile sur le siège patriarcal d'Alexandrie, la répression se durcit encore à l'encontre de tous ceux qui se refusaient à adopter la foi chrétienne. C'est ainsi qu'après avoir fermé et rasé la plupart de nos temples, le patriarche cette fois prit la tête d'une croisade dirigée contre les Juifs.

Concentrés depuis toujours dans le quartier Delta, ces derniers furent accusés de constituer un foyer permanent de troubles et d'insurrection; et, c'est à ce titre, au cours de brutalités sans nombre, qu'ils furent rassemblés à l'hippodrome et dans l'ancien théâtre dédié à Dionysos pour y être exterminés. Le reste dut prendre le chemin de l'exil après que leurs biens eurent été confisqués, leurs synagogues profanées, pillées et incendiées...

Rien ne semblait plus dès lors pouvoir arrêter la folie destructrice de ce fanatique dont l'excès de zèle dépassait toute mesure, à tel point que le préfet de la ville, Oreste, crut devoir intervenir auprès de l'Empereur pour dénoncer les abus dont celui-ci se rendait coupable, au mépris des lois alors en vigueur dans la cité.

Malgré les injonctions de l'Empereur, aucun des deux n'accepta la réconciliation tant les choses étaient devenues irréparables. De plus, à la faveur de ce désordre sans nom qu'avait occasionné le départ en masse des Juifs, les chrétiens multipliaient les coups de main contre ceux qui tentaient d'intervenir ou de prendre position contre les pouvoirs exorbitants qu'ils avaient fini par s'attribuer, sans plus rendre de comptes à personne, et en toute impunité. Cinq cents moines hirsutes et puants, descendus à cet effet des montagnes de Nitrie, firent ainsi irruption dans Alexandrie pour prêter main-forte aux milices déjà existantes et en terminer une fois pour toutes avec ceux qui prenaient trop ouvertement parti contre leur patriarche.

C'est ainsi – attentat prémédité ou simple effet du hasard? – qu'au détour d'une rue, le char du préfet Oreste, qui se rendait au tribunal, fut encerclé et immobilisé par un groupe de ces gens en robe noire et en haillons. Une brève et violente altercation s'ensuivit, et le conducteur du char qui s'était mis à jouer du fouet contre ceux qui retenaient ses montures par la bride fut tué sur le coup. Le préfet lui-même et le garde qui l'accompagnait ne purent se dégager que l'arme au poing sous une grêle de pierres et manquèrent d'être lapidés. Certains d'entre nous, qui attendaient sur les marches du tribunal, se précipitèrent sur les lieux pour porter secours à l'équipage et disperser cette bande de gueux. L'un d'eux, blessé au genou et qui tentait de fuir, fut pourtant rattrapé et fait prisonnier. Du nom d'Ammonius, et pour avoir attenté à la personne même du préfet, son châtiment ne pouvait être qu'exemplaire et décisif. Ce dernier en effet mourut sous la torture, exposé au beau milieu de la place publique, sans pourtant qu'aucun des siens ou même le patriarche, son protecteur, ne pût ou n'osât intervenir.

Cyrille n'en resta cependant pas là, bien décidé à se venger par d'autres moyens. Ne pouvant s'attaquer à la personne même du gouverneur, il résolut de s'en prendre à certains de ses protégés, en particulier à Hypatie dont on savait qu'il suivait les enseignements, s'il n'en était pas en secret épris.

J'étais, pour ma part ce jour-là, en train de converser tranquillement avec elle, dans l'enceinte même de l'école, en compagnie d'Héliodoros et d'Horapollon, lorsque de loin nous pûmes entendre arriver de par les rues le piétinement de la foule comme celui d'un troupeau, puis, à mesure que cela se rapprochait, le grondement confus des voix et, ici ou là, des cris qui fusaient de par-dessus les toits. Nous n'eûmes pas longtemps à attendre pour nous apercevoir que cela se dirigeait de notre côté. De la terrasse, l'un d'entre nous put nous faire savoir qu'un groupe de ces moines auxquels nous avions eu affaire précédemment conduisait le gros de la troupe et commençait à vouloir forcer les portes, tout en scandant le nom d'Hypatie dont ils paraissaient vouloir réclamer la tête.

Pour gagner du temps et protéger ainsi sa fuite, nous

170

résolûmes de monter à notre tour sur la terrasse pour essayer de parlementer. A la vue de cette foule obtuse, armée de piques et de gourdins, et dont certains éléments à la traîne commençaient à ramasser des pierres, nous comprîmes que tout avait été décidé par avance et que nos efforts seraient inutiles. Mieux valait renforcer notre position en nous employant à barricader la porte.

Pendant ce temps, son char une fois attelé, Hypatie avait réussi à sortir par la petite porte de l'ouest, dans l'espoir de gagner le palais du préfet pour chercher du secours. Là, en fait, était le piège. Quelques rues plus loin, à un endroit où l'attelage devait nécessairement ralentir pour contourner une borne, d'autres chrétiens, dirigés par un lecteur du nom de Pierre, se tenaient en embuscade. Je sais que le char continua à rouler encore un certain temps, poursuivi par ses assaillants dont certains avaient réussi à sauter en marche sur la plate-forme pour en arracher Hypatie qui tenta de s'y agripper jusqu'au bout. Se voyant arrivée sur la place de l'Eglise césarienne, et sachant, d'après la tradition, l'édifice réputé inviolable et sacré, elle cessa toute résistance et se précipita à terre dans le but de gagner l'abri du porche.

L'église s'ouvrait devant elle, inconnue, pleine de résonances étranges sous ses voûtes silencieuses et sombres. Elle y pénétra, emplie d'horreur, mais persuadée d'avoir au moins sauvé sa vie. Et c'est là qu'eut lieu le drame : car ces moines obscènes, foulant aux pieds leurs propres croyances, pénétrèrent à leur tour dans l'édifice et, sans craindre le sacrilège vis-à-vis d'un dieu de justice dont ils se disent redouter la colère, portèrent leurs mains impures sur notre prêtresse pour la dépouiller de ses vêtements et profiter de sa nudité pour l'insulter. A cette évocation, rien ne semble pouvoir tarir en moi ce flot de haine malfaisant que depuis ce jour je voue aux tenants de cette religion qui, non contents de l'avoir ainsi humiliée, couronnèrent leur forfait en se saisissant de débris de tuiles et de poteries cassées, laissés là par des ouvriers qui travaillaient à la réfection de la toiture, et en la lapidant jusqu'à la mort. Dans l'obscurité du sanctuaire où elle s'était reculée pour se protéger des coups qui lui étaient portés, certains des témoins affirmèrent n'avoir entendu du portail que le halètement sourd des hommes qui la frappaient. Aucun cri ne s'échappa de sa bouche, à peine un gémissement à l'instant d'expirer. La rage et la barbarie de ces moines à la face simiesque étaient sans limites puisqu'ils s'acharnèrent ensuite à mutiler et dépecer ce corps dont ils allèrent exhiber les morceaux sanglants et encore tout palpitants à travers les rues de la ville. Peut-être effrayé lui-même par de tels excès, le patriarche ordonna que les restes soient enfin rassemblés et brûlés au cinaron, ne nous laissant pas même le soin d'enterrer ce corps selon nos propres rites, sur un lit de feuilles de myrte, d'olivier et de peuplier noir...

Pour ce qui nous concerne – c'est ici le sens de ma visite parmi vous –, et en considération des événements inquiétants qui se sont déroulés ces dernières années, à savoir l'incendie du Sérapéion et de sa bibliothèque, l'extermination et l'exil de la communauté juive, et enfin le massacre d'Hypatie dans les conditions que j'ai dites, nous, pythagoriciens d'Alexandrie, au nom du Grand Serment, avons pris le parti de nous réfugier dans la clandestinité et de ne plus rien laisser paraître au grand jour de la moindre de nos activités. Il a été ainsi décidé que nous célébrerons désormais tous nos rites dans certaine chapelle funéraire que nous avons aménagée dans le grand hypogée situé à l'ouest de l'ancienne nécropole, lieu où les chrétiens, terrifiés par la mort, n'oseront jamais s'aventurer.

Cette réclusion s'impose d'autant plus qu'en raison des

revers que nous avons subis, certains n'hésitent plus à provoquer des scissions au sein même de notre confrérie, affirmant entre autres que la théorie de l'harmonie divine des nombres telle que nous la concevons aujourd'hui est devenue insuffisante et en partie erronée, faussant du même coup toute notre appréciation de la réalité ainsi que des forces qui la composent ou la traversent. Le bruit court enfin, aux récits de certains voyageurs revenus de Babylone, et d'autres disent, de plus loin encore vers le levant, qu'il existerait d'autres systèmes de numération, bien plus élaborés que le nôtre et fondés sur des ordres de grandeurs complètement différents. Pour ma part, je ne sais quel crédit accorder à ces rumeurs et c'est à cette seule fin que nous avons pris la décision d'envoyer un groupe des nôtres par mer jusqu'au-delà des rivages de l'Indus, avec pour mission de nous rendre compte exactement des systèmes mathématiques qui sont supposés être en vigueur dans ces contrées. Entreprise extrême et désespérée – car Dieu sait seulement s'ils reviendront –, mais imposée par l'impératif de la survie de notre ordre; car on dit que là-bas, chacune de ces quantités qui constituent nos nombres actuels serait douée de la faculté de se donner à voir en une figure autonome et mobile, suffisamment explicite pour ne devoir rendre de compte à rien d'autre qu'à elle-même[1].

Les nombres ne seraient-ils pas alors, et comme nous l'avons toujours cru jusqu'ici, des réalités intangibles et universelles? En aurions-nous une représentation sommaire, incomplète, qui ne leur permettrait pas de réaliser

---

1. Il faut se rappeler qu'à cette époque les chiffres, tels que nous les connaissons aujourd'hui, n'existaient pas encore et que la numération grecque était de nature alphabétique, c'est-à-dire que les nombres étaient figurés par les lettres de l'alphabet (ex : $\alpha = 1$, $\beta = 2$, $\gamma = 3$, etc.), les centaines et mille étant exprimés par ces mêmes lettres munies d'un ou plusieurs accents.

pleinement la totalité de leur Etre et de mettre en valeur toutes leurs capacités opératoires? Et, comme plusieurs le prétendent, en manquerait-il certains dont nous n'aurions encore jusqu'à présent, et sans même en avoir conscience, aucune notion? Et, plus grave encore, si, comme nous l'avons toujours postulé, les nombres authentifient l'existence même de Dieu, en en restituant pour chacun l'un des principaux attributs, n'aurions-nous alors, pour notre part, qu'une vision insuffisante, tronquée, et par là même sacrilège puisque imparfaite, de l'Etre même de la divinité? Et ces dissidents de nous mettre secrètement en garde en ces termes : de cette fausse évaluation d'un certain nombre d'entités numérales, dont quelques-unes nous demeureraient insoupçonnées et dont ainsi nous négligerions la puissance, procéderaient tous nos déboires et, à plus ou moins long terme, l'effondrement de notre doctrine, l'éparpillement de notre communauté.

Que nous soyons, par les circonstances, obligés de nous retirer du monde, nous forcera par l'étude au réexamen méthodique de toutes les données qui restent encore en notre possession. Nous espérons en fait surtout par là, face à l'adversité et dans ce repli sur soi auquel nous allons devoir procéder, mettre un terme à ces dissensions et retrouver le sens de cette parole sacrée que nous a enseignée le Maître et qui commence à présent à nous faire si cruellement défaut.

DOCUMENT N° 18

Cette lutte incessante – telle qu'elle est illustrée par les textes qui précèdent – entre les chrétiens d'une part et, de l'autre, les tenants du paganisme dans sa diversité trouvera son point culminant avec l'accession au pouvoir de l'empereur Justinien qui, en 529, décidera de la fermeture de toutes les écoles de philosophie païenne dont la plus illustre restait encore l'Académie d'Athènes, fondée par Platon presque un millénaire auparavant.

Son règne qui dura de 527 à 565 sera marqué par une telle répression qu'il ne nous reste pratiquement aucun document de cette période, si ce n'est le texte qui suit, bien qu'il importe de mettre en évidence que les archives qui figurent ici ne représentent sans aucun doute que la partie visible et peut-être édulcorée d'un savoir qui, pour une large part, devait demeurer oral et secret. On peut cependant penser que les sectes réfugiées dans la clandestinité et, pour ce qui est d'Alexandrie, dans les vastes nécropoles qui entouraient la ville, vécurent au ralenti, uniquement occupées à survivre et à préserver l'essentiel de leurs rites.

L'impératrice Théodora, qui fut associée au début de ce règne jusqu'à sa mort en 548, vouera une haine particulière à la ville d'Alexandrie qu'elle passe pour avoir incendiée à plusieurs reprises. Connue surtout pour ses *positions en faveur des hérétiques monophysites contre les chrétiens orthodoxes, elle sera qualifiée de « parvenue », l'anecdote faisant d'elle la « fille d'un gardien d'ours de l'hippodrome », et même une « danseuse et prostituée » selon Procope.*

Le texte suivant, avec sa préface – qui semble pourtant être antérieure par la rigueur de son orthodoxie –, est extrait d'un Traité des Nombres, *lequel devait servir d'ouvrage de référence pour la pratique de ce culte mystérieux qui se déroulait dans la crypte – dont nous avons fait la description au tout début de ce livre. On se souvient en effet que, sur la paroi de l'abside du fond, étaient figurés sur un même cercle, sculptés dans la pierre et sans doute peints ou recouverts de feuilles de métal précieux, les neuf nombres fondamentaux par lesquels certaine secte pythagoricienne semblait avoir voulu entrer en contact direct avec Dieu.*

Cette œuvre paraît avoir été écrite par un certain Eistos d'Elis, dit le Magicien; une tradition veut même qu'il ait été un des seuls rescapés de cette expédition organisée par les pythagoriciens d'Alexandrie vers les rivages de l'Indus pour se mettre au fait des nouveaux systèmes de numération, mais cela reste douteux, et pourrait être le fruit d'une inter- prétation tardive, car rien dans ce texte ne laisse supposer qu'il ait eu connaissance de la pratique des nombres figurés, tels qu'ils étaient par ailleurs en usage en Inde à cette époque.

Revenu à Alexandrie, tout indique qu'il aurait néanmoins fait l'objet d'un procès puisque l'on retrouve son nom vers cette période dans les Annales des Condamnés à mort, *avec pour chef d'accusation principal d'avoir conçu le projet de percevoir et déchiffrer, rien que par la science des nombres et l'arithmomancie, les desseins les plus secrets de la Puissance céleste.*

D'après ce que nous savons de sa doctrine, grâce à l'étude des constantes et de la loi des séries – qui ne consiste qu'à postuler que les nombres se succèdent selon un ordre qui ne doit rien au hasard, mais tout à une logique interne et connue d'eux seuls –, il aurait été possible de tourner l'impossibilité de connaître le nom même de Dieu – puisque qualifié d'Ineffable – par la mise au jour de sa formule mathématique, par le déchiffrement de son Nombre.

On le voit, Eistos d'Elis aurait versé dans un mysticisme des plus effrénés, mêlant magie et superstition, s'apparentant par là à ces Théologoi païens des premiers siècles de notre ère que dénonçaient farouchement les Pères de l'Eglise. Plus précisément, cela n'est pas sans rappeler l'essentiel de la doctrine gnostique qui, par les mêmes procédés, entendait accéder, à la faveur d'une illumination intérieure soudaine, à la connaissance totale et absolue de Dieu...

On notera d'ailleurs, vis-à-vis du nombre neuf et de ses pouvoirs, cet imperceptible décrochage par rapport à la foi jusque-là sans faille de la secte, l'émergence de ce doute qui va tarauder les adeptes et leur laisser entrevoir, au paroxysme de leurs transports, paradoxalement la possibilité d'une négation absolue et définitive de toute idée de Dieu. L'étrange comportement du nombre neuf préfigurera ainsi, aux yeux des Adorateurs du Zéro, la forme menaçante et l'apparition prochaine de ce nombre à l'instant où, avant d'aborder les dizaines, la série bascule insensiblement dans le néant, l'approche de celui qu'ils appelleront le Grand Corrodeur, celui en lequel tout s'annule et disparaît.

GRAND TRAITÉ DES NOMBRES
et de leurs rapports avec Dieu

Préface

Les Nombres tirent tout leur pouvoir de leurs correspondances intrinsèques avec certains points fixes de l'univers, situés en dehors de l'espace et du temps. En cela, ils *donnent la mesure* de ces réalités cachées, ils expriment sous leur apparence concrète et visible la logique d'un certain rapport à l'invisible. En tant qu'ordres de grandeur, ils définissent les qualités de ce à quoi on ne pourrait accéder sans leur médiation. Ils intercèdent en effet entre le réel et la divinité en tissant tout un réseau de liens implicites et secrets. Dès lors, les nombres peuvent bien être qualifiés de magiques dans le sens où, comme figures opératoires, ils sont, à partir de quantités réelles, le miroir de l'infini dans toutes ses dimensions. Ils renvoient, par leur complexité interne qui mêle le Multiple et l'Unique, ainsi que par le jeu circulaire des principales opérations, aux qualités essentielles de l'Etre. Les Nombres sont la clé de l'univers et de Dieu qui, sans eux, resteraient opaques et inintelligibles. « Les Nombres sont la connaissance même », ils permettent de déchiffrer l'inextricable et le disparate, d'entrevoir, au-delà de contingences purement terrestres et de leur aspect seulement comptable, dans la vérité d'un pur rapport abstrait, la figure, mathématique par excellence, immuable et souveraine de Dieu.

Traité des Nombres

Nous louons Dieu par la célébration des Nombres qui

en reproduisent les principales qualités et qui se présentent comme autant de figures, en elles-mêmes parfaites, de la Divinité. La somme de toutes ces perfections constitue la Perfection suprême, évoque la présence soudainement devenue sensible de Dieu. Les neuf Nombres sont les neuf voies d'accès à la saisie immédiate de sa Réalité. Leur cohérence, et les perspectives infinies qu'ils ouvrent en eux-mêmes et dans leur rapport les uns aux autres, sont les miroirs de la cohérence et de l'infinité même de Dieu.

Psalmodier les neuf Nombres, c'est célébrer les neuf attributs essentiels de la Divinité, c'est susciter peu à peu sa Présence parmi nous.

UN, le premier de tous les Nombres, celui par lequel tout commence, l'origine de la chaîne infinie de la numération; il signifie que Dieu est premier et unique, qu'il ne constitue à jamais qu'une seule et même entité, qu'il n'a ni commencement ni fin.

DEUX, par le jeu des deux Unités primordiales, évoque cette matrice parfaite et intemporelle qu'est Dieu, source de tout ce qui existe. Deux signifie que le pouvoir d'engendrer est chez Dieu illimité, qu'il a la capacité jamais épuisée de créer l'univers à partir de rien d'autre que lui-même.

TROIS, c'est, par le pouvoir des Deux premiers Nombres, l'alliance du mâle (Un) et de la femelle (Deux), le produit et le résultat de cette pro-création, la Vie même, tout ce qui accède par soi-même à l'existence et au mouvement. Dieu est ainsi à la fois l'engendrement et l'engendré,

179

son propre créateur et, à lui-même, sa propre cause.

QUATRE, constitue le carré parfait et premier, la circularité, à la fois le juste équilibre et la proportion. Quatre est le nombre de la Justice de Dieu et de cela découle l'omniscience de ce dernier car il n'y a de jugement équitable que par la connaissance absolue de toutes choses.

CINQ, c'est la Beauté ou la figure harmonieuse de Dieu, beauté qui n'est plus contingente et absolue, qui ne doit plus rien aux choses terrestres et qui se transcende elle-même. L'inscription du pentagramme[1] dans le cercle donne la « divine proportion » ou Nombre d'Or, source de toute beauté, modèle de toutes les perfections que l'on trouve dans l'univers.

SIX, symbolise le mouvement des choses et de l'univers, le Temps aussi bien que l'Eternité qui est un des attributs essentiels de la Divinité. Cinq était la perfection de la forme inscrite dans l'espace, six est la perfection circulaire de la durée. Il est à la base du système duodécimal, lequel règle la succession des jours et des nuits, des saisons, des années.

SEPT, est le Nombre sacré, l'Impair le plus prestigieux qui évoque l'indivisibilité même de Dieu. Sept, comme Dieu, est inaltérable, immuable,

1. Signe de reconnaissance des pythagoriciens.

insécable. Rien ne peut lui être ni ajouté ni retranché. En lui, les contraires s'annulent, il échappe à l'affrontement des oppositions, sources de tous les désordres. Il est la paix, l'amour et la béatitude. Il règne, immobile et omniprésent, se suffisant à lui-même. Il est l'expression suprême de la Totalité, car il est à jamais constitué de l'alliance indissoluble du Pair et de l'Impair, du mâle et du femelle[1].

HUIT,   est le premier nombre achevé par lequel s'exprime, dans les trois dimensions[2], l'étendue illimitée de Dieu dont la puissance pénètre toutes choses, et jusqu'aux moindres recoins des âmes ou de l'univers. Il est en effet le premier des nombres cubes à explorer la totalité de l'espace dans toutes les directions. Rien ne lui échappe ni ne lui est étranger.

NEUF,   le plus mystérieux de tous les nombres, l'énigme par laquelle Dieu se manifeste à nous dans sa puissance, symbole de l'Ineffable. Ce que suggère ce nombre, c'est que Dieu est à la fois infini et transparent. En lui, passé, présent et futur se confondent et s'anéantissent; il est la connaissance absolue qui s'abolit elle-même dans le temps. En effet, le nombre neuf a raison de tous les autres nombres, comme Dieu a instantanément raison de tout ce qui

1. $(1 + 6)$ ou $(2 + 5)$ ou $(3 + 4)$; confirmé par Macrobe dans son *Commentaire*.
2. $2 \times 2 \times 2 = 2^3$ (H × L × l).

existe. Tout naît de lui et s'y rapporte inéluctablement pour s'y dissoudre[1].

C'est ainsi que Dieu, à l'esprit des hommes, est à la fois présent et absent. Il est la référence absolue pour juger de toutes choses, dont on ne peut se passer, et pourtant en laquelle tout s'abolit. Il est le début et la fin, le lieu d'une impossible saisie vers laquelle l'homme tend de tout son être. Et Dieu est justement celui qui se dérobe au fur et à mesure qu'on s'en rapproche, dans ce mouvement infini qu'est l'adoration. Entre la certitude de sa présence et son impossible saisie, Dieu se joue de nous et nous met au défi. Et c'est cette confiance aveugle et désespérée que nous avons mise dans son existence qui est le support de tous nos rites et de notre désarroi.

---

1. Seul passage par lequel on peut supposer qu'Eistos d'Elis ait eu connaissance des premiers chiffres indiens. Deux lois essentielles illustrent cette propriété du nombre neuf, dont on ignore d'ailleurs si les pythagoriciens, pour rédiger un tel texte, en avaient eu connaissance :
1) Tout produit dans lequel neuf entre comme composant donne un nombre dont la somme des chiffres qui le constituent est neuf :
exemple : $9 \times 3 \times 4 \times 8 = 864 : 8 + 6 + 4 = 18 : 1 + 8 = 9$.
2) Toute somme dans laquelle neuf entre comme élément donne un nombre dont la somme des chiffres ne tient absolument pas compte de sa présence dans cette somme et, pour ainsi dire, l'ignore :
exemple : que l'on ait
$$9 + 5 + 8 + 7 + 3 = 32 : 3 + 2 = 5$$
$$ou\ 5 + 8 + 7 + 3 = 23 : 2 + 3 = 5$$
le résultat est le même en supprimant le 9 de la première opération.

DOCUMENT N° 19

Cette lettre fut écrite par un certain Héliodoros, mathématicien et ambassadeur de Byzance, envoyé en mission en
Egypte auprès de Khosro II (590-628), roi des Perses, qui
s'était emparé d'Alexandrie en 618, mais avait été obligé de
battre en retraite à partir de 622, sous la pression de l'armée
byzantine commandée par l'empereur Héraclius. A la suite
de circonstances restées mystérieuses pour ses proches –
mais qui, pour nous, se trouveront éclaircies grâce au texte
suivant –, il demeura à Alexandrie plus qu'il n'était prévu, et
y disparut. Adressée à son ami Polybe resté au pays – lequel
s'inquiétera au point de faire entreprendre des recherches –,
cette lettre constitue un témoignage intéressant de ce que
pouvait être l'atmosphère intellectuelle qui régnait dans
certains milieux, en particulier dans ces anciennes confréries
pythagoriciennes, très fortement influencées par le gnosti-
cisme. Mais surtout, et pour ce qui nous concerne, elle se
révèle être le premier document que nous ayons sur l'apparition des premiers chiffres arabes que nous continuons, avec
quelques variantes, à utiliser de nos jours. Il a déjà été dit en
effet, dans une précédente note, que le système qui prévalait
alors était soit celui des lettres numérales, vraisemblablement en usage depuis les Phéniciens, soit celui des chiffres
dits « romains », lesquels ne servaient en fait qu'à enregistrer

par écrit les résultats auparavant obtenus au moyen de l'abaque. Toujours est-il qu'aucun de ces deux modes de compter ne pouvait permettre la moindre opération simple, telle addition ou soustraction.

Plus précisément, nous savons que les Arabes eux-mêmes auraient repris l'usage de ces chiffres, après en avoir modifié ici ou là le graphisme, de mathématiciens et astronomes indiens dont les noms nous sont à présent connus, Varāhamihira (vers 575) et surtout Āryabhata, originaire d'Açmaka dans le Deccan, et auteur vers 510 d'un traité portant son nom[1], dans lequel il aurait rassemblé les principaux éléments d'un système déjà en fait largement utilisé si l'on en croit un texte jaïn, le Lokavibhāga, daté des environs de 450 de notre ère[2].

Certains historiens affirment jusqu'ici que l'apparition des chiffres arabes à Alexandrie aurait été plutôt légèrement postérieure à cette date approximative de 622-625, qui est celle de ce texte. Outre le fait que Sévère Sébokt, évêque syrien, qui vécut dans son monastère de Qénesré sur les bords de l'Euphrate, atteste et reconnaît dès 622 l'existence des neuf chiffres hérités de l'Inde, il faut ajouter que cette découverte, transmise d'initié à initié, aurait été véhiculée à l'intérieur de cercles relativement restreints et, à Alexandrie, comme nous l'avons vu, semi-clandestins, dont Héliodoros reconnaît lui-même la difficulté qu'il y avait à les approcher et, plus encore, à s'y introduire.

1. L'Āryabhatīya, dont le mathématicien Bhāskara, en 629, fera un Commentaire resté célèbre.
2. En sanskrit : eka I, dvi 2, tri 3, catur 4, panca 5, sat 6, sapta 7, asta 8, nava 9.

A mon cher Polybe,
   Salut et prospérité.

Tu sais que j'ai eu l'occasion d'accompagner l'ambassade, envoyée par l'Empereur auprès de Khosro II après la défaite de ce dernier, et chargée de négocier son retrait d'Egypte ainsi que la restitution de la vraie Croix dont il a tant été question...

Retournant par Alexandrie, j'ai pu de mes propres yeux constater l'incroyable état de désolation des campagnes environnantes et la ruine de tous nos monastères établis dans le désert. La folie destructrice de ce roi Sassanide qui prétendait, en s'emparant de l'Egypte, reconstituer l'ancien empire Achéménide y a causé d'innombrables ravages. Mais, pis que tout, c'est que l'état d'abandon dans lequel est laissée cette région favorise largement une pénétration arabe qui, insensiblement par l'est, ne cesse de s'exercer.

Alexandrie, dont tu m'avais tant vanté les charmes et la science, n'est plus que l'ombre d'elle-même. Livrée sans forces à toutes les influences, elle s'offre comme un immense carrefour où se mêlent marchands, espions, caravaniers, mercenaires, déserteurs et savants venus de tous les coins de l'Empire et même des tréfonds de l'Arabie et de l'Asie. De ce fait, le christianisme est mis à rude épreuve, les hérésies pullulent et, à la faveur de cette confusion, il semble que les sectes païennes aient trouvé de nouvelles occasions pour corrompre les mœurs et détourner le peuple de la vraie foi.

Le plus étonnant pour moi qui m'intéresse aux mathématiques comme tu le sais – et c'est ici le véritable objet de ma lettre –, c'est que, par ce vaste brassage de populations et de tribus nomades bousculées par la guerre, semble s'être introduite ici, dans certains milieux réservés et autres

185

sectes mystiques, une nouvelle façon de compter et surtout de figurer les nombres, dont je voudrais t'entretenir pour avoir ton avis.

L'apparition de ces chiffres, dont on dit que certains commerçants arabes seraient à l'origine, a provoqué une minuscule mais véritable révolution dans les quelques cercles d'initiés qui forment l'élite intellectuelle de la cité, pourtant longtemps persécutée par nous ici, en particulier dans ce qu'on dit être d'anciennes sectes pythagoriciennes qui auraient continué à maintenir presque intacts leurs rites et leurs pratiques magiques, tout entiers voués à l'adoration cosmogonique des nombres.

Ce ne sont là bien sûr que des informations de seconde main, car étant moi-même chrétien, il m'a été très difficile d'en savoir plus. Pour tout dire, on nous exècre et tu ne te doutes pas de l'argent que j'ai dépensé pour obtenir de tels renseignements, ni des recoupements habiles que j'ai dû effectuer pour faire le tri entre les propos des charlatans, des magiciens avides et des simples déments. Ce que je puis dire, c'est que cette nouvelle façon de présenter les nombres, par des signes spécifiques et autonomes, a en quelque sorte forcé ces pythagoriciens à reconsidérer toutes leurs anciennes croyances; et il n'est pas sûr que les rapports avec la divinité abstraite qu'ils adorent n'en aient pas été eux-mêmes complètement modifiés ou bouleversés.

Tu me contesteras sans doute, tel que je te connais et au nom de cette probité intellectuelle qui est la tienne, le droit de m'intéresser, en tant que chrétien, à ces superstitions et hérésies d'un autre âge mais, pour ma part, j'affirme qu'il y a là quelque chose dont, nous, astronomes et mathématiciens, pourrions tirer profit.

Aussitôt mises en présence de ces nouvelles figures sous

lesquelles, et de façon inespérée, la divinité se présentait à elles, les sectes pythagoriciennes trouvèrent un regain d'activité en ce que ces chiffres matérialisaient, par des caractères distinctifs et réservés à eux seuls, les nombres sacrés qui acquéraient par là une indépendance et un prestige qu'ils n'avaient jamais eus auparavant.

Dès lors, ces sectes s'empressèrent de se transformer en de véritables écoles de calligraphie en faisant appel à des maîtres venus de Médine et de Bagdad qui, toujours dans le plus grand secret, étaient chargés d'enseigner le sens même du nombre par la maîtrise de son tracé. Le but plus ou moins avoué auquel elles se proposèrent ensuite de parvenir était d'essayer, à partir de là, de comprendre la relation intime qui pouvait exister entre l'harmonie des formes, l'équilibre immanent de ces nouvelles figures et la spécificité des attributs de la divinité que chacun de ces chiffres était censé représenter.

Sans préjuger de l'art de manipuler ces quantités pour la simple commodité ou pour s'ouvrir aux incroyables perspectives que leur usage laissait supposer dans le strict domaine des mathématiques, l'objet de la pratique à laquelle ils s'adonnaient ainsi consistait bien plus à retrouver, soit à la source et en soi-même, ou dans le prolongement du geste qui le trace, soit par la simple pureté de la ligne par laquelle il se figure, le contenu mystérieux et quasi indéchiffrable du nombre dont il était l'incarnation, cette partie cachée de la divinité qui en illuminait le graphisme et le faisait rayonner de l'intérieur, lui conférant cette splendeur qui subjuguait les initiés.

Ainsi se voyait en quelque sorte réalisé le vieux rêve des pythagoriciens, la saisie immédiate et directe du nombre, tout à coup révélé dans sa plénitude en une figure vivante et sensible. Sa vertu implicite s'offrait à eux sous une forme encore énigmatique, mais désormais accessible à qui saurait user d'assez de patience et d'ascèse pour communier, par la pratique de cette nouvelle calligraphie, avec la véritable nature de Dieu. Selon eux, l'invention des chiffres serait donc une preuve supplémentaire de la divinité faite nombre, et qui se donne par là les moyens de se rendre accessible à la compréhension humaine. Ces neuf signes constituaient à eux seuls les éléments d'une grammaire par où pouvait se formuler, au-delà de toute parole, l'essence même de Dieu. Restait encore à en trouver la formule exacte et la combinaison...

J'imagine à l'avance tes objections... Mais ce qu'il faut bien essayer de comprendre, c'est qu'en chaque chiffre se dissimule, non seulement formulé par la seule vertu du nombre, mais encore par la configuration spécifique qu'il se donne, l'un des attributs essentiels de la divinité. Chaque chiffre se donne donc à son tour comme une totalité invisible et sacrée, et qui doit être adorée comme telle. Mais Dieu lui-même ne pourrait être perçu en fait que dans la saisie instantanée et simultanée des neuf chiffres considérés, combinés entre eux sous un rapport qui reste encore à découvrir. Opération mentale qu'il semble au premier abord impossible de réaliser. Chaque homme n'étant généralement capable de ne penser qu'une seule chose à la fois, seuls les grands initiés, à ce qu'on m'a dit, pouvaient parvenir, à force de méditation et de concentration, à se représenter en même temps trois, peut-être quatre chiffres, mais guère plus.

La religion des nombres semble laisser à l'homme la possibilité de connaître Dieu à travers ces neuf miroirs mais le met du même coup en face de ses limites. Ces sectes, à mon sens, font preuve par là d'un orgueil monstrueux et désespéré. Les nombres sont à leur démence

P. 14

au fur et à mesure

Dès lors, il n'y avait pas trente-six solution

une tentation sans cesse présente et pourtant toujours repoussée; là résident à la fois leur tourment et leur châtiment. Dieu s'offre et se refuse à la compréhension humaine dans un même mouvement, à la fois plus proche et toujours plus distant, infini lui-même comme l'est la série infinie des nombres entiers.

DOCUMENT Nº 20

Il était normal que nous nous interrogions sur les raisons de la présence de ce rapport dans les archives mêmes de la secte des Adorateurs du Zéro puisqu'il était à l'origine adressé sous pli secret à Polybe de Byzance, ami et confident d'Héliodoros, ainsi que nous l'avons vu dans le précédent document. Par recoupements successifs, la seule explication plausible serait que cette lettre ne soit jamais parvenue à son destinataire, ayant, selon toute apparence, été interceptée avant. Comme il s'agit en effet d'un compte rendu rédigé par un « espion » à la solde de Polybe, lequel, nous en avons déjà parlé, avait décidé d'enquêter sur le sort de son ami disparu, il y a tout lieu de penser que ce document a dû être saisi sur la personne même de l'espion, puisque lui étaient joints d'autres textes, sacrés ceux-là, que ce dernier avait sans doute recopiés à la sauvette de sa propre main, à partir des archives, dont nous aurions dû retrouver les doubles. Il faut noter cependant que ces textes ne présentent qu'un intérêt relatif puisqu'ils font référence aux différentes étapes de l'initiation – que nous connaissions déjà, mais pas sous cette forme, il faut le dire – et à des choses plus anciennes et plus évidentes encore, telles que la Tetractys et la Grande Tetractys, formulées depuis la plus haute époque par Pythagore lui-même, mais peut-être remises au goût du jour par la *volonté réaffirmée de découvrir le chiffre de Dieu, le nombre qui le formule. A tel point que nous nous sommes demandé après coup s'il ne s'agissait pas d'un brouillon ou de notes prises par un adepte – peut-être l'espion lui-même – au cours de l'enseignement qui précède les cérémonies d'initiation. En tout cas, nous ignorons évidemment tout du sort qui fut réservé à cet espion.*

Au Seigneur Polybe,
    Jurisconsulte à Byzance,
      ton dévoué serviteur, salut.

Je te rends compte ici de la troisième mission dont tu m'as chargé afin de retrouver ton ami l'ambassadeur Héliodoros. Après avoir renoué les contacts dont je m'étais servi les fois précédentes, j'ai finalement réussi à me faire plus ou moins admettre dans la secte, bien que non sans réticences et avec d'immenses difficultés. L'atout majeur fut que j'étais grec moi-même et, de plus, originaire d'Alexandrie; rien ne garantit non plus que je ne suis pas tombé dans quelque piège obscur...

J'ai donc pu rencontrer l'ambassadeur Héliodoros auquel je n'ai pas voulu adresser la parole de peur d'éveiller les soupçons, et tu seras certainement étonné d'apprendre que ce dernier semble s'être converti aux croyances de la secte et avoir adopté tous ses rites. Il mène la vie d'un disciple ordinaire, tout entière vouée au culte des nombres, et se rend régulièrement, ainsi que cela lui est permis, dans les sanctuaires secrets aménagés dans les cryptes souterraines qui bordent Alexandrie. En bonne santé, il ne paraît avoir été contraint d'aucune manière. D'après certains informateurs, il aurait décidé de t'abandonner, ainsi qu'à sa famille, tous ses biens et semble avoir à jamais renoncé à l'idée de retourner à Byzance. En un mot, mais qui te paraîtra sans doute lourd de conséquences, il a abjuré définitivement la foi dans le Christ, et va, dans les jours à venir, prononcer le Grand Serment qui le liera, pour toujours par le silence, à cette communauté.

Dans l'attente de recevoir tes éventuelles instructions pour agir selon tes volontés, je joins à cette lettre quelques documents dont j'ai pu avoir connaissance – il se peut entachés de quelques erreurs de ma part, vu les circonstances dans lesquelles il m'a été donné de les recopier –, et qui j'espère te donneront une idée de leur doctrine et te fourniront d'éventuels éléments d'appréciation si tu veux agir auprès de l'Empereur et décider de la répression qui s'impose à leur égard.

Grand Manuel des Rites et des Initiations
(Extraits)

Que le disciple entre sous l'influence des Nombres et se laisse entraîner par leur force attractive dans leur orbite jusqu'à accomplir les révolutions nécessaires qui lui permettront d'en connaître la véritable nature.

Le premier temps de l'initiation consistera donc, parallèlement à l'enseignement des mathématiques et au respect des règles de vie enseignées par le Maître, à contempler la Grande Roue des Nombres à la circonférence de laquelle prennent place les neuf chiffres fondamentaux. Il se devra donc de les énumérer et d'en méditer tour à tour les propriétés avec la plus extrême lenteur, en ce qu'ils sont la façon la plus noble d'invoquer et de célébrer la Divinité par le simple énoncé de ses neuf attributs.

Au second stade de l'initiation, quand l'art de compter aura été assimilé et que cette voix des nombres sera ainsi devenue comme intérieure, il s'agira pour le disciple de travailler à découvrir, par des tracés répétés sur le sol, la figure matérielle et explicite du chiffre parfait, laquelle serait la synthèse vivante des neuf autres et les intégrerait toutes en un seul et même signe. L'adepte adorera ainsi en une figure unique le chiffre suprême qui sera la représentation graphique, cette fois absolue et indissoluble, de la totalité des nombres présents dans l'univers et, pour ainsi dire, l'anagramme même de Dieu.

Enfin, à un troisième niveau, cette recherche scripturale se doublera très vite de l'exercice mental qui lui correspond : après avoir tracé le chiffre Un, qui servira de support à sa méditation, et s'être pénétré de son sens et de l'étendue de ses vertus, l'adepte, tout en s'assurant de cette présence restée intacte dans son esprit, devra alors pouvoir passer au tracé graphique et à la représentation mentale du chiffre Deux, l'assimiler intégralement en le superposant à l'existence du Un en lui, puis, sans les détacher l'un de l'autre et sans perdre de vue la moindre de leurs propriétés, accéder de la même façon à la méditation du Trois, et ainsi des neuf chiffres dont il tentera simultanément de garder la claire conscience : à ce moment mis en présence de ses neuf qualités, l'adepte pourra prétendre à la vision en Dieu et devenir ainsi l'initié d'entre les initiés.

La Tetractys

La Tetractys se doit d'être adorée comme le nombre fondamental, celui en lequel se retrouvent et s'allient les quatre premiers nombres[1] qui sont à l'origine du Tout, puisque les suivants ne résultent que de leur simple combinaison.

La Tetractys se définit donc comme étant composée de la somme des deux premiers nombres impairs et des deux premiers nombres pairs. Dix, en lequel se résume tout l'univers, fondement de notre système numéral, apparaît donc comme le grand démultiplicateur de l'infini. La possession des quatre premiers nombres, dont la Tetractys fait la synthèse, suffit à ouvrir toutes les voies de la connaissance.

En effet, Un figure le point d'où tout procède, Deux les points entre lesquels se trace la ligne, Trois l'intersection de deux lignes d'où résulte la surface, et Quatre la rencontre de deux surfaces s'ouvrant à l'espace et aux volumes. C'est donc à partir de ces quatre nombres qu'il nous est donné de percevoir le monde par nos sens, ce qui fera dire à Théon de Smyrne que la Tetractys constitue « le fondement du monde sensible ». Hieroklès ajoutera d'ailleurs : « La Tetractys enveloppe et contient tout... Elle est la cause ordonnatrice du Tout. »

La Tetractys est donc « le rythme de l'âme du monde » et c'est en assimilant ces quatre premiers nombres à Dieu que le disciple se doit de prononcer le Grand Serment qui, en le liant pour toujours à la racine même des choses, le fait s'engager sur ce qu'il y a de plus sacré :

1. $1 + 2 + 3 + 4 = 10$.

Je le jure par Celui qui transmit à notre âme
La Tetractys en qui se trouvent
La source et la racine de l'éternelle nature.

La Grande Tetractys

Le Grand Quaternaire, ou la Superbe Tétrade comme on l'appelle encore, porte à l'infini cette perfection déjà entrevue dans la simple Tetractys. Elle est la somme cette fois des quatre premiers nombres impairs et des quatre premiers nombres pairs[1]. Trente-six apparaît donc comme le nombre parfait, homogène et circulaire, non seulement parce qu'il est lui-même un carré parfait[2], mais parce qu'il est aussi le produit de deux autres carrés, eux-mêmes déjà parfaits, conjuguant ainsi simultanément le pair et l'impair[3].

Les nombres, en s'articulant dans cette identité que constitue la Grande Tetractys, expriment par là la perfection formelle qui leur est propre. Cet absolu mathématique se donne ainsi comme le lieu de leur cohérence inentamable, de cette logique interne que leur confère la circularité où ils sont pris et en laquelle se déroule sans défaillance le jeu de l'Un et du Multiple, du Même et de l'Autre, et où se tisse cette texture indestructible qui semble former le cœur de la Divinité, l'Etre même de Dieu.

La Grande Tetractys, en laquelle se résument tous les nombres, constitue si l'on peut dire l'expression numérale

1. $1 + 3 + 5 + 7 = 16$
   $2 + 4 + 6 + 8 = 20$ $= 36$.
2. $6 \times 6 = 36$.
3. $4 (2 \times 2) \times 9 (3 \times 3) = 36$.

de Dieu; nœud de nombres en lequel se concentrent et à partir duquel se ramifient toutes les potentialités de la Divinité; il est sa vivante présence sur terre, le centre de toutes les attractions et de toutes les virtualités. A son image, il transfigure tout ce qu'il touche.

DOCUMENT Nº 21

Il y aurait lieu là encore de s'interroger sur la présence de ce texte dans les archives de la secte – bien qu'aucune explication ne nous ait paru jusqu'à ce jour satisfaisante – puisqu'il s'agit du rapport d'un chroniqueur arabe du nom de Mohsen El Habachi ou Al Es-Chabi (l'orthographe reste incertaine), historiographe du calife Omar. Celui-ci prétend avoir ainsi accompagné le général Amr Ibn Al-Ass, dit aussi Amrou, lors de la conquête d'Egypte. La tradition affirme par ailleurs que, fils d'une prostituée, ce dernier se serait d'abord opposé au prophète Mahomet, puis serait devenu par la suite l'un de ses plus fidèles compagnons. Gouverneur de Syrie, il se serait alors dirigé vers l'Egypte à la tête d'une armée d'environ 4 000 hommes, aurait sur-le-champ conquis Sarmah, Péluse et Mesr, et, en 641, Alexandrie vis-à-vis de laquelle il se serait écrié : « J'ai pris la grande ville de l'Occident; il n'est pas possible de faire l'énumération des richesses et des beautés qu'elle contient. »

En fait, et ce document le confirme, l'armée arabe n'aurait pu pénétrer dans la place qu'avec le concours de certaines complicités. Mais le plus significatif à notre sens reste la confirmation de cet imperceptible décalage qui aurait existé entre l'introduction des chiffres arabes et l'apparition du zéro proprement dit, alors que, de toute évidence, l'une ne va pas sans l'autre. Et c'est la difficulté spécifique rencontrée par cette notion à se faire jour dans l'esprit de certains membres relativement conformistes, ou peu préparés, de la secte qui aurait conduit le mathématicien arabe à payer de sa vie cette révélation, si l'on en croit le récit tragique qui nous est fait ici.

Une fois de plus, il importe, comme pour l'expression figurée des nombres, de préciser que les Arabes n'ont fait que reprendre le zéro des mathématiciens indiens dont nous avons cité les noms précédemment. Eux-mêmes d'ailleurs, si l'on s'en rapporte aux découvertes récentes, l'auraient emprunté, par l'intermédiaire du port de Bharukaccha, sur la côte ouest de la province du Gujarat, aux Babyloniens de l'époque Séleucide; à la différence pourtant que, n'étant utilisé chez ces derniers que comme un simple élément de position, sans pratiquement aucune capacité opératoire, les savants indiens auraient été les premiers à lui donner son véritable statut de « nombre vide ». Le terme šuñya *sous lequel il apparaît en sanskrit signifie effectivement « le vide », concept que reprendront sous une forme identique les mathématiciens arabes par la traduction* sifr.

Après la bataille d'Héliopolis gagnée sur les armées byzantines et qui nous avait ouvert le cœur de l'ancienne Egypte, nous nous préparions à prendre Alexandrie, et avions pour cela établi notre campement à une certaine distance des murailles, afin de prévenir toute sortie enne-mie. Nous savions, par nos espions, caravaniers et mar-chands qui y étaient établis depuis fort longtemps, que ses forces étaient très affaiblies, mais nous nous inquiétions néanmoins de la hauteur des remparts qui subsistaient encore et qui avaient été relevés à la hâte après le passage des armées perses. Nous nous recommandions au Très-Saint-Nom du Dieu Unique et Tout-Puissant pour qu'il assure la victoire de nos entreprises et des assauts que nous nous préparions à lancer contre les points les plus faibles du système de défense adverse. Nul doute qu'Allah guidait nos pas afin que lui revienne de droit cette région qui assurera l'étendue de son pouvoir sur la terre.

C'est ainsi qu'une nuit les sentinelles que nous avions postées aux abords de la ville nous avertirent de la sortie secrète et inopinée d'une délégation de notables alexandrins qui semblait désireuse de traiter avec nous. Après les salutations et les présentations, l'un d'eux prit la parole en ces termes :

– Tous d'origine égyptienne, romaine ou grecque, nous descendons de cette longue lignée de mathématiciens et de savants qui ont fait la fierté du monde ancien. C'est ainsi que, pour la plupart, nous adorons les nombres que nous considérons comme la source et le modèle de tout ce qui existe. La réputation de votre savoir en ces matières est peu à peu parvenue jusqu'à nous, et nous avons su depuis longtemps, et au contact de vos compatriotes, nous initier au maniement des chiffres et à certaines des opérations qu'ils commandent. Grâce à cette nouvelle façon de compter, nous avons repris foi en nos anciennes croyances et avons trouvé confirmation de traditions restées jusqu'ici obscures et que nous étions en passe de considérer, à tort donc, comme périmées.

A ce titre, nous ne sommes pas en mesure de vous considérer comme de véritables ennemis, et ne désirons pas la guerre avec vous. A condition cependant que vous respectiez nos coutumes, nos religions, ainsi que l'enseignement philosophique de nos écoles, nous sommes prêts à vous ouvrir de nuit les portes de la ville. A tout prendre d'ailleurs, nous préférons la neutralité éclairée de votre présence au fanatisme des chrétiens avec qui nous entretenons une lutte incessante et sans merci. Garantissez la liberté de culte à Alexandrie et vous entrerez sans même avoir à combattre dans la cité.

Promesse fut tenue. En quelques jours, et malgré quelques émeutes sporadiques de la part des chrétiens, nous nous rendîmes maîtres des principaux quartiers de la ville; l'armée byzantine, qui n'était guère plus qu'une police, eut vite fait de cesser toute résistance. Notre présence fut un facteur de paix et déclencha le signal de reprise de toutes les activités. Avec le retour du commerce et l'implantation de notre garnison, nous fûmes à notre tour amenés à ouvrir nos propres écoles où commença de s'enseigner la parole sacrée du Coran, avec la certitude que la seule lumière de la vraie foi convertirait les incrédules. Pour cela, savants, médecins, mathématiciens et astronomes affluèrent dans les murs de la ville qui retrouva pour un temps son ancienne prospérité.

En fait, nous nous étions laissé séduire par le charme des Alexandrins et par la clémence du climat; la volonté du Prophète aurait dû être dès l'origine imposée à cette cité par le fer et le feu. Car c'est ici que se situe le drame qui manqua ruiner tous nos efforts et entraîner notre défaite. Aussi, sans apprêts, raconterai-je l'événement tel qu'il me fut rapporté par l'unique survivant.

Sur le terrain des mathématiques en effet, nous nous étions laissé entraîner à argumenter de façon inconsidérée avec certains savants alexandrins appartenant justement à l'une de ces sectes avec lesquelles nous avions négocié la reddition de la cité. Pour rabattre leur prétention, réduire à néant leur croyance impie en la magie des nombres et ainsi mieux faire valoir en retour la Parole du Prophète, nous avions fait appel à l'illustre mathématicien Abdul Ali Ashar, venu tout spécialement de Damas.

La question portait sur l'origine des nombres et leurs rapports avec Dieu. Ceux qui se réclamaient d'un certain Pythagore, toutes tendances confondues, avaient accepté le principe d'un débat général et définitif sur ce sujet. Mais, intrigués autant que rendus méfiants, ils prétendirent ne pouvoir discuter de ces matières autrement que sur un pied d'égalité avec la puissance occupante, et nous imposèrent donc, comme préalable, leurs propres conditions. Par contre, ils nous donnèrent l'assurance d'adopter immédiatement la religion du Prophète si nous parvenions à les confondre et à leur démontrer l'inanité de leurs conceptions. Abdul Ali Ashar, entouré de ses principaux assistants et d'une faible escorte, accepta sans hésiter les modalités de l'entrevue.

En réalité, ces sectes n'avaient jamais quitté les anciennes nécropoles où elles avaient trouvé refuge contre les chrétiens et où, autant par tradition que par prudence, elles continuaient à célébrer leurs rites. Ces domaines souterrains constituaient ainsi de véritables labyrinthes, où il était facile de vouer à une mort certaine celui qui s'y aventurait sans précaution, et qui pouvaient, à l'occasion, se transformer en d'inexpugnables camps retranchés.

Ainsi les chefs des principales confréries avaient-ils décidé de n'accepter la contradiction qu'au cœur d'un endroit connu d'eux seuls et dénommé le temple des Nombres. C'est en procession et à la lueur des torches qu'Abdul Ali Ashar et ses compagnons pénétrèrent dans le dédale de ce vaste hypogée. Bien qu'ils eussent les yeux bandés, il leur fut facile de se rendre compte qu'ils n'en finissaient pas de cheminer par des enfilades de couloirs et d'escaliers et, à l'ampleur du chant des prêtres qui résonnait par instants plus large contre les voûtes, qu'ils traversaient alors de vastes salles sonores et dallées.

Enfin, ils accédèrent à un lieu légèrement surélevé où la procession parut marquer le pas; on leur laissa alors recouvrer l'usage de la vue : ils se découvrirent au centre d'une chapelle funéraire de grande dimension, divisée sur toute sa longueur en une nef centrale et, par une double rangée de piliers, en deux parties latérales. A mi-hauteur de chacune des colonnes avaient été pratiquées des encoches qui servaient de support à des lampes égyptiennes dont le naphte répandait une lumière à la fois brillante, blanche et sulfureuse.

Les maîtres de toutes les confréries et l'ensemble des initiés avaient commencé de prendre place, chacun selon son rang, soit sur des lits d'apparat, soit assis à même le sol ou adossés contre les colonnades, soit encore debout sur le seuil des chapelles latérales, entre les sarcophages et de petits autels votifs. Abdul Ali Ashar cependant ne put dissimuler sa surprise à la vue, sur la paroi centrale du devant de la nef, des neuf chiffres indiens dans la transcription même que nous en avions récemment donnée. Sculptés à même la roche et scintillant dans l'ombre, ils étaient disposés à la périphérie d'un cercle parfait. Au centre, et inscrits cette fois à l'intérieur d'un polygone à cinq côtés, ces neuf chiffres se trouvaient répétés, en même temps distincts et entremêlés de façon à ne plus composer qu'une seule et même figure qu'Abdul Ali Ashar comprit être, aux yeux des adeptes, la représentation mathématique de Dieu. Ce signe énigmatique, immobile et pourtant perçu comme en perpétuel mouvement de par l'enchevêtrement des formes qui le constituaient, ne laissa pas de lui faire la plus vive impression tant son esprit se voyait incessamment stimulé par la richesse des combinaisons aux innombrables sens et interprétations qu'il contenait en puissance et suscitait de par son unique présence. Fasciné par la magie et peut-être même par l'atmosphère contagieuse d'adoration qui régnait en ce lieu, il n'est pas impossible de dire qu'il fut, ne serait-ce qu'un instant, séduit et tenté, au détriment de la foi qu'il avait dans le Prophète, par cette idole dont la fascination ne résidait en rien d'autre justement que dans sa propre abstraction.

Obligé malgré lui de subir, en face d'un immense sarcophage de marbre blanc qui faisait office d'autel principal, le cérémonial interminable et les invocations qui devaient préluder à sa prise de parole, il est à croire qu'Abdul Ali Ashar en son âme fut directement secouru par la voix du Seigneur Très-Saint et Toute-Compassion, qui ne lui permit pas de faiblir en cet instant. Il répandit la lumière dans son esprit et à l'avance lui dicta le discours de vérité qui devait mettre en déroute l'orgueil des Infidèles.

D'un seul coup, Abdul Ali Ashar comprit la nature de cette fascination qu'il avait été sur le point d'éprouver, l'origine de cette captation de son intelligence qui avait failli le détourner de la foi dans le Vrai Dieu et l'entraîner, en une illusoire compréhension du monde, sur les voies où cheminent sans but les Egarés. C'est ainsi qu'il réalisa que la force de ce rapport mystique, de cette adhésion qui reliait les membres de la secte au système des nombres tel qu'il était figuré ici, résultait paradoxalement d'une défaillance obscurément perçue au cœur de ce système, défaillance que les adeptes étaient donc obligés de se masquer et de compenser malgré eux par un redoublement de leur adoration. Ce système numérique se révélait en fait être incomplet, et faux par conséquent, telle était l'évidence qui venait de se faire jour dans l'esprit du mathématicien. On adorait ici des nombres dont on croyait qu'ils avaient la capacité de signifier tout l'univers, et Dieu par extension, alors que manifestement cet ensemble était en soi une aberration, en tout cas ne pouvait fonctionner sans la conscience explicite de quelque chose qui pourtant n'avait pas encore dit son nom et jusque-là était demeuré obstinément en deçà de toutes les représentations. Ainsi s'expliquait cette volonté de s'aveugler, par un excès de rites, sur la nature même de ce vide laissé en creux au cœur même de la croyance.

C'est alors qu'Abdul Ali Ashar, ébloui par la soudaine clarté de cette évidence et de la vérité que venait de lui inspirer le Très-Haut, sans la moindre précaution et avec une brutalité qui interrompit la cérémonie et effraya jusqu'à ses propres assistants, lança d'une voix tonnante :

– Seul Allah est grand et Mohamed est son prophète! Lui seul exprime par ses Cent Noms la synthèse du Multiple et de l'Unique; tout procède de sa suprême puissance et tout reviendra se fondre en sa Totalité. En cela, sachez que vos croyances sont dérisoires et que vous vous leurrez : les nombres ne participent en rien à la nature même de Dieu, qui leur est étranger. A la rigueur sont-ils, mais ni plus ni moins que tout ce qui fut créé, les simples instruments de sa Perfection et de sa Toute-Puissance.

Celui dont je tiens ce récit, et qui fut le seul rescapé des événements qui vont suivre, me confirma que, dans un premier temps, la parole d'Abdul Ali Ashar stupéfia l'assistance. Chacun, alors qu'il était occupé à regagner sa place une fois les rites terminés, crut avoir mal entendu. Puis, des murmures s'élevèrent ici et là; on se répétait la phrase à mi-voix, comme pour s'assurer auprès du voisin de l'authenticité de ce que l'on ne tarda pas à considérer comme un outrage délibéré et une provocation. Il fallut toute l'autorité du grand maître de la confrérie pour calmer l'indignation, imposer à nouveau le silence et laisser Abdul Ali Ashar s'expliquer.

Ce dernier, bien que se sentant pris au piège et s'aperce-vant que cette sinistre nécropole risquait de devenir son propre tombeau, n'en décida pas moins de pousser son projet jusqu'au bout. Méthodiquement, et sans céder le moindre pouce de terrain, il entreprit d'abord de démon-trer point par point, et avec toutes les ressources de son art, qu'en aucune façon il n'était possible de déduire de la prétendue harmonie des nombres l'existence même de Dieu; qu'en effet Dieu dédaignait de se manifester et de prendre corps dans les œuvres terrestres des hommes et que, bien plus, il interdisait de lui-même toute représenta-tion. Par conséquent, chercher à le figurer, ne serait-ce que sous la forme abstraite de nombres combinés, revenait à fausser sa nature et attenter à son Etre. En cela, le culte des nombres se révélait comme une supercherie en regard de sa Présence unique et omnisciente, presque un ana-thème jeté à sa sainte Face, une preuve renouvelée d'obs-curantisme et d'idolâtrie.

A chacune de ses paroles, la masse de tous ceux qui l'écoutaient était parcourue de mouvements divers et, de cette agitation confuse, on se levait ici et là, soit pour l'injurier, soit pour tenter de réfuter pêle-mêle ses différen-tes affirmations. Ce n'est donc qu'à grand-peine dans ce désordre qu'il put faire enfin valoir son ultime argument.

— Si, comme vous semblez persister à le croire, la cohérence et la plénitude des nombres constituent à vos yeux une preuve et un témoignage de l'existence de Dieu, sachez au moins ceci.

Après un brusque éclat de rire qui fit peser tout à coup un silence de mort sur l'assemblée, cette fois prenant son temps et à demi triomphant, Abdul Ali Ashar poursuivit en ces termes :

— A mon grand étonnement, je ne décèle que neuf chiffres dans votre figure. Là, justement, est la preuve de votre ignorance et de votre égarement. Car si vous prenez le parti d'adopter ce nouveau système de numération, acceptez-le en entier et sachez qu'il est composé non pas de neuf mais de dix chiffres. Je constate donc à l'évidence qu'il en manque un, et non le moindre, en effet le plus terrible de tous, celui qui justement va signer l'arrêt de mort de votre croyance et de votre confrérie. Car si vous l'intégrez, comme cela est nécessaire, à l'ensemble des autres nombres, il vous sera aisé de vous apercevoir qu'il entraînera purement et simplement leur dissolution, à savoir la ruine du système tout entier; et, si vous persistez dans votre logique, il vous faudra bien finir par admettre que ce nombre, à lui seul, ne signifie rien d'autre que l'anéantissement et l'inanité d'un dieu dont, par les neuf autres, vous aviez justement la prétention de prouver l'existence.

Car, et je le démontrerai immédiatement, la seule réalité de ce nombre est, pour vous confondre, de ne pas en avoir. Celui que nous appelons le Zéro, et qui se marque selon l'usage par un cercle vide ou par un simple point, indispensable pourtant au fonctionnement des neuf autres – dont chacun est, selon votre doctrine, un des attibuts de la nature divine –, troue l'existence de cette dernière, en tant que qualité supplémentaire, d'un espace de non-réalité qui forcément entraîne l'anéantissement définitif de celle-ci. A vouloir prouver par les neuf premiers nombres l'existence de Dieu, il vous revient par conséquent, en y intégrant le zéro, d'y ajouter un attribut supplémentaire – l'absence –, et à vous persuader du même coup de sa non-existence.

Abdul Ali Ashar, cette fois sûr de son fait et devant son auditoire pétrifié, saisit alors une torche qu'il planta brusquement en plein centre de l'anagramme censé représenter, sous la forme de chiffres sculptés et enchevêtrés, la figure même de la divinité. Son geste sacrilège fit parcourir un imperceptible frisson dans l'assistance. Le grand maître, se penchant vers son disciple le plus proche, lui glissa quelques mots à l'oreille, et ce dernier quitta immédiatement les lieux. Ici et là, on se levait pour se rasseoir ensuite, perplexe et indécis. Une sourde agitation commençait à se faire jour à la périphérie de l'assemblée, laquelle, pour sa plus grande part, continuait d'écouter, comme fascinée, la démonstration implacable qu'Abdul Ali Ashar développait sans tenir le moindre compte de la rumeur qui s'enflait pourtant à mesure qu'il parlait. Ainsi, imperturbable, poursuivait-il son œuvre de destruction, refaisant les principales opérations, reprenant tous les calculs en y intégrant le zéro. Force leur était bien de constater qu'avec ce nouveau nombre le monde des mathématiques changeait de perspective en basculant sur sa base, s'ouvrait sur une facilité qui, pour être déconcertante, n'en parut pas moins pour plusieurs la source d'une terreur sans bornes. Le néant fait nombre semblait leur paralyser l'esprit, les plonger dans une sorte de vertige métaphysique. Le simple fait de se trouver en présence d'un nombre qui incarnait l'absence même de nombre les révulsait dans toutes leurs certitudes et les torturait d'un doute qu'ils assimilèrent à un véritable blasphème et qui finalement les épouvanta plus que la mort même...

Déjà, dans la partie centrale de la crypte, se levaient de ces inspirés qui, sans plus rien écouter de la démonstration à laquelle s'obstinait Abdul Ali Ashar, couvraient sa voix de leurs incantations, invoquant les anciens dieux, les bras levés vers le ciel pour prévenir leur courroux et en implorer la clémence. Brusquement, ce vieux fonds de paganisme refaisait surface et, par brèves secousses, des mouvements de panique commençaient à parcourir l'assemblée des initiés; on s'interpellait d'un bord à l'autre pour s'assurer de la présence de ses amis, on se levait en rajustant sa tunique sur l'épaule afin de rejoindre et consulter les membres de son groupe. Bientôt, ce ne fut plus qu'un immense brouhaha, qui s'intensifia d'un coup à la vue de plusieurs hommes en armes et à l'air décidé qui avaient surgi du fond de la salle et se frayaient un passage sans ménagement à travers la foule qui, encore sous le choc, continuait à discuter et à critiquer les révélations d'Abdul Ali Ashar. Un des élèves de ce dernier, à la faveur du tumulte, en avait profité pour disparaître dans l'ombre et examiner les lieux. Une porte latérale, et légèrement en retrait sur leur droite, donnait dans un couloir qui se perdait ensuite dans l'obscurité. Comme il revenait dans la salle pour engager son maître à prendre la fuite de ce côté, il entendit les cris de la foule qui, par ses invectives et tendant le poing vers eux, réclamait leur mort à tous. En effet, les hommes en armes qui venaient d'atteindre les premiers rangs s'étaient déjà heurtés aux assistants et à l'escorte d'Abdul Ali Ashar, lesquels, en une résistance désespérée et par un rempart de leur corps, cherchaient à protéger jusqu'au bout la vie de ce dernier. Aux cris de son jeune élève qui lui faisait des signes depuis l'entrée du souterrain, et alors que les premiers corps de ses disciples s'écroulaient devant lui, le mathématicien saisit la torche brûlante plantée au cœur de l'anagramme et, à sa suite, s'élança dans les ténèbres.

Sans même s'interroger sur la direction à suivre, ils coururent de toutes leurs forces, s'orientant au hasard dans ce dédale de salles et de couloirs traversé parfois de tels courants d'air que leur torche à plusieurs reprises se mit à décliner et manqua de s'éteindre. De temps à autre, arrivés à un carrefour, ils ne pouvaient se décider entre telle ou telle direction et se prenaient à hésiter interminablement jusqu'à ce que, voyant se précipiter sur leurs traces leurs poursuivants, ils s'engageassent à l'aveuglette, s'en remettant à Dieu. Abdul Ali Ashar courait devant, éclairant le passage, son élève aussitôt après sur ses talons, se retournant parfois pour apprécier la distance qui les séparait encore de la lueur des torches qu'on brandissait à leur poursuite ou, par le bruit de la course et le cliquetis des armes répercutés contre les voûtes, le nombre de leurs assaillants.

Après une fuite éperdue au terme de laquelle ils crurent enfin s'être échappés, ils se heurtèrent à une sorte de cul-de-sac. La galerie, à cet endroit et sans autre explication, s'arrêtait net. Cependant, sur le côté gauche et un peu en hauteur, s'ouvrait comme une canalisation d'environ une bonne coudée de diamètre. Ils s'y introduisirent l'un après l'autre, à plat ventre, et continuèrent ainsi à progresser sur les coudes. Ayant été obligés d'éteindre la torche, ils purent alors mieux sentir sur leur visage, et à mesure qu'ils se rapprochaient de l'extrémité du boyau, le souffle fade et frais de l'eau...

Quand ils réussirent à se dégager du tuyau, ils furent tout étonnés de prendre pied sur les marches humides et glissantes d'un escalier sans rampe. Dans le noir absolu et la précipitation, alors que leurs poursuivants s'étaient à leur tour engagés dans la canalisation et qu'on entendait déjà leur souffle rauque et leurs halètements résonner dans le conduit, ils divergèrent quant à l'attitude à adopter. Abdul Ali Ashar fut immédiatement partisan de descendre les marches au plus vite afin de maintenir leur avance; son élève au contraire penchait pour remonter et essayer de chercher une issue qui les rapprocherait de la surface et les ferait peut-être déboucher à l'air libre. Malgré cette logique, Abdul Ali Ashar s'entêta et refusa de céder à ses conseils. Sans attendre, et persuadé que l'autre le suivrait, il s'enfonça à tâtons dans les ténèbres.

Bientôt, pour l'un comme pour l'autre, il leur fut

impossible de changer d'avis. En suivant le mur de la main, l'élève remonta l'escalier autant qu'il put, jusqu'à découvrir un renfoncement qui avait la forme d'une niche. Après s'y être hissé à la force des bras, il se recroquevilla tout au fond de cet espace qui semblait avoir été aménagé exprès pour lui, sans rien faire d'autre que demeurer immobile et retenir sa respiration.

Prêtant l'oreille, il entendit Abdul Ali Ashar jurer en glissant sur les marches moussues, puis tout aussitôt implorer le Tout-Puissant en s'apercevant qu'il venait de tomber dans l'eau. Heureusement, le fond ne devait avoir que peu d'importance car, l'instant d'après, il l'entendit se relever et continuer son chemin. Au bruit du clapotis qui parvenait jusqu'à lui, l'élève crut comprendre qu'Abdul Ali Ashar devait avoir les pieds dans la boue et avait repris sa fuite avec peut-être de l'eau jusqu'aux genoux.

A ce moment, les membres de la secte cherchaient à se sortir à leur tour du conduit et à prendre appui sur les marches. Immédiatement, ils rallumèrent leurs torches et, à cette brusque lueur, de son perchoir, l'élève eut juste le temps d'apercevoir dans l'ombre la tache blanchâtre de son maître qui là-bas cherchait à s'éloigner au plus vite. Par malheur, aux cris que poussèrent leurs poursuivants, il se rendit compte qu'eux aussi l'avaient aperçu.

L'éclat de plus en plus vif des torches lui permit alors seulement de prendre la mesure des lieux. Ils avaient débouché tout simplement dans une de ces immenses citernes construites en partie sous le règne des Ptolémées, et pour la plupart à présent désaffectées. Il s'en était quelque peu douté à la façon dont le moindre froissement ou chuchotement résonnait contre les parois, répercuté par un interminable écho. Une forêt de colonnes gigantesques et en parfait alignement donnait à l'ensemble une perspective d'autant plus infinie en apparence qu'on n'en apercevait pas le fond. Cette citerne avait été en fait creusée à des époques fort différentes car chacune des colonnes était composée de tronçons aux styles sans aucun rapport les uns avec les autres à en juger par les cannelures et les chapiteaux. Les piliers prenaient des dimensions colossales à mesure qu'on se rapprochait de leur base, au point de donner l'impression de ne plus laisser aucun espace entre eux.

S'interpellant et s'encourageant de la voix, les membres de la secte descendirent quatre à quatre les marches de l'étroit escalier; à leur tour, et non sans quelque appréhension, ils s'engagèrent à la file dans l'eau, la torche d'une main, l'épée de l'autre. Ils devaient être tout au plus six ou sept qui prirent le parti de se séparer et de fouiller systématiquement chaque recoin de la citerne. Les flammes de leur torche, agitées par les mouvements désordonnés de leur course ralentie par l'eau, en venaient à projeter parfois, sur ces alignements de piliers, des ombres mouvantes, brusques et déformées. A la faveur d'un geste maladroit, ces rangées de colonnes donnaient l'impression de se déplacer par à-coups, comme si tout l'édifice dans le même temps se prenait à basculer à la renverse. Puis soudain ne subsistait plus que, découpée en gros plan, la silhouette de l'un d'eux, de profil, immobilisée et tout entière attentive à surprendre le moindre bruit. Bientôt l'élève ne distingua plus rien si ce n'est, à l'occasion d'une perspective lointaine, de rares lueurs fugitives, tant ils s'étaient avancés jusque vers le fond opposé de la citerne, disparaissant les uns après les autres derrière l'épaisseur des innombrables piliers...

C'est à ce moment qu'ils surprirent Abdul Ali Ashar, acculé contre la muraille, désarmé et toujours dans l'eau jusqu'à mi-cuisses. L'élève ne perçut que l'aigu de son cri quand il succomba, percé de toutes parts. Etreint par l'angoisse à l'idée de périr à son tour noyé dans le fond de cette cuve, il jeta tout son être dans la prière et l'invocation éperdue au Tout-Puissant. Lorsque les hommes réapparurent de derrière les piliers, il se serra dans le fond de la niche, cherchant à étouffer entre ses mains les battements de son cœur. Arrivés à hauteur de l'orifice du conduit, ils élevèrent haut leur torche pour tenter de distinguer l'extrémité de l'escalier, mais ne poussèrent pas plus loin. Epuisés par leur course, et leur fureur sans doute largement apaisée, l'un après l'autre, ils s'engagèrent dans la canalisation. Bientôt, la citerne fut à nouveau plongée dans l'obscurité. L'élève attendit encore de longs moments sans oser bouger, de peur que l'un d'eux ne fût toujours posté dans l'ombre dans l'espoir de le débusquer. Il ne pensait plus qu'au cadavre de son maître, flottant là-bas quelque part à la surface de l'eau, auréolé de boue. Désormais, dans l'immobilité revenue, on n'entendit plus, mais amplifié démesurément, que le tintement clair et irrégulier de gouttes qui, à partir d'infiltrations, devaient tomber sans doute du plus haut de la voûte, dans la réverbération circulaire du silence qui, à l'infini, en répercutait l'écho.

Enfin, après s'être laissé glisser avec précaution hors de sa niche, il remonta par l'escalier jusqu'à une cavité dont l'orifice était obturé par une dalle, heureusement fendue à l'un des coins. Finissant de desceller la partie cassée à l'aide d'une pierre, il put s'ouvrir un passage à l'air libre (...).

DOCUMENT Nº 22

Arrivé presque au terme de l'examen de ces archives, le lecteur ne manquera sans doute pas de s'étonner de la rareté des textes spécifiquement consacrés au zéro. C'est qu'il a déjà été dit quelque part que la découverte du zéro, en elle-même, constituait déjà le point le plus ultime de la conscience que l'on peut avoir de ce nombre. Les membres de la secte eux-mêmes ne s'y sont pas trompés – c'est en ce sens qu'ils l'ont déifié et adoré – et ont aussitôt compris que la mise au jour du zéro à elle seule épuisait toutes les possibilités de ce dernier puisque, une fois connu, il apparaissait comme évident que l'essentiel de ses propriétés résidait dans la non-épaisseur et la transparence.

De cela en effet, les auteurs de ces archives n'ont pu que prendre acte, à savoir, et selon la formule consacrée, que penser le zéro, c'était atteindre le degré zéro de la pensée, que concevoir le rien, c'était déjà ne plus rien concevoir du tout.

On comprend bien alors la contradiction dans laquelle ils se sont trouvés pris et qui ne pouvait déboucher sur d'autre issue que la mort. Et nous-mêmes avons bien senti, au contact de ces textes, le dérisoire qu'il y avait à nous faire les témoins d'une entreprise par avance vouée à l'échec, en tout cas obligée de reconnaître que la pensée du zéro est par *définition impossible, de toute façon le lieu d'une approche qui ne peut être qu'infinie, et pour tout dire asymptotique. Aboutir au zéro, se présenter face à cette soudaine absence de toute réalité, c'est sentir le livre se dérober sous soi, rendre l'écriture soudain sans voix.*

La seule tentative que nous ayons est ce fragment d'un manuscrit sans origine, mais néanmoins facile à dater. Nul doute que, par son caractère inachevé, les Adorateurs du Zéro ont voulu marquer l'inutilité d'une réflexion qui se perdait dans ses propres présupposés et ne parvenait au bout du compte qu'à se saborder.

Essai de définition
des différentes propriétés du zéro

Le Rien ne peut accéder à l'existence qu'en se niant lui-même, qu'en prenant une forme définie : ce que nous appellerons le Zéro. Tout le problème a donc consisté à trouver un graphisme qui ne soit par évidence pas trop en contradiction avec ce qu'il a à charge de représenter.

Certains mathématiciens, d'après ce que nous avons pu comprendre, ont cru pouvoir marquer la quantité vide par un simple espace laissé en blanc, solution logique mais en opposition avec ce que nous avons dit précédemment et, de plus, source d'innombrables erreurs. Car comment dès lors signifier la présence de deux zéros successifs?

D'emblée, il s'agit donc de bien affirmer ceci, à savoir que même le Rien, pour être, doit se transcrire par un signe. Le Néant ne peut venir à l'existence que par ce qui le formule ou le signifie, c'est-à-dire quelque chose doté d'un minimum de réalité; en d'autres termes, par ce qui ne peut être, par définition, que son contraire.

Deux solutions subsistent et cohabitent d'ailleurs, telles qu'elles ont été imaginées par certains mathématiciens originaires de l'Inde : soit le point *(bindu)*, soit le cercle vide *(sũnyã)*.

A s'en tenir à ses seules particularités géométriques, le point est conforme à ce qu'il laisse supposer; en effet, le point peut être défini comme l'intersection de deux droites. Or ces droites elles-mêmes n'ont *a priori* aucune épaisseur, car le simple fait d'accepter qu'une ligne ait une largeur, si petite soit-elle, en ferait immédiatement une surface. Le point constitue donc une entité mathématique aisément perceptible mais néanmoins fictive puisqu'on ne peut lui donner une forme quelconque ni lui attribuer la moindre dimension.

Il faut donc postuler que sa surface est nulle et que sa véritable dimension est de ne pas en avoir, se rattachant ainsi exactement aux propriétés du Zéro qu'il est censé représenter. Le point traduit donc à la perfection la nature et la fonction d'un nombre dont la réalité est définie par son irréalité même.

Le cercle lui aussi joue un rôle identique dans la transcription de la « quantité vide ». La roue enferme en effet à l'intérieur d'elle-même un espace sans qualités; elle est la forme pure sans contenu. Par la circularité d'un mouvement sans origine et sans durée, elle circonscrit et génère l'absence de ses parois justement elles aussi sans épaisseur; elle s'approprie le vide qu'elle produit et qui, en retour, seul, lui donne sa consistance.

Le point et le cercle, l'un comme l'autre et indistinctement, renvoient donc à l'essentiel de leur objet qui est de figurer le Néant. A partir de là se comprend l'adoration que nous lui vouons et la nature des méditations par lesquelles nous nous transportons jusqu'à lui. Car, sans la conscience du Rien, la conscience du Tout est impossible. Dieu, pour certains, ne peut être saisi dans sa plénitude que par rapport à ce qui lui manque. Le Tout dépendrait donc intimement et par essence du Rien pour ce qui est de son existence même et de la conscience qu'on en a.

Pour nous, il n'en va pas de même : nous supposons, puisque le zéro possède la capacité d'annuler progressivement tous les nombres qui se présentent dans sa zone d'influence et cherchent à entrer en contact avec lui sous le signe de la multiplication, qu'il possède une puissance dissolvante qui aurait atteint jusqu'à l'Etre même de Dieu. De même que le Zéro est doué de ce pouvoir d'aspirer les êtres mathématiques et de les renvoyer au néant d'où ils tirent leur origine, Dieu aurait pu tout aussi bien ne pas supporter ce défi perpétuel opposé à son œuvre et lui-même se laisser gagner au vertige d'une définitive – et jusque-là impossible – Inexistence.

DOCUMENT N° 23

Cette version que nous avons donnée précédemment de la mort du mathématicien arabe Abdul Ali Ashar, contestée par certains et même catégoriquement démentie par d'autres, s'est trouvée directement confirmée, de l'extérieur de ces archives, par un manuscrit byzantin, daté approximativement du XVe siècle, mais qui pourrait en fait être la copie d'un texte plus ancien. Qu'il s'agisse de l'auteur ou du copiste, ces pages ont été signées Théodule Asphorius et, si cela est, nous savons qu'un moine de ce nom, effectivement originaire de Byzance et qui avait effectué plusieurs voyages en Italie, mourut sur le bûcher, victime de l'Inquisition. Pour le resituer dans son contexte, il faut se souvenir que le manuscrit serait donc, à quelque chose près, contemporain de ce vaste mouvement de renaissance culturelle qui, sous le règne des Paléologues, dura environ trois siècles, juste avant la prise de Constantinople par les Turcs. Et c'est à la faveur de cette remise à l'honneur à la fois des études historiques et des principes de la philosophie platonicienne que, sous l'égide de Nicéphore Grégoras et de Gémiste Pléthon, un certain nombre d'historiens s'intéressèrent au passé de l'Empire byzantin et, ici en particulier, aux événements qui provoquèrent la chute de l'Egypte et d'Alexandrie.

C'est probablement en étudiant cette période que Théodule

Asphorius en vint à prendre goût aux mathématiques et à se documenter sur les sectes néo-pythagoriciennes de l'époque. De là, il se rendit en Europe pour faire part de ses travaux et de ses découvertes. Loin d'être le premier à essayer d'ailleurs d'y introduire les chiffres arabes et le zéro[1] – car d'autres avant lui l'avaient fait, pour ne citer que le célèbre Gerbert d'Aurillac, devenu plus tard le pape Sylvestre II –, et bien que pour autant la superstition n'en continuât pas moins à frapper d'interdit l'usage de ceux-ci, il est fort possible que Théodule Asphorius dut plutôt aux propos hérétiques et peut-être même séditieux qui accompagnèrent son prosélytisme mathématique le fait d'être arrêté puis torturé dans les cachots de Venise et de Florence.

(...) La nouvelle de l'assassinat du mathématicien arabe se répandit dès le lendemain matin à travers toute la ville. Bien peu savaient ce qui s'était réellement passé dans les souterrains des anciennes nécropoles mais bientôt les interprétations les plus fantaisistes commencèrent à se donner libre cours. Les gens s'assemblaient dans la rue, par quartiers, pour commenter l'événement et essayer de comprendre ce qui demeurait malgré tout pour eux une énigme. De plus, et fait significatif qui attestait de la gravité de la situation, les troupes arabes s'étaient retranchées dans leur camp fortifié ainsi que dans un certain nombre de bastions dont elles ne sortaient plus qu'en forts

---

1. Le mot zéro dérive de l'arabe *sifr* (d'où vient également le mot chiffre), donnant *zephirum* en latin, puis *zephiro* en italien, enfin zéro en français, dont on trouve pour la première fois la mention dans le *De Arithmetica Opusculum* de Philippe Calandri, imprimé à Florence en 1491.

le huard	— loon
au rancart	— on the shelf
	cast aside
s'avérer	— to turn out
	to prove
survenir	— to occur
	to happen
meubler l'ennui	— to relieve the
	boredom

contingents, lancés au grand galop à travers les rues et, à présent, semant la terreur sur leur passage. Inexplicablement, la tension montait donc entre les Alexandrins et les troupes d'occupation. Des pillages avaient déjà eu lieu et, ici ou là, au détour d'une rue, on découvrait plusieurs de ces guerriers qui avaient été abattus au beau milieu de la nuit par des inconnus.

En fait, les sectes néo-pythagoriciennes, conscientes à cette occasion d'avoir été trahies, s'estimèrent victimes de quelque machination intellectuelle montée de toutes pièces par les savants arabes pour saper les bases de la Tradition, ridiculiser leurs croyances et, à la faveur de cette confusion, introduire leur nouveau dieu. Grâce à leurs intelligences avec les milieux grecs et païens de la ville, ils commencèrent sourdement à exciter la sédition, usant de tout le poids de leur influence pour susciter la révolte et fomenter des troubles. Même les chrétiens qui étaient restés sur la défensive s'alarmèrent au bruit de ces tentatives arabes qui, un jour ou l'autre, pouvaient très bien se retourner contre eux. Ce qui restait de la communauté juive, les chrétiens de toutes obédiences, hérétiques et schismatiques, païens grecs, romains et égyptiens furent pour une fois d'accord et décidèrent, en mettant un terme provisoire à leurs dissensions, de se préparer à chasser l'envahisseur. Des émissaires furent même délégués jusqu'à Constantinople pour informer l'Empereur et lui demander aide et renforts.

Des incendies commencèrent ainsi à être allumés de nuit en différents points de la ville de telle façon que, sous le vent, les flammes et la fumée se portassent contre le camp des Arabes et obligeassent ces derniers à abandonner leurs positions. Spontanément ou non, la population s'organisa pour l'émeute. Des quartiers entiers reconquérirent leur indépendance et, par des retranchements, en interdirent désormais l'entrée aux troupes d'occupation. Celles-ci, encore mal assurées dans leur conquête de la ville et surtout habituées à la guerre du désert, se révélèrent peu préparées au combat dans ces rues étroites et pleines de recoins où se dissimulaient les insurgés. Ainsi, à la brusque lueur d'un incendie, ceux-ci surgissaient tous à la fois du dessous des porches pour couper les jarrets des chevaux ou, du sommet des toits, sautaient en croupe et égorgeaient les cavaliers.

Face à cette résistance aussi unanime qu'imprévue, et d'autant qu'une partie de la flotte byzantine, venant à mouiller dans la rade d'Alexandrie, se préparait à débarquer ses légions, les Arabes furent bientôt obligés de lâcher prise et, une fois refoulés hors de la ville, préférèrent pour un temps se replier dans le désert. Et c'est seulement dans l'indépendance et le calme retrouvés que les membres de ces sectes eurent alors tout le loisir de prendre la mesure de cette véritable révolution intellectuelle qui venait d'avoir lieu.

L'existence du zéro, comme entité mathématique et après l'éblouissante démonstration qu'en avait faite Abdul Ali Ashar, ne pouvait désormais plus être mise en doute et constituait un obstacle infranchissable qu'on ne pouvait plus ni ignorer ni contourner. Le premier moment de fureur passé, il fallut bien se rendre à l'évidence : tout l'édifice conceptuel et religieux, fondé sur l'adoration des nombres, se découvrait miné à la base et mis en péril par la simple présence de ce chiffre nul qu'il semblait à première vue impossible d'intégrer à la doctrine sans procéder du même coup à une révision déchirante de celle-ci. Jusqu'où pouvait conduire une telle remise en question, personne n'était à même de le dire. Modifier ne serait-ce qu'une partie des fondations, n'était-ce pas risquer d'entraîner l'écroulement de l'ensemble? Continuer à se vouer au culte des nombres et inclure le zéro dans cette adoration, cela ne revenait-il pas tout simplement à adorer le néant?

Face à ce problème insoluble, et coupés par la destruction des bibliothèques de la référence aux textes anciens qui auraient pu leur fournir au moins des éléments de réponse et leur permettre d'assimiler un tel événement, certains groupements à l'intérieur de la confrérie décidèrent de consacrer leurs forces à essayer de démontrer que le zéro n'était en rien cette notion tangible et irréfutable ainsi qu'elle avait été acceptée, selon eux, un peu trop rapidement. Mais, en cherchant à expliquer que le zéro n'était qu'une aberration mathématique qui n'avait à la limite aucune réalité, ils se rendirent assez vite compte qu'ils ne faisaient par là que s'enfermer dans une impasse : s'obstiner à vouloir prouver l'inexistence du zéro revenait en fin de compte à le confirmer dans son être. Très vite leurs démonstrations se mirent à tourner sur elles-mêmes, et tous leurs efforts n'aboutissaient qu'à prouver l'existence de ce que justement ils avaient eu la prétention de nier; surtout, ils semblaient avoir sous-estimé l'irréversibilité d'une notion qui, une fois parvenue à la conscience, affirmait son caractère indélébile, presque comme une obsession et qu'en tout cas plus aucun argument ne paraissait en mesure ni de réfuter ni de faire oublier. Ils ne réussirent qu'à aligner des séries de propositions absurdes ou qui n'étaient que des sophismes, dont se gaussaient les Alexandrins, lesquels se plaisaient d'ailleurs à les réemployer par dérision, pour se moquer les uns des autres ou s'insulter.

C'est ainsi que certaines fractions extrémistes, auxquelles s'étaient sans doute mêlés d'anciens chrétiens hérétiques, profitèrent à leur tour de la confusion qui régnait dans les esprits pour prendre de l'ascendant et annoncer que le zéro était une manifestation démoniaque, le symbole de la présence vivante sur terre des forces du Mal. Selon eux, son apparition dans les esprits de ce temps annonçait le début du règne de Satan et des forces infernales, préfigurait la série de cataclysmes par lesquels Dieu n'allait pas tarder à manifester son courroux et déclencher la fin du monde.

D'une part prises au piège de croyances séculaires, figées dans la tradition et auxquelles on croyait ne pouvoir plus rien changer et, d'autre part, sous le choc de cet événement qui prenait la dimension d'un véritable traumatisme, quelques-unes de ces sectes préférèrent se saborder et sombrèrent alors dans une espèce de fureur autodestructrice qui bientôt ne connut plus de bornes. Par là eurent lieu de ces scènes de suicide collectif au cours desquelles certaines d'entre elles prirent le parti de s'emmurer vivantes à l'intérieur de leur propre hypogée. D'autres au contraire, refusant ces manifestations stériles du désespoir, préférèrent se livrer à tous les excès et à de telles débauches qu'elles finirent par semer la terreur dans la ville et se heurtèrent à l'opprobre de la population.

Cependant, certaines communautés avaient résolu de rester à l'abri de tels écarts. Retranchées dans le silence de leurs cryptes souterraines et renforçant au contraire leurs règles de dévotion, leurs membres avaient décidé de se replier volontairement sur eux-mêmes pour tenter d'élucider une bonne fois cette énigme mathématique qui, dans un premier temps, les avait pris de court et laissés sans voix. Sans jamais réussir à déceler la faille dans le raisonnement qui fondait l'existence de cette vérité par laquelle le monde ne pouvait désormais plus pour eux s'appréhender de la même façon, et tout en redoublant la rigueur des disciplines ascétiques et des jeûnes qui les confinaient nuit et jour dans l'obscurité des vieilles nécropoles, ils tentèrent alors d'intégrer le zéro à leur propre cosmogonie. C'est ainsi qu'ils se livrèrent à une relecture détaillée des textes sacrés qui restaient encore en leur possession. Ils pensèrent que si le zéro avait une existence réelle, aussi ancienne que celle des neuf autres nombres, on devait logiquement pouvoir en retrouver, sinon la trace, tout au moins la place *vacante*, laissée en creux au centre des systèmes mathématiques même les plus compliqués, dans certains traités ayant rapport aux nombres ou même dans la configuration des rites hérités de la plus haute antiquité. Tout devint alors suspect à leurs yeux; ils entreprirent de tout réexaminer à la lumière de cette nouvelle perspective qui leur était offerte. Réinterprétant certains passages, annotant ou corrigeant ici et là, récrivant même les ouvrages entiers, ils s'employèrent à essayer de percevoir entre les lignes la présence occulte de cet astre obscur qui se levait à l'aube des temps nouveaux, doué selon eux de mystérieuses propriétés et surtout de redoutables pouvoirs.

C'est ainsi qu'à force de s'en servir dans leurs opérations, leurs pratiques magiques et leur réévaluation de textes ou d'événements anciens passés dans la légende et qui, sans cela, seraient restés pour eux sans signification, ils furent très vite forcés d'en admettre la transcendance, l'étrange et indicible beauté. Fascinés par cette stature impénétrable, et elle-même toute de nudité, du dernier des nombres connus, ils furent tentés de voir dans le « sifr », selon l'appellation arabe qui lui avait été conservée, le véritable Nombre d'Or, celui qui justement constitue le principe explicatif de toutes choses et donc la clé de l'univers.

Se prêtant à toutes les combinaisons sans rien altérer de lui-même, tant par ses pouvoirs « sans nombre » que par sa faculté de se trouver au centre de toutes les opérations, dans l'évidence de cette cohérence indestructible car en deçà même de toute quantité, il fut reconnu par les initiés comme la réapparition – quelques-uns allèrent même jusqu'à dire la réincarnation – de ce nombre parfait dont la connaissance était souvent mentionnée, mais avait été perdue et jamais retrouvée. Pour ceux-là qui avaient passé la majeure partie de leur existence à essayer de débrouiller l'écheveau des connaissances mathématiques héritées du passé et à tenter d'extraire les racines carrées ou cubiques de nombres eux-mêmes impossibles à calculer (semblables à ces gangues de minerai qui ne laissent rien percevoir de ce qu'elles recèlent), la clarté de cette évidence que représentait le zéro, et dont la simplicité même n'était qu'aveuglement, fut pour eux une véritable révélation, au point qu'ils se crurent arrivés au terme définitif de leurs épreuves. Dès lors, on se mit à adorer comme tel, et d'une vénération qui n'était pas toujours exempte de quelque appréhension, celui qu'on ne savait au juste comment nommer et que l'on désignait par approximations successives du type : « Le Grand Vide », « Le Suprême Absent » ou encore « Le Dépourvu de toute Réalité ».

Un clivage supplémentaire s'effectua donc au sein de ce qui restait de l'ancienne communauté pythagoricienne entre, d'une part, ce fourmillement de sectes en effervescence qui, malgré leurs divergences et leurs excès, se rattachaient à l'ancienne croyance et, d'autre part, ceux que l'on commença d'appeler, non sans une certaine inquiétude, les Adorateurs du Zéro.

Ces derniers ne furent pas longs à accentuer d'eux-mêmes la scission lorsqu'ils s'aperçurent que les rites qu'ils avaient conservés jusqu'ici étaient devenus caducs et sans plus de signification. En eux se fit jour la nécessité de reconsidérer toutes leurs anciennes pratiques pour en constituer de nouvelles mais, là encore, très vite, ils furent forcés de se rendre compte que la nature même de ce qu'ils adoraient ne supposait en fait aucune cérémonie particulière : le zéro n'était en soi la source d'aucune interdiction rituelle et n'exigeait finalement rien en retour sinon, dans la contemplation infinie de sa forme en creux, le simple oubli de soi-même, dans le silence et l'immobilité, la perte de conscience comme point ultime et exclusif de toute méditation. En lui, tous les dogmes et toutes les certitudes qui avaient eu cours jusque-là se dissolvaient et ne semblaient désormais plus répondre à aucune nécessité. La croyance en lui, le culte qu'on pouvait lui vouer, étaient, selon les plus avancés des initiés, une contradiction dans les termes, une simple aberration. Jusqu'à l'appellation d' « Adorateurs du Zéro » se trouva contestée par ceux-là mêmes qui se l'étaient auparavant donnée.

C'est ainsi que, pour les membres de cette secte, les rites tombèrent d'eux-mêmes en désuétude. A la faveur de cette inactivité, leur croyance qui n'était désormais plus appuyée sur aucun cérémonial ne tarda pas à perdre toute consistance. La source même du besoin religieux se trouvait tarie par la nature même de ce qui était adoré. Mais la désagrégation de leur foi et le cheminement intellectuel qu'ils se sentaient dans l'obligation de mener jusqu'à son terme ne s'arrêta pas là. Poussés par une logique inéluctable, ils aboutirent à certaines conclusions qui sont comme autant de précipices où est, tôt ou tard, appelée à sombrer l'intelligence de l'homme sans Dieu.

En effet, si les nombres auparavant, et si l'on s'en tient à la lettre de l'enseignement de Pythagore, avaient constitué par leur harmonie et leur plénitude la preuve de l'existence de Dieu et le vivant témoignage de sa perfection, le seul fait que l'on puisse concevoir un nombre qui soit le signe d'une quantité nulle, un vide où se dérobe tout à coup l'infini des nombres entiers et au contact duquel tout ce qui avait un tant soit peu de réalité en vienne à s'annuler et disparaître, ce simple fait laissait donc supposer que quelque part, en un point de l'univers, l'existence de Dieu se heurtait à un obstacle imperceptible et indestructible et, plus encore peut-être, se trouvait pour ainsi dire menacée par la proximité et l'irradiation de cette Absence où, au bout du compte, la Totalité elle-même pouvait très bien avoir rêvé la dislocation de son être, sa corruption inexorable, et jusqu'à sa propre fin. Et c'est ainsi qu'ils en déduisirent, avec une logique apparemment sans faille et une rigueur que rien ne semblait pouvoir détourner de son projet, que, par la seule présence du nombre zéro, Dieu lui-même s'était trouvé traversé de part en part d'une puissance vide face à laquelle il n'aurait pu se soutenir et où il se serait anéanti – à supposer même que cette dernière lui eût laissé le loisir d'exister.

Profitant de cette soudaine force morale qui leur était donnée, ces confréries nihilistes et finalement athées, en proclamant la permanence et l'indissolubilité du zéro, tentèrent de semer la confusion dans les esprits et de gagner certaines franges de la population à leurs idées. Ainsi réussirent-elles à mettre peu à peu sur pied une vaste entreprise de subversion qui visait à saper à la fois l'ensemble des connaissances, des religions et des institutions. Autant par une mathématique savante et compliquée que par des prédications enflammées ou des actes de nature le plus souvent terroriste, elles s'employèrent à démontrer que la toute-puissance de ce nombre – laquelle consistait en un déni radical de toute réalité – signait dans le même temps la fin du mode de penser traditionnel, la désagrégation de l'ancienne société et la mort de tous les dieux hérités du passé et encore adorés par la cité.

Brandissant le zéro comme l'emblème d'une entité occulte qui n'accéderait à l'existence que dans le mouvement de son propre anéantissement, essence de la négation à l'état pur qui n'aurait d'autre réalité que celle de provoquer systématiquement la perte de tout ce qui prétendait en avoir, ces fanatiques considéraient ce nombre comme le plus haut degré de conscience auquel il eût jamais été possible d'accéder. Par là, à leurs yeux, le zéro était bien cet « Envers du Soleil », dissolution sans origine, l'impossible saisie, la plus absolue de toutes les pensées puisqu'on ne pouvait s'en prévaloir qu'en en affirmant l'inanité et, du même coup, y perdre soi-même sa propre identité.

Puissance zéro! Comment une chose pouvait-elle à la fois être et n'être rien? De là leur confiance aveugle et leur fascination pour cette parfaite représentation du néant qui d'un coup faisait irruption et déchirait le voile d'une pensée millénaire tout entière construite pour se masquer à elle-même sa sainte horreur du vide et qui d'ailleurs se révulsait à cette seule idée. « Insaisissable présence de l'absence », « simple soustraction d'un nombre à lui-même », « écrasante réalité de l'invisible et du néant », tels étaient quelques-uns des qualificatifs qu'utilisaient les initiés pour désigner le zéro au plus fort de leurs incantations. Le plus singulier était d'ailleurs cette façon qu'ils avaient de le définir métaphoriquement comme étant « l'ombre même de la flamme d'une lampe à huile qui projetterait sa propre épaisseur contre le mur ».

L'apparition du zéro dans la conscience de leur époque n'était pas selon eux chose fortuite. Elle introduisait au contraire une rupture qui, si elle n'annonçait pas la fin des temps, n'en devait pas moins être consommée jusqu'au bout. Rien ne semblait devoir résister à la fureur iconoclaste de ces « Illuminés de l'Absurde ». On raconte qu'ils se répandaient par bandes dans les rues à la faveur de la nuit pour mettre la ville à sac. Plusieurs furent ainsi pris sur le fait à essayer de renverser de leur socle, à l'aide de cordes, les statues des Apôtres et des Saints qui avaient

227

remplacé, en certains quartiers d'Alexandrie, les idoles antiques. On affirme aussi – mais de cela, je n'ai aucune preuve – qu'ils célébrèrent dans le feu et le sang des fêtes dérisoires et apocalyptiques, sacrifiant des enfants et insultant les dieux, faisant ainsi voler en éclats des siècles de vie austère uniquement consacrés au respect de la règle et des principes d'équité qui avaient prévalu depuis Pythagore pendant plus d'un millénaire. Leurs cérémonies, au plus profond des nécropoles, furent dès lors réputées pour ne connaître plus aucun frein à la luxure et au crime. Ils furent même surpris à incendier des églises et à piller pour leurs ripailles les maisons de leurs concitoyens au point qu'il fallut – ce dont nos frères chrétiens, excédés, se chargèrent spontanément – créer des sortes de milices destinées à les empêcher de poursuivre leurs exactions et à les exterminer, tant, au dire des chroniqueurs de l'époque, leur folie ne connaissait plus aucune limite et était à ce point chargée de contagion.

DOCUMENT N° 24

A la faveur de ces affrontements sanglants entre chrétiens et païens qui ravageaient la cité, le calife Omar s'empara à nouveau de la ville par surprise vers 645, et la rasa en partie. Alors que, déjà au VI° siècle, les ouvrages de quelque importance étaient devenus extrêmement rares à Alexandrie, à tort la légende lui attribue-t-elle donc la destruction des dernières bibliothèques publiques de la ville, lui prêtant ces paroles qui, si elles sont authentiques, n'ont dû être inspirées que par le dépit et le désir d'en finir avec cette agitation religieuse qui sapait les bases de sa domination : « Si les ouvrages sont conformes au livre de Dieu, ils sont inutiles; s'ils sont contraires, ils sont pernicieux. »

Ainsi que cela avait été annoncé dès l'introduction, voici donc cet ultime récit qui clôt l'ensemble des manuscrits contenus dans l'urne de porphyre. En mauvais état à cause de la qualité médiocre des feuilles de papyrus utilisées par ces temps de pénurie, presque illisible en certaines de ses parties, il fut de toute évidence rédigé à la hâte alors que les milices chrétiennes, qui avaient décidé de nettoyer une fois pour toutes le grand hypogée de l'ouest, essayaient de prendre d'assaut la chapelle funéraire où s'étaient réfugiés les derniers membres de la secte des Adorateurs du Zéro.

Vu la gravité des circonstances et l'importance de l'événement, et bien que cela soit contraire à notre tradition, moi, Théocritias, né à Apamée et fils d'Asclécipos, atteste par ces lignes avoir été désigné comme scribe principal pour rendre compte de la dernière grande assemblée des Initiés au terme de laquelle nous avons pris le parti de nous séparer peut-être à jamais et, pour certains, de prendre le chemin de l'exil. Sont réunis là les grands maîtres de la confrérie, tous alexandrins de naissance, mais pour la plupart épuisés par les privations et les persécutions dont nous sommes plus que jamais l'objet. A présent que les chrétiens, qui semblent avoir résolu de nous perdre en répandant sur notre compte les pires forfaits, s'emploient par tous les moyens à dresser la population contre nous, la vie à Alexandrie nous est devenue pratiquement impossible. Nos maisons ont presque toutes été pillées, et nos proches exterminés à l'improviste. A plusieurs reprises, nous avons été tentés de riposter en organisant des expéditions nocturnes qui avaient pour but de récupérer les biens qui nous avaient été confisqués. Mais celles-ci sont devenues à mesure plus périlleuses que jamais, et nous n'avons dû jusqu'ici d'échapper aux poursuites de ces chrétiens impudents et dominateurs que grâce à cette immense nécropole où peu osent s'aventurer et dont, pour notre part, nous avons fini par connaître les passages secrets et les moindres recoins. D'ailleurs, pour l'ensemble de la ville, le ravitaillement se fait rare, uniquement par mer, et dans des conditions difficiles; et maintenant que nous sommes certains que, dans leur soif de vengeance, les armées arabes se préparent en secret à reconquérir la cité, il ne nous reste plus d'autre salut que dans la fuite. Et c'est ce qui donne son importance à ce banquet qui nous réunit ici, sans doute pour la dernière fois.

A cause des impératifs de la clandestinité, nous avons fini par perdre tout contact avec les autres sectes qui se réclamaient de l'enseignement de Pythagore, soit de stricte obédience, soit dissidentes de la nôtre depuis que, pour notre part, nous avons décidé d'intégrer le zéro à notre cosmogonie. Certains vont jusqu'à dire qu'elles se terreraient comme nous en quelque obscure partie du royaume des morts, d'autres qu'elles auraient été depuis longtemps décimées. Nous sommes donc conscients de maintenir vivants à travers nous les principes d'une doctrine sacrée que les circonstances nous ont malgré tout forcés à remanier. C'est en ce sens, et suivant pour cela l'exemple de l'illustre Polymnastos de Chalcis et de son disciple Philonidès le Jeune, que j'ai travaillé à regrouper et à recopier tous les documents, manuscrits et fragments qui retracent les origines de la confrérie et consignent l'essentiel de nos croyances pour en conserver par écrit la mémoire en ces temps de trouble et de désarroi.

Les convives qui avaient commencé à festoyer en silence se sont peu à peu résolus à sortir de leur réserve et à laisser paraître leur joie à l'idée de se trouver ici tous rassemblés. Les mets et le vin, en circulant de table en table, ont réchauffé les cœurs; les cris et les chants ont même fini par retentir ici ou là sous les voûtes de la crypte au fond de laquelle rayonne, dans une semi-obscurité, la grande roue des nombres, disposés autour de ce centre vide qui a engendré toutes choses, et dont nous vénérons le principe sous la forme d'un simple point nommé Zéro.

Nous jouissons, dans cette ancienne chapelle funéraire, encore sur ses côtés bordée de cryptes où sont restés superposés d'innombrables sarcophages, d'une relative sécurité. L'unique voie d'accès à cette espèce de camp retranché débouche dans un vaste puits circulaire où s'ouvrent également d'autres galeries desservies par un escalier, mais la nôtre avec cette particularité de prendre naissance à environ treize ou quatorze coudées royales au-dessus du sol, de telle sorte qu'il est nécessaire de se munir de cordes et de grappins pour avoir quelque chance d'y pénétrer. De cette position en surplomb où l'un des nôtres en permanence monte la garde dans la pénombre, il nous serait facile de nous défendre et de riposter aux attaques d'un adversaire qui serait ainsi forcé de se présenter à découvert. Jusqu'ici, nous avons procédé avec suffisamment de prudence et d'habileté pour ne rien laisser paraître des traces de notre passage et les rares chrétiens qui ont quelque connaissance des lieux n'ont jamais réussi à localiser l'emplacement exact de notre retraite. Malgré cela, nous les soupçonnons de se tenir à l'affût et, à la faveur de certaines de leurs funérailles dans la partie de la nécropole qu'ils se sont arrogée, d'en profiter pour faire des incursions de notre côté, pour introduire et poster des sentinelles chargées de surveiller jour et nuit nos allées et venues. Malgré l'excès de précautions dont nous nous entourons, nous ne pouvons être sûrs de rien, et c'est pourquoi nous avons décidé de nous retirer de ce lieu qui pourrait très bien, si nous y étions assiégés, constituer pour nous un redoutable piège. C'est à cette seule fin que nous ne nous séparons jamais de nos armes et redoublons de vigilance à cette occasion, car il est en effet peu probable qu'une réunion comme celle-ci, par son importance et tout son mouvement, soit passée à leurs yeux inaperçue.

Tout ce jour, nous l'avons donc passé en prière et en méditation, nous en remettant pour ce qui est de notre destinée à la toute-puissance du premier et du dernier des nombres : accepter en soi le zéro et en admettre, en toute intimité, le principe, c'est accepter la rupture au cœur même de l'Etre, ménager la présence du manque et faire place en soi-même à cet espace nul où inévitablement, et de façon purement mathématique, tout s'abîme et s'éteint. Contempler le zéro, ce point d'aveuglement sans épaisseur ni durée, c'est se préparer à l'élargissement de cette faille soudain entr'aperçue au sein de la belle cohérence des choses du monde, pleines de matière et de sens; présence sourde et lancinante de cette forme en creux dissimulée dans les certitudes les mieux établies, rongeant toute existence du spectre de sa propre et inéluctable dégradation. Ainsi, et de la même façon qu'il fait le vide dans la série illimitée des nombres entiers qui en perdent aussitôt toute consistance – d'autant que ces derniers ne se définissent que par rapport à cette quantité nulle qui les a instaurés et qui donc en consacre la précarité – prendre en compte le zéro, c'est introduire un peu de cette mort en soi, comme un avant-goût de néant, se préparer à l'imminence de ce retour au rien qui est la fin du tout, zone d'ombre qui, dans les chairs aussi bien que dans les esprits, ne va cesser de croître et de proliférer, corrodant toute substance par son irrémédiable absence de réalité.

Nous en étions à ce stade de notre réflexion quand, du plus profond de la crypte, et comme issus des entrailles de la terre, il nous sembla tout à coup percevoir des battements sourds mais, en fait, tellement amortis que nous les entendions peut-être déjà depuis fort longtemps, sans que notre attention ne les eût encore identifiés comme tels, ni même ne se soit alarmée au point de nous en faire prendre clairement conscience. Au départ presque imperceptibles et pourtant régulièrement cadencés, ces coups se révélèrent à mesure de plus en plus secs et précis. Nous tendîmes l'oreille : c'était comme si, quelque part et très loin, quelqu'un venait de s'attaquer à quelque paroi de maçonnerie formant caisse de résonance. En fait, plusieurs personnes, à en juger par le rythme des coups portés, qui alla soudain en s'accélérant, devaient travailler de concert. Le guetteur, posté à l'entrée de la chapelle, vint dans le même temps nous avertir qu'il avait cru apercevoir, loin dans une galerie de l'autre côté, les lueurs vagues de plusieurs torches qui s'étaient rapidement déplacées en tous sens, puis qui avaient disparu. A vrai dire, quelque chose où nous étions directement impliqués se tramait dans l'obscurité de ce monde souterrain, sans que nous sachions au juste de quoi il retourne...

Aussitôt, nous fûmes debout et prêts à nous saisir de nos armes afin de faire face au danger d'où qu'il puisse venir. Plusieurs d'entre nous allèrent, avec des torches prêtes à être allumées, prendre position auprès du guetteur, lequel continuait à scruter l'ombre sous lui sans plus pouvoir rien distinguer. Sans doute les chrétiens, après nous avoir repérés, se préparaient-ils à donner l'assaut, mais par quels moyens? Notre repaire nous paraissait imprenable et, la crypte ayant été aménagée à même le roc, il semblait peu probable d'imaginer que ceux-ci eussent eu le courage de creuser une galerie jusqu'à nous pour nous prendre à revers. Pourtant les coups n'avaient fait que redoubler, mais toujours aussi lointains, perdus au fond de quelque souterrain...

Une fois moi-même armé, et alors que mes compagnons continuaient de se préparer en silence, j'ai pour ma part regroupé, à partir de plusieurs cachettes, tous les documents les plus précieux et qui constituent l'essentiel de nos archives, œuvres disparates et tronquées, derniers restes d'une ancienne bibliothèque dévastée, pour les prendre avec moi et les transporter en lieu sûr pour le cas où nous serions obligés de fuir précipitamment. C'est dans cette perspective d'ailleurs que j'avais déjà fait fabriquer il y a quelque temps, par un artisan juif d'Alexandrie, un gros sac de cuir, cylindrique, étanche et rigide comme un carquois, facile à porter sur l'épaule et me laissant ainsi libre de mes mouvements, spécialement conçu pour y ranger les rouleaux de papyrus et les différents manuscrits qui restent encore en notre possession.

Après s'être espacés très irrégulièrement dans le temps, les coups cessèrent, laissant planer un silence inquiétant sur l'ensemble de l'hypogée. Nous retenions notre respiration pour écouter : venu du plus profond de la terre, il y eut un craquement à peine perceptible, comme quelque chose qui, au loin, aurait fini par céder sous la pression d'un poids énorme et qui aurait réussi à tout emporter sur son passage. Une espèce de grondement rapide et continu lui succéda aussitôt, semblable à un gigantesque froissement, ou alors, à la course à la fois feutrée et précipitée d'une armée innombrable se ruant au travers des couloirs. L'air tout à coup se mit à refluer, vaste souffle qui nous passa sur le visage, bourrasque chargée de pestilences et de moisi, arrachant les flammes des torches et nous plongeant dans une obscurité presque totale si les lampes à huile n'y avaient résisté.

Dans le silence subit qui précéda le fracas terrible qui brusquement couvrit le son de nos voix, nous n'eûmes que le temps d'entendre le hurlement décuplé par la frayeur de ceux qui étaient postés à l'entrée :

– L'eau!

Immédiatement après, à pleine pression, d'une des galeries opposées à la nôtre et sensiblement à la même hauteur, une véritable trombe d'eau se jeta en bouillonnant dans cet immense puits central sur lequel s'ouvrait notre refuge. Avec des tourbillons d'écume, le flot compact se mit à tournoyer sur lui-même en suivant le bord circulaire de la paroi, submergeant progressivement les marches de l'escalier qui en faisait le tour. Au cœur de ce tumulte, nous

235

fûmes aussitôt saisis aux épaules par le froid soudain et l'humidité qui s'étaient dans le même temps répandus dans l'air et se condensaient sous forme de minuscules gouttelettes, masse d'embruns qui commençait à déposer des flaques sur le sol et nous laissait trempés jusqu'aux os. A la vue de cette cascade qui continuait à se ruer sans faiblir dans le puits central, nous fûmes saisis d'horreur : nous allions être ainsi engloutis sans même avoir pu faire usage de nos armes et périr comme des rats noyés au fond d'un trou. Telle était la raison des coups sourds que nous avions perçus : le stratagème des chrétiens avait consisté à briser l'une des parois du fond de ces anciennes citernes, comme il en existe tant à Alexandrie, et construites depuis les origines de la ville elle-même. Celle-ci avait dû servir à drainer et recueillir les eaux d'infiltration par temps de pluie – ou peut-être à cause du canal tout proche – et qui sans cela auraient fini par inonder la nécropole. Jusqu'à une époque récente, nul doute qu'on devait encore y venir puiser l'eau pour irriguer les jardins funéraires de la surface, lesquels dit-on encore – puisqu'ils ont été depuis saccagés et qu'il n'en reste rien – étaient fort ombragés, plantés de grenadiers et de figuiers.

Point d'issue donc, si ce n'était, par un acte désespéré, de plonger dans le flot et de se laisser porter par le tourbillon jusqu'au bord opposé pour tenter de prendre pied dans la galerie de l'autre côté... ce que nul n'osa. Le guetteur nous informait au fur et à mesure de l'élévation rapide du niveau de l'eau qui dévorait les marches et s'engouffrait dans les galeries attenantes aussitôt inondées, déposant dans les recoins restés à l'abri du courant toutes sortes de débris ainsi qu'une mousse aux reflets verdâtres qui grimpait, en précédant le flot noir, le long du mur jusqu'à nous.

Pourtant, il semblait bien que l'intensité du bruit de la

chute d'eau, en même temps que son débit, allait en décroissant. Nous nous reprîmes à espérer. La pression commençait à baisser et bientôt le déversement du flot se ralentit jusqu'à se réduire à un simple écoulement qui bientôt, de lui-même, se tarit. Parallèlement, la vaste étendue d'eau qui était venue affleurer juste à hauteur de notre galerie, et qui nous avait malgré tout trempé les pieds, cessa son tournoiement et, peu à peu, retrouva son immobilité. Le silence succéda alors sans transition à ce fracas assourdissant. La citerne n'avait-elle pas été suffisamment remplie ou l'eau s'était-elle échappée par quelque galerie souterraine jusqu'à équilibrer les différents niveaux?

Nous avions commencé de nous consulter quant aux différents moyens de nous sortir de là lorsque le guetteur, par des signes, attira notre attention. En nous rapprochant de l'entrée, nous ne vîmes d'abord dans l'ombre que le reflet de l'eau plate et noire, puis, tout à fait de l'autre côté, au niveau de la galerie opposée à la nôtre, mais celle-ci desservie par l'escalier du puits, nous pûmes distinguer les lueurs de torches innombrables entourées de silhouettes qui se déplaçaient constamment et semblaient déployer une étrange activité. L'ennemi était là, qui n'avait pas désarmé pour autant et qui, au contraire, paraissait décidé à pousser plus loin son avantage. Brandissant des torches et se présentant ainsi en pleine lumière, solidement armés de lances et d'épées, ces chrétiens arrogants se mirent à nous défier ouvertement, poussant des cris sauvages, nous insultant à distance, et nous lançant toutes sortes d'obscénités en faisant mine de nous trancher la gorge. Ils s'écartèrent ensuite pour laisser le passage à plusieurs de ces radeaux calfatés de roseaux et de goudron qu'ils mirent aussitôt à l'eau, ainsi que des barques à fond plat, rapportées sans doute tout exprès du lac Maréotis. Sans

237

attendre, ils s'embarquèrent et, au mépris de la première volée de flèches que nous leur envoyâmes – sans grande efficacité car nos archers, se gênant entre eux à cause de l'étroitesse de l'ouverture, ne pouvaient ajuster leur tir –, ils se dirigèrent à la rame droit sur nous. N'étant pas parvenus à nous noyer, ils n'en avaient pas moins réussi à amener le niveau de l'eau à notre hauteur, se facilitant l'assaut en neutralisant le seul avantage de notre position. Supérieurs en nombre – d'autant que d'autres ne cessaient de se regrouper sur le bord opposé et de mettre à flot de nouveaux radeaux – et, nous tenant en respect par la longueur de leurs lances, ils tentèrent ainsi de prendre pied sur le seuil de notre galerie.

Ce fut un véritable carnage tant les deux parties luttaient d'acharnement. La bataille fut longue et souvent indécise. Beaucoup d'entre eux chutèrent de leurs radeaux et périrent noyés. Cependant les nôtres avaient tendance à battre en retraite, pataugeant dans l'eau, l'un le visage soudain transpercé d'un coup de lance, l'autre titubant et s'écroulant sur place dans le passage, gênant alors les mouvements de ceux qui tentaient de venir à la rescousse. Nous leur ripostâmes avec l'énergie du désespoir mais, peu entraînés au maniement des armes et affaiblis par les privations, nous ne fûmes bientôt plus en mesure de soutenir la lutte sur le même pied d'égalité. Nous commençâmes à perdre du terrain et à nous trouver refoulés dans le corridor...

C'est ici que j'interromprai donc ce récit, alors que les miens viennent mourir à mes pieds et que, malgré mon âge, je me dois de tomber à leurs côtés. Ces lignes constitueront ainsi le dernier et tragique épisode de l'histoire millénaire de notre confrérie dont l'enseignement a fini par nous faire accéder à la connaissance et à la compréhension du Zéro, nous permettant de prendre conscience que l'existence humaine n'a jamais autant de prix qu'à bien se rendre à l'évidence de son propre néant. Le Zéro touche à l'Etre, car c'en est justement l'absence. Le Zéro, c'est le résultat de l'opération par laquelle l'Etre se retranche tout simplement de sa propre existence. Il s'agit pour y atteindre de laisser la mort s'ouvrir en nous, laquelle n'est jamais, en d'autres termes, que la façon la plus radicale de se *soustraire* pour toujours à soi-même. Puisse celui qui lira un jour ces lignes se souvenir que nous n'avons été et ne sommes après tout que des chiffres...

Sans autre crainte que celle de souffrir un bref instant du coup mortel qui me sera porté, je reste dépourvu de toute appréhension ou arrière-pensée pour ce qui n'est, somme toute, que la réalisation de ce formidable désir de retourner à la pesanteur inorganique des choses, au vide absolu de toute existence...

DOCUMENT Nº 25

Nous nous proposons de clore cette suite de documents d'archives par la simple transcription de cette épitaphe recueillie, alors même que nous nous apprêtions à quitter les lieux, sur une stèle funéraire abandonnée et tombée à terre, et qui nous a paru parfaitement résumer l'état d'esprit de ces Adorateurs du Zéro au cours des quelques années qui ont précédé leur extermination :

Ici, repose Séphore,
Qui passa toute sa vie à chercher,
Sous la forme du Zéro,
Ce point dans l'espace ou en soi
D'où plus rien n'a de consistance
Ni de réalité,
Et qui crut enfin trouver dans la mort
Sa véritable identité.

DU MÊME AUTEUR

Aux Éditions Quai Voltaire

L'ICONOCLASTE, *roman* (1989)

Aux Éditions Denoël

DÉSERT PHYSIQUE, *roman* (1987)

VOYAGE AU PAYS DES BORDS DU GOUFFRE, *nouvelles* (Coll. L'Infini, 1986)

L'ENVERS DU TEMPS, *roman* (Coll. L'Infini, 1985)

Aux Éditeurs Français Réunis

LA TACHE AVEUGLE, *nouvelles* (1980)

Aux Éditions Grande Nature

L'ARMOIRE DE BIBLIOTHÈQUE, *avec des aquarelles de Daniel Nadaud* (1985)

COLLECTION FOLIO

Dernières parutions :

1972.	Daniel Pennac	*Au bonheur des ogres.*
1973.	Jean-Louis Bory	*Un prix d'excellence.*
1974.	Daniel Boulanger	*Le chemin des caracoles.*
1975.	Pierre Moustiers	*Un aristocrate à la lanterne.*
1976.	J. P. Donleavy	*Un conte de fées new-yorkais.*
1977.	Carlos Fuentes	*Une certaine parenté.*
1978.	Seishi Yokomizo	*La hache, le koto et le chrysan-thème.*
1979.	Dashiell Hammett	*La moisson rouge.*
1980.	John D. MacDonald	*Strip-tit.*
1981.	Tahar Ben Jelloun	*Harrouda.*
1982.	Pierre Loti	*Pêcheur d'Islande.*
1983.	Maurice Barrès	*Les Déracinés.*
1984.	Nicolas Brehal	*La pâleur du sang.*
1985.	Annick Geille	*La voyageuse du soir.*
1986.	Pierre Magnan	*Les courriers de la mort.*
1987.	François Weyergans	*La vie d'un bébé.*
1988.	Lawrence Durrell	*Monsieur ou Le Prince des Ténèbres.*
1989.	Iris Murdoch	*Une tête coupée.*
1990.	Junichirô Tanizaki	*Svastika.*
1991.	Raymond Chandler	*Adieu, ma jolie.*
1992.	J.-P. Manchette	*Que d'os!*
1993.	Sempé	*Un léger décalage.*
1995.	Jacques Laurent	*Le dormeur debout.*
1996.	Diane de Margerie	*Le ressouvenir.*
1997.	Jean Dutourd	*Une tête de chien.*
1998.	Rachid Boudjedra	*Les 1001 années de la nostalgie.*
1999.	Jorge Semprun	*La montagne blanche.*
2000.	J.M.G. Le Clézio	*Le chercheur d'or.*
2001.	Reiser	*Vive les femmes!*
2002.	F. Scott Fitzgerald	*Le dernier nabab.*
2003.	Jerome Charyn	*Marilyn la Dingue.*
2004.	Chester Himes	*Dare-dare.*
2005.	Marcel Proust	*Le Côté de Guermantes* I.
2006.	Marcel Proust	*Le Côté de Guermantes* II.
2007.	Karen Blixen	*Le dîner de Babette.*
2009.	Marguerite Duras	*Le Navire Night.*
2010.	Annie Ernaux	*Ce qu'ils disent ou rien.*
2011.	José Giovanni	*Le deuxième souffle.*

Impression Brodard et Taupin
à La Flèche (Sarthe),
le 26 septembre 1989.
Dépôt légal : septembre 1989.
Numéro d'imprimeur : 1031B.

ISBN 2-07-038173-0 / Imprimé en France.
(Précédemment publié aux Éditions Denoël
ISBN 2-207-22978-5).